自由如风

归来仍少年

如风 著

中国文史出版社

目 录

青　春

序 青春在当下

青春是"少年不识愁滋味，爱上层楼，为赋新词强说愁。"

青春是"见客入来，袜划金钗溜，和羞走。倚门回首，却把青梅嗅。"

青春是"常记溪亭日暮，沉醉不知归路。兴尽晚回舟，误入藕花深处。"

青春是"且将新火试新茶。诗酒趁年华。"

青春是"天生我材必有用，千金散尽还复来。"

青春是"恰同学少年，风华正茂；书生意气，挥斥方遒。"

但是，"青春几何时，黄鸟鸣不歇。""欲系青春，少住春还去。"转眼间，"泥落画梁空，梦想青春语。"空余留，"君不见，高堂明镜悲白发，朝如青丝暮成雪。"青春稍纵即逝，想起秋娘句："劝君莫惜金缕衣，劝君惜取少年时。"

人人都曾青春过，青春却因人不同。

青春之名贵在一生一次，光阴如箭；青春之苍凉在于青春时不知青春之贵，蹉跎了岁月，哀怨了时光，蓦然回首，青春却如白驹过隙，忽然而已。更悲壮的是时光重溯，青春妙不可言却未珍重。

三种方式可以留住青春：回忆；书写；用青春的状态延续成年的人生。

回忆是最短暂的，念头如闪电，一闪而过，过了就过了，刚刚还青春年少，当下就是文件电话，孩子又在爬飘窗，老公又在偷打电话，老板今天心情不好……可是，刚才，就在刚才，一瞬间之前，你还是王，王者之王，现在就是臣下之臣。

书写青春最是美妙，写时，青春复返，写多久，青春多久，整个人的每根神经、每个细胞都处于青春的状态，合上电脑。洗菜时，想起青春时的"三角关系"，切菜时，想到未曾开启的"初恋"，炒菜时，想的是青春时卑鄙的小玩笑"我爱你"，坏蛋男生，敢拿我打赌，把你炒了，吃下去，哼。有本事，你来打我啊，我用锅铲子戳你。

书写时，青春回归；修改时，再次青春；写青春的季节，日日青春，最是美好。青春在时间中逝去，却在文字中停留；青春在人生中石火电光，却在作品中永恒存在。看一次，青春一次，傻乐一次，乐得久了，会留住青春的状态，继续人生。

成年后，我自由旅行，挤出各种机会，穿上一身牛仔，扎起马尾，背上背包，踏上远去的列车，随便去哪儿，只要是远方。一定要入住国际青年旅馆，哪怕手机里员工汇报工作，哪怕有项目马上投标，当下一刻，上、下、左、右铺都是青春少年，我也是。从来没有人猜对过我的年龄，一定会远远低于身份证上的数字。让数字去飞，青春属于我，谁也管不着。

这就是青春的状态。

没有什么身外之物比得上享受青春的存在方式。

别跟我说业绩、房贷、奶粉、买菜，别跟我提名牌、珠宝、奢华、跑车。你们追求的是财物的占有，我享受的是生命的自在，你们把钱买了一堆不动产，我买的是移动的青春。

青春要飞扬，生命在流动，禁锢在写字楼和豪宅，灵魂是沉睡的。再大的豪宅，有世界大吗？再美的珠宝，有青春美吗？再多的财富，有自由贵吗？

十年来，我和一直处于青春年龄的少年们出游，随便他们去哪儿，我跟。

"珠穆朗玛大本营，去不？"

"去。"

"去冈仁波齐转山，敢不？"

"敢。"

"在拉萨开家民宿，如何？"

"好。"

"这里离樟木很近，我知你没计划，徒步去尼泊尔，去不？"

楔　子　名字的故事

　　从我识字儿起，就奇怪，我的名字，中间那个字为什么和哥哥不一样，别人家都一样，无论几个兄弟，只是尾字不同。便去找爸问个究竟。

　　"爸，我为啥叫明霞？"

　　爸呵呵一笑："因为你生在早上，八点，满天朝霞，明亮了大地。"

　　"可是人家勒名字都和哥、姐一样，中间勒。"我闹着要一个一样的名字。

　　爸爸便拿起毛笔，先写了"相国"二字，那是哥的名字，又写了相玉，"那就叫相玉吧。"

"好，好，太好了！"这就正常了。看出来了吧，我自小的是正常的孩子。

不正常的是在我上一年级之后，凡是我的书本，哥只要加个框就成了他的。我气急败坏地掐着小腰儿指责他，他云淡风轻地指着名字：相国，虽然那个"国"出奇地大，但也是国："这是我的。"

哥不费一兵一卒就能拿下我所有的东西。

"这个名字不能要！"

于是，改回明霞。

后来得知有家谱，人家都有爷爷奶奶，我的爷爷奶奶呢？

爸呵呵笑着："在关里家。"

奶奶有次从关里家千里迢迢来探望我们，问及家谱及家谱的名字排辈。她笑着说："你的弟弟妹妹们都叫'冰'，冰雨、冰舜，你们这一辈儿，中间排辈是'冰'。"

于是就记住了，上高中时，流行琼瑶小说，女生们纷纷给自己改琼瑶的名字，原本极其普通乡野的，改个字或加个字，就活色生香。比如范丽，中间加个"雯"；宋雪飞，变成宋若晴；就成琼瑶小说女主人公了。

想起那个"冰"字，于是，改叫冰儿。真是柔情，没有故事，名字便是故事。

我参加全国作文比赛那次，署名也是"冰儿"，自然，不在获奖者之列，但"冰儿"却在文艺青年里小有名气了。

一上大学，发觉这个名字太幼稚，还是只能叫身份证上的名字。

上海是一座极其小资的城市，喝咖啡，说洋话，连工作时都叫洋名。当我被网络公司录用后，主编告诉我的第一个工作就是取个英文名。

面试后的下午，立即钻进书店，翻开牛津英汉字典，"A"排最前边，第一个跃入眼帘的名字是"Aileen"。就 Aileen 吧。许多年之后才知，艾琳也可以译为爱玲，与张爱玲的英文名字（Eileen）只差一个字母。

上班后，发现同事们在工作之余，盯着屏幕不停地打字，还得捂住自己的情绪，避免笑得前仰后合。

我悄悄地出现在她身后，看到她在一个弹出的小框儿里跟人聊天。

我悄悄地问："你在跟谁聊天？"

她低声尖叫了一下，我"嘘"了一下，指指主编室。她小声说："你没玩过吗？ Oicq。"

"什么'q'？"

"你去找 Runner，让他帮你下载一个，教你玩，聊两天就会了。"

"为什么找人聊天呀？"

"可好玩了，快去吧。"又扭头聊去了。

Runner 帮我下载完了，注册时，"名字。"

"Aileen。"

"换中文名。"

"冰儿。"

"土。而且被注册过了。"

"没了。"

他无奈极了："乡下人！假名字，笔名有没？"

"没……"

"现取个网名。"

脑海里冒出我最爱的英文著作名字："Gone with the Wind"，"随风飘逝……不像名字，飘……也不像名字……'随风飘'行吗？"

"相当不错。标准的网名。"

那是 2000 年，Oicq 还没被 Icq 告成 QQ 时。该换的什么都换了，城市换了八座，手机号码换了二十几个，"随风飘"却一叫到现在，不小心叫成了我的人生……

26 岁时写了平生第一部长篇小说，准备在上海一出版社出版时，用的笔名是"孙书我"：书我之历，书我之感，书我之悟，书我之人生，书我之奋斗，书我之梦想……取了这个名，还挺得意，却被碾碎在破产的出版计划中。

2015 年，平生第一本散文集《特立独行》出版前，责编老师问我用哪个名字。他认为"孙书我"太文气、太小气，不适合周游世界的旅行散文；"随风飘"则是一个标准的网名，太肤浅、太无味。

我特别不擅长取名，包括书名、文章名和小标题名，欲得一个类似于"茅盾""巴金"之类的笔名，想了二十年都没想出来。

"随风？"

"还是像网名……"

"如风？"

"嗯，如风好。如风一般，如风般自由。就如风吧。"

后用"如来"之"如"解如风之"如"，更好：

"如来者，乘如实道来成正觉，故曰如来。"（《成实论》）

"涅槃名如，知解名来，正觉涅槃故名如来。"（《转法轮》）

"如实道来，故名为如来。"（《智度论》）

如风者，乘如道之风吹来正悟，故曰如风。

涅槃名如，自由为风，凤凰涅槃故名如风。

如风吹来，故名为如风。

如风而来，如风而去。

世事如梦，人生如风。

故 乡

异乡人

我一出生，就是异乡人。

在黑土地上，生活着黄土地的魂。不是不爱黑土地，而是黄土地的根太深、太久、太远。

在黑土地上，聚居着黄土地来的人，一路闯关东，世代生活在东北，只是我们依然说着老家的话，吃着老家的饭，过着老家的年，承袭着老家的传统。

从小，就听村儿里人常提关里家，知道我真正的故乡在关里家。至于我为什么会生在不是故乡的故乡，就不是我能弄清楚的了。

但从小，我就知道，我有两个故乡。一个是出生时的故乡，一个是祖先的故乡。

人们对故乡总是抱着感恩和思念的态度，无论几岁离开，无论去往哪里，无论走了多久，总要回来。

不能逃离的是故乡的记忆，故乡的生活是很有温度的，甚至相当热闹。

故乡赐予我的童年，是美好的。因而，故乡也是美好的。

闯关东

在中国近代史上，有三大移民浪潮：闯关东，走西口，下南洋。

我就是闯关东的第三代人。

山海关以内，俗称"关里"。满族人入关后，关外被视为龙兴之地，禁止关内人进入和垦殖。

直到清末民国初年，连年战争及天灾使得大批关内人进入关外谋生。

关内，历来人多地少；关外，则地广人稀。

关外拥有着世界上最肥沃的黑土地，那能够带给农民一切的黑土地：生计、劳作、粮食、房屋、温饱、儿孙。

哪里有土地，哪里就有农民。

东北广袤的黑土平原可以吸纳无数关内农民，使他们衣食丰足，逐渐形成闯关东的移民壮举。

对于农民来说，开荒垦地就是创业。

闯关东，是一部艰苦奋斗的创业史。

闯关东有狭义和广义之分，电视剧《闯关东》上演的是狭义的闯关东：清朝同治年间到中华民国这段历史时期，那是一部抗争史、奋斗史、血泪史。

广义的闯关东指有史以来山海关以内地区的民众出关谋生。

当《闯关东》热播时，作为闯关东人的后代，我也看得异常澎湃，忙打电话给母亲，询问外公闯关东时有这么悲悯与磨折吗？她哈哈大笑，"时代不同了，我们是新中国成立后过来的，没这么热闹。是为了响应国家号召：开发北大荒。"

我问母亲，是怎么知道国家的号召的。

母亲回忆说："我那时太小，也是听恁姥娘说勒，有领导挨村儿宣传，号召年轻人去北大荒。说那里地多人少，而且土地特别肥沃。"

"噢！"

"你还不知道咱老家人，只要饿不死，不可能离开老家。但是，恁大舅、二舅都给饿死了……恁姥爷太穷，又老实，恁那几个大姥爷家过勒好，都不动弹。"

"恁是咋去勒？"

"国家统一带领，一起坐火车去勒。恁姥爷先去，那是 1956 年。1958 年时，我和恁姥娘才去勒。"

"那时的关东啥样？"

"一片荒原，零星有些农场，大帐篷，大通铺。冬天特别长、特别冷，穿多少都冷。"

对于我的爷辈来说，闯关东只是换个地方种地、吃饭。至于开发北大荒的意义和壮举，于他们来说，是模糊的，只要有土地，他们就能让生活开出鲜花。客观上，此次闯关东对于把北大荒变成北大仓，贡献极大。

自然，也有极少数闯关东人创建工厂，经营商业，但绝大多数，还是延续了几千年的农耕生活。

对于这些关东人来说，只是换一个地方种地，用山东的方式在东北过相同的日子而已。

山东村在关东的"复制"，实际上就是中原文化的平面移植，加上人员数量庞大，我们保持了自己原汁原味的文化，"聚族而居，其语言风俗一如旧贯"。

所以，我有两个故乡，有两种故乡方言。

生在黑土地，魂在黄土地。说山东话，吃山东饭，过山东年，交山东人。

直到我们的下一代——闯关东的第四代人，才成长为一个完全的东北人：说东北话，吃东北饭，过东北年，交东北人。

但是，我们和他们的籍贯，永远写着山东。

我们在东北的村子就叫青年村，因为是关东青年凭空创建的村落。

而到我成为青年时，则迎合了时代发展的新潮流：孔雀东南飞。

我的爷辈闯关东，作为闯关东的第三代人，我闯江南。这是另一部不是史的史。

北大荒

　　无和有的关系，《道德经》和《圣经》开篇便提出来："无，名万物之始，有，名万物之母。""神创造天地时，天地是空虚混沌的。""故有之以为利，无之以为用。"

　　无，才能有；无无，无有；从无到有，才能创世纪。才能把北大荒变成北大仓。

　　史书记载：北大荒榛莽丛生，沼泽遍布，风雪肆虐，寒冷偏僻，荒蛮凶险，冬季漫长而干燥，最低气温可达零下 48 度；夏季野兽成群，蚊虻成堆。五十里地做邻居，三十里地南北炕。

　　"无"得特别彻底，因而可以"有"得特别丰厚。

　　圣人提炼出天地之道，伟人则负责开天辟地。

越是伟大的人，越是把自己说得渺小，他有着不可磨灭的功勋，却用无与伦比的谦卑说："我只会做两件事：打仗和种地。"他打仗，打出第二长征；他种地，种出了南泥湾，又种出了北大仓。

他看到了无背后的有，他意识到没有绝对的无，无中一定会有。他亲自到白山黑水勘测，发现了无中之有：这里有地球上最丰厚的黑土地——而地球上仅存三大黑土平原。

"一望无边的漠漠大荒，是片未开垦的处女地，真是搞农业机械化的好地方！""这土真肥啊！一使劲能攥出油来。比起戈壁滩的沙地和早年南泥湾的黄土要强上百倍！"

他回京后，立提开发北大荒。

1956 年的春天，他亲率十万转业官兵进军北大荒，从战场走向荒原，打完了仗，便开始种地。

北大荒那时根本不是地，是星罗棋布的沼泽和冰封半年的冻土，一伸筷子便能夹一排蚊子，睡个觉，腿不自主地伸出帐篷外，便没了半边——被熊瞎子咬走了。

但他就是用征战沙场的杀伐果断，从南泥湾走向北大荒，解甲重上战场，与大自然战斗，愣是把不是地的地变成土地，把荒原变出庄稼，把北大荒变成北大仓。

他，从无生有，从混沌空虚的状态开创了三江平原的新世纪。

其中千辛万苦无可描述。

普通人看到的只是无，伟人看到的却是有；普通人看到的只是困难，伟人看到的却是希望；普通人看到的只是现状，伟人看到的却是未来；并且能够在困难中寻找希望，把未来变成现状。

他，就是王震将军！

我徜徉在"北大荒开发建设纪念馆"，久久地瞻仰着"将军石"，人生是那么短暂，他却能成就那么长久的事业。

自从将军来过，故乡便有了上百农场，千万亩耕地，百十里村庄，无数缕炊烟，无极限鸡鸣，以及八一农垦大学。故乡才能成为我的故乡。

我就出生在北大荒变成北大仓之后的黑土地。

若非如此，我属于黄土地。

将军不仅改变了北大荒的命运，也改变了我的命运。

将军身为农垦部长，亲力亲为开发北大荒，号召全国有志青年支边。

恰遇三年自然灾害，中原地少人多，大批中原人士便拖家带口到东北谋生，仅为一口饭，听说那里"插根筷子都能发芽儿"。外公不远万里来到北大荒，一去未归。

外婆带着六岁的母亲到达时，已有开垦的农场与大片耕地，没起初那样艰辛，但也远远谈不上仓廪。据母亲回忆："可冷了！几十个人睡一张大通铺，中间拉个帘子，就是一家人。"

他们栽树，我们乘凉；他们创造，我们享受。

到我落地时，北大荒只是一个历史名词，我们有了新的名字：北大仓。

父亲老是说我是含着金钥匙出生的，钥匙我是没见着，金不金的也不懂，但是丰衣足食、吃穿不愁。

他们经历过的荒凉、艰苦、饥饿，在嘴里啃着鸡腿儿、手里捏着香肠的我们只是：说书人说的评传，电视里放的故事。还眨着灵性的大眼睛，奶声奶气地问："姥娘，啥是挨饿？"

他们那代人，生活是饥饿的，世界是荒凉的，他们用一生让我们想吃就吃，想玩就玩，快乐富足地成长。

土　地

　　"土地是世界上唯一值得你去为之工作、为之战斗、为之牺牲的东西，因为它是唯一永恒的东西。"

　　《乱世佳人》里的父亲这样教导女儿，以至于斯嘉丽失去一切之后，想到的是回故乡："世界上唯有土地与明天同在。"

　　美国南北战争说到底是关于土地的战争，南方要利用土地继续发展种植农业，北方需要土地建设工厂、开展工业革命。

　　闯关东的移民壮举也是因为土地，因为东北广袤无垠的世界上最肥沃的黑土地。

　　1978 年之后，有远见的商人圈地盖房子、盖工厂，成就了自己亿万富翁的地位。更有远见卓识的商人开始占领互联网中的"土地",牢牢地将人们"拴"在网地中。

很多人抛弃土地,到城市供职,总有人坚守着最后的阵地,守着土地。三姨夫一口闷下一盅白酒:"都去城里赚钱了,城里人也要吃饭,俺没本事,留下来种地。"

我们一大家族,闯上海的闯上海,闯省城的闯省城,上班的上班,打工的打工,只有三姨弟在家种地,年收入在兴凯湖远超金领贵族,干半年、闲半年,生了二胎,在市中心买了大房子。

他们固守着土地,坚信:无论何种纪元,无论何种时代,人活着必须吃饭,土地即使不会让人富甲一方,也会让人衣食无忧。

更何况,富甲一方,从来不是中国农民的生存目标。活着,就好。

土地,能让人活着,让人有饭吃。即使是灾荒之年,第二年总会好的,或者后年。土地像孩子一样,偶尔发个脾气,总会归于常态。

黑土地

我生在黑土地。

世界上只有三大黑土平原。中国就有一个。我降落在这珍稀的黑土平原上。

也许，是宿命。也许，是缘分。

黑土地是地球上最珍贵的土壤资源。有地质专家指出，每形成一厘米厚的黑土，需时 200 年至 400 年，故乡的黑土厚度竟然可以达到一米，以至于"捏把黑土冒油花，插双筷子也发芽"，到了"一两土二两油"的地步。

所以，我从小被黑土地滋养得非常雄壮彪悍，这强壮的体格带领我冲出北大荒，带领我穿越各种人生苦难，仍然傲然屹立，如风一般。

在中华文明史上，黑土地似乎没有痕迹，连流放官员都不屑于到达这里。直到清军入关，才被视为"龙兴之所"。中原汉族人震惊之余，被迫接受这来自黑土地的民族的统治。

中华民族的历史，是黄土地造就的，我也是黄土地的子孙，所以，我并不单纯属于黑土地。

因着对黄土地的向往和归宗，义无反顾地离开黑土地，一走二十年。

当我归来时，重新审视这片黑土地，观察、思考与体验。

我虽心在黄土地，身在黑土地；黄土地，给予我魂；黑土地，孕育我身。

印象中的黑土地一望无际，半个冬天是白色的，不见黑；整个夏天是绿色的，也不见黑。望不到头的大豆、玉米严阵以待，大人们在里面除草、施肥，孩子们则在里面奔跑、游戏，跑累了，躺在地上，呼呼大睡，不觉其黑。

我们以为，土地都是黑色的。我们习惯了黑色。

土地，是温暖的，是肥沃的，睡着睡着，流出了口水，混进土地。如果你醒来，不哭不叫，大人是找不着你的。一垄地那么漫长，有时候，嚎到嗓子哑了，大人才从玉米地里冲出来，不忘责怪两声："你嚎啥！"

你说呢？我眨着肥胖的大眼睛。

"不让你来非要来。"

这里好玩嘛。

大人把粘满黑土的手在身上蹭两下，为我抹掉鼻涕，把我夹在腋下，穿越无边无际的庄稼地。

抓把黑土，掺点水儿，就成了橡皮泥，黏黏的，很容易塑形。我们会攀比，看谁捏得快，捏得像，然后彼此鉴赏和嘲笑，有时候说急眼了，便开始黑土大战，团起一个黑球就是子弹，嘴里还配着音："嗖嗖嗖""砰砰砰""啪啪啪"。

子弹是不长眼睛的，糊在谁脸上，没有不嚎啕大哭的。那子弹也忒大了，像面具一样糊了满脸，若他不张开大嘴，有被闷死的危险。

我们也有安静的时候，拿泥巴堆城堡，那得多弄点黑土，几个小伙伴儿用篮子端土，随便从哪儿都能弄到一篮子，往地上一倒，泼上半盆水，又踩、又捏、又堆，总算成了泥巴。

土遇水，就成泥，做泥塑。一个下午的时光就耗在这摊泥上，堆了好壮观的一个城堡，风和日丽时，我们围着它欢呼雀跃，突降暴雨，立即复化成水。我们奔跑着，一边躲雨一边哭喊，到了家也哭号不止，嘴里得塞三块糖、一只鹅腿才能忘记失去城堡的痛苦。

根

从小，我就知道，我的根在山东。祖祖辈辈都生活在山东。虽然我出生在中俄边境的小村子，一不小心就可能变成俄罗斯人。

外国人对"根"的看重绝不似我们这样深远。虽然我们这个村子才只有几十年历史，但是，山东老家的根与华夏一样源远流长。

我们的祖先创造了中华文明，我们无需寻根。

我们复制着山东老家的一切，在东北的土地上。

说着山东话，吃着山东饭，过着山东年。

以至于直到举家迁往城市，说起普通话，与东北人成为同学，这才明白，这不是山东，也不再是关东，而是东北。

小时候一直惊讶但却好奇：为什么一个山东人生在东北，却沿袭着山东的风俗传统。哪怕在东北生活一辈子，籍贯永远填写的是山东。

当别人问我是哪里人时，我很恍惚，有时候说山东人，有时候说东北人。都不错，似乎又都不对。

命运决定我既不是纯粹的东北人，也不是纯粹的山东人。自由意志使我选择到江南工作，西南创业，闽南生活，中原定居，那点不纯粹就更不纯粹了。现如今，不用问我是哪里人，因为哪里人都不纯粹，却是一个地道、纯粹的中国人。

大学以前，我虽然从未回过老家，却仿佛从未离开过老家。

我们不用寻根，根一直在我们心上。

从我有记忆起，关里家就烙印在心中，以至于我周游世界、四海为家之后仍然选择山东美丽的城市——青岛定居。

潜意识里，自我认定是山东人。

人世间，有些事情真是说不清。我如此眷恋老家，却痛恨老家的传统，闯关东人把重男轻女的恶习也带去了东北。这个根，给了我生命，却差点拿走我的生命。给了我爱，又给了我深重的伤害。我不得不极端，不得不对根爱恨交加。

作为未来的女人，我必须反抗，必须独立与自强。

历史上有无数被传统洗脑过的女汉奸，无数被传统吃掉过的才女，总得有一两个自始至终坚强而清醒，进而带动被洗脑的女人觉醒和智慧。

我会成为其中之一。

没有什么比得上生命的觉醒与内心的智慧。没有什么配让人放弃自由与梦想。

关里家

自我出生起，就常听村儿里人三句话不离关里家。

我一学会说话，就问："关里家是哪吭？"

"咱老家。"

"那咱现在在哪吭？"

"黑龙江。"

"黑龙江是哪吭？咱为啥不在关里家？"

无论是谁，要么找借口离开，要么塞我嘴里一块糖，不是不让我问下去，而是怕他答不出。

我一定会问到他答不出。

北国的冬晨，我一醒来就被爸揪进他的被窝。如果爸忘了，或揪晚了，我就自己钻，掀开一条缝儿，就能爬进去，爬进爸宽阔而舒坦的怀抱。

包裹严密的后窗外，冷冽的西北风呼呼地刮着，就像空中有个巨大的风扇，生怕吹不起黑土上的深厚的大雪。被窝儿里，却是满满的爱与温暖。

我抬头问爸："关里家是哪吭？"

"咱老家。"

"老家在哪吭？"

"在万里长城的起点——'天下第一关'山海关，过了山海关，就是关里，这边就是关外。"

关里家！

生在黑土地的孩子却一直向往黄土地。

我从小就知道，姥爷、姥娘、爸妈都来自关里家。我虽然生在这里，根却在那里，我也应该是那里的人。

全村人无时无刻不在谈论关里家，每年春节总有几户人家携儿带女，坐上几天火车，历尽千辛万苦回山东老家去，就像唐僧带着三个徒儿万里跋涉往西天取经一样。

关里家对于闯关东人来说，无形之中有一种魔力：今生今世，无论路途多么遥远、经济多么匮乏，你都要带着你的妻儿（顶好是儿子）回老家认祖归宗。

有生之年，携儿带女回老家，是一项至高无上的荣耀和必须履行的义务。

父亲回老家用了十五年时间，有人会用上更长的时间，也有人来不及实现这个宏伟蓝图，就客死异乡，比如我的外公。

村里人三天两头有人回关里家，偶尔也有关里家的人来村里探亲。他们来时，这户人家就被包围了，里三层，外三层，猪都拱不进去。

关里家来人，就像明星一样，被围坐在中央，答各方乡邻问话。他带来的任何物品都被当成供品，先是一件一件被赏玩，然后赶紧供起来，可别弄坏了：千里迢迢从关里家带来的。

村里人回关里家则是比过年还隆重的事情，一人回家会捎着全村人的口信儿，如果老家的村儿离得不远的话。那是个农村人连电话、电报都不认识的时代，传递消息完全靠嘴，人和人之间特别亲近。但为了这个亲近的口信，却要等遥远的数月，甚至数年。

若是回关里家，一定因为大喜事，或者完成了人生重任，带着儿子、孙子一起回老家，让父伯亲邻们看看：我也有后代了，我在东北过得很好，吃穿丰足、儿孙满堂。

回一次关里家，特别不容易，需要几天几夜。

先要从村儿里坐车到县城，县城坐车到哈尔滨，再从哈尔滨坐车到北京，或者直接到菏泽，再从菏泽坐车到各县、各村各家各户。

单是听听，我就已经晕了。但是，我却特别向往关里家，向往村外的世界。

爸也回过一次关里家，在我五岁时，但是他竟然只带哥，不带我，这还得了？难道平时对我的爱都是假的？

我哭，满炕打滚儿的哭，哭到所有人无奈撤离现场，我就在地上打滚儿。我妈当然会心疼，进来把这个祸害揪上炕，我还是往地上爬。

"我也要回关里家，凭啥不带我？"

"你太小啦。等你长大再带你回，这次先带恁哥。"

我一听，有道理，就不哭了。

多年以后，我才知道，这是哄我呢，那个讨厌的烂传统，什么都好，就是重男轻女，简直不可理喻。

所以，山一程、水一程地回关里家，所有人带的都是儿子。

这帮人多可笑。男孩多个啥？我比男孩差啥？男孩，却拥有回关里家的资格。凭啥！

咬牙切齿地看着爸带哥启程，这漫长的探亲的日子，妈用一整只羊才能开启我紧咬的牙关。

等羊完全牺牲后，爸才带哥回来。

村儿里所有人都堆到我们家，看爸带回来的山东大果子，北京天安门的照片，以及关里家的各种消息。

我躲在角落里恨得咬牙切齿，也只能干咬牙。

改变不了性别，得改变传统。改变不了国家的传统，也得改变我家的传统，总之，我生下来，不是被轻视的，我要用我的方式受到重视。

关里家也来过我家的亲戚。

第一个是我奶奶。她来时，我很小，但我仍然记得一些蒙太奇的片断。关里家于我太神奇了，我奶奶更神奇，那么瘦弱的身体，那么小的脚，竟然能走这么远的路。

她说我如果生在关里家，早生几年，也得裹脚。我与她大闹了一场，怎么都想不通！她坚持的信念把她变成了残疾，却还想把我也变成残疾！阿弥陀佛，幸亏没生在关里家，晚上睡觉时摸着自己的小脚丫儿，五指张开，多好看。

于是我捏着脚睡着了。

直到我十九岁，爸才带我回关里家。

那也是我们一家四口第一次，可能是今生唯一一次一起回关里家。

好像是坐在一辆小货车的车厢里，一路上，房子越来越矮，道路越来越窄，人越来越多，到处都是土——黄土。

耕地很奇怪，一块儿一块儿的，像跟地球开玩笑似的。

真正看到日思夜想的黄土地，反而觉得不如黑土地好。黄土所到之处，肮脏而荒凉，黑土却给人肥沃和希望之感。难怪，黄土地养活不了的人会到黑土地上讨生活。

好在，只要是华夏土地，无所谓哪里，根是一样的深。

倔　强

　　如若说山东人和东北人的区别，仅用一个词语概括出其全部秉性，就是——倔强。

　　东北人虽然喧嚣、直率，表面上横行霸道、虚张声势，真要论起骨子里的强硬，根本不配跟山东人叫板。

　　山东人的倔强传承了几千年。东北人的暴虐才叫嚷几百年？到黑龙江历史博物馆中去瞧瞧就知道了，三百年内才找到汉族的痕迹。

　　山东人的倔强真是倔强，各人有各人的倔强，倔起来自己也无可奈何。其时，比的不是谁更倔强，而是谁的地位更高，谁的内心更强大。

　　七八年以前，老人一瞪眼，年轻人马上低头认错。其后，年轻人开始执掌了生命的平等权利，敢于和老人叫板。

尤其是我，一出生，就跟山东传统叫板：不可以重男轻女，不可以嫁到婆家挨打，不可以只在锅台边吃饭，不可以活着只管生育、干活，不可以不参政议政，不可以不闯荡世界，不可以不追逐自由和梦想。反正，我这里的不可以，放到半个世纪之前是要跪死在祠堂里的。

父亲年少时，受后母虐待，十八岁时奔着姑奶来到东北。两位姑奶就是我的最高长辈。从小，每年春节，风一程、雪一路，风雪兼程地到两位姑奶家串门儿，那雪有时候能埋到我胸前，那也要去给长辈请安、拜年。

我披荆斩棘地考上大学，两位姑奶特别高兴，她们家有六个孩子，没一个上到高中的。加上关里家的无数个孩子，没有人上过大学，尤其还是女孩。

毕业前夕，我以优异成绩被哈尔滨的学校留校任教。两位姑奶极其欢喜："好！真好！在哈尔滨当老师，收入高、受人尊重，嫁个哈尔滨人，就成了省城人了。这是我们想也不敢想的事儿。"

我眨着大眼睛望着她们，我想干一件她们更不敢想、也不敢干的事情——去上海。

果然，我一说出来，全家族人震惊了："什么上海！上海在哪儿……为什么去上海？跟老家有什么关系？你哥在哈尔滨，你在哈尔滨，有人照顾，我们也好来往，你去上海，还能见着不？我们能借上光不？"

她们轮番对我轰炸。继而彻夜长谈洗脑。

没用。

倔强，是那种做出一个决定就在木头上钉了个钉子，然后把木头抛进大海，下面再坠上巨石的义无反顾。

我不仅没心动，连耳朵都没动。大学毕业，家都不回，不给他们找木头取钉子的机会，直接拎着包去了上海。去了之后怎样，我不知道。

倔强是：我要去，就得去。拿着祖宗八辈的牌位阻止都不好使。

于是，我头也不回。独闯上海滩。我的命运改变了，被祖传的倔强秉性。

哈勒滨

从小就听村里人说哈勒滨。因为那是他们闯关东的必经之地，也是回关里家省亲的中转之地，还是省城。我便对它充满了遥远而神秘的幻想。

上中学时学地理，并无哈勒滨，而是哈尔滨，以为只是山东方言的叫法，没当回事儿。

二表姐和姐夫恋爱时，去了趟哈尔滨，回来便结婚了。可见，哈尔滨还是有魔力的。

哥哥学习成绩不好，连重点高中都考不上，但是特别有艺术天分：书法、乐器、唱歌、跳舞，一个顶仨，我则是一个彻头彻尾的

丑小鸭，不仅丑，黑得无边无际，还没有丁点儿才艺，连叫声都是
"嘎嘎嘎"。我上高一时，哥哥就到哈尔滨去读艺术院校。丑小鸭噘
着鸭嘴，也想去，但还没到时候。一家子总要有一个走正统路线，
按照成绩只能是我了。

　　爸指望着我能考上大学，光宗耀祖。历代祖宗不仅没有上过大
学的，连秀才也没，特别根正苗红的农民，任何运动都伤不了的
成分。

　　丑小鸭咬着铅笔，看着哥哥背起行囊，去了哈尔滨，一去就没
回来。他毕业后就定居那里，娶了哈尔滨的姑娘。

　　我的大学在松花江北，初到哈尔滨的清晨，还被老哈站的人给

骗了，打电话让哥来接，一分钟收五块钱。我当然质疑，他眼儿一横："就这个价儿。"基本上属于明抢，我得给：这是人家的地盘。

2018 年春天，我偶然走进老道外的中华巴洛克街，重新发现"哈勒滨"这个词：哈勒滨饭庄、哈勒滨面馆儿，还有一家餐馆，在墙上钉着"哈勒滨"的介绍，又勾起了小时候的回忆。

便用心查了一下，才发现，"哈勒滨"来自阿尔泰语系的发音方式，"哈"是三声，"勒"是四声，比老家方言还古怪。

是了，我早该发现，菏泽方言中是没有三声的，所有的三声发音都成变声：一声、二声和四声。比如：下雨了，在荷泽方言中读"下鱼了"，是婉转的二声。

"哈勒滨"在菏泽方言中，"哈"读三声，"勒"是轻声。

虽然这个称呼与山东老家无关，但是，老道外的许多著名饭庄会告诉你，山东饮食对哈尔滨饮食的巨大影响，许多老字号都是闯关东人创建的。

哈尔滨是一座没有城墙的城市，也是历史极短的城市，而悠远绵长的山东文化对其是一种极大的浸润。

19 世纪末，这里聚集着数十万的"世界流民"，不同种族和信仰；日本的理发师、白俄罗斯的面包师、德国的投机者、西伯利亚的猎人；街角的教堂，宏伟的巴洛克建筑，高大的白人女人，叫卖的小贩，马车上的绅士掏出怀表，时间可能是 1898 年 8 点 8 分……这座"流放者之城"，在 20 世纪初，是中国数一数二的国际大都市。

到现在还有这个国际范儿，无论是城市还是人。

乡　音

故乡的方言和祖先的方言不一样。这也是为什么我不把故乡当作故乡，反认他乡是故乡的根本原因。祖先的故乡影响着我的灵魂，通过方言和传统。

当然，我出生的故乡与故乡人，一样深刻影响着我。

于是，我有两种方言。完全不同的发音方式和语调。

乡亲们说的是纯正的菏泽方言，"夜门后晌，俺上到街行（hāng），一个熊孩的，骑喽个破洋车的，一家伙奏怼（duī）俺身行啦，非（摔）类（的）俺胳拉拜（膝盖）的疼，汗褂的也撂啦！"（昨天晚上，我到街上，一个坏孩子，骑着自行车，一下子撞到我，摔得我膝盖疼，衣服也掉了。）

跟说山东评书一样。

在村里，极少有人说普通话，偶尔有一两个，反而是异类，他自觉自动学说山东味儿的普通话。

直到我到县城上小学后，我才接触真正的东北人，听到真正的东北话。

我们不一样，我们彼此都这么感觉。

他们觉得我说的话好怪，我觉得他们说的怪。最终证明，在黑土地上说黄土地的方言，是我怪。

于是，我改说东北方言。

在人世间生存八年之后，我需要重新学习一门方言。

东北方言的语音特点与现行普通话的语音特点十分接近，但有许多"东北味儿"十足的发音和东北特色的词汇，这些在标准普通话中是没有的，不是纯正的东北人根本听不懂的。

比如："做什么去？"他们嗓音洪亮地说："干哈去？"他们管美叫"带劲儿"；管回答叫"嗯呐"；难看是"磕碜"；发火叫"急眼""急头白脸"；失败叫"坏菜"；直爽，是"贼拉敞亮儿"……

直到现在，还有很多东北方言是我没接触过的。

我拿出我的书，东北美女说："真尿性！你写书啊。"

我愣了半天，"啥意思？"

她哈哈大笑："你不是东北人哪？"

"不纯。"

她又是一顿大笑。

晚上，我们同住一间房，第二天清晨，她就跟她老公视频：

"醒没？"

她老公说："卜楞一下醒了。"

清晨本来是我思考和写作的时间，但这个奇怪的描述吸引了我："请教啥叫'卜楞一下醒了'。"

她老公哈哈大笑："就是呼啦一下醒了。"

我还想请教："呼啦"也能形容醒？理性一琢磨，这不是他知道的范畴，应该属于语言学。遂作罢。

虽如此，我们山东人学东北方言只需三日，而东北人学山东方言就得三年了。山东方言不仅有自己特殊的词汇，还有专属音调。

所以，小学同学都说我说话很怪，有一股怪味。他们吃惯了炖菜，冷不丁看到煎饼卷大葱，自然觉得稀罕。

我们在外面说普通话，回家后一家子都说菏泽话，所有的亲戚也是如此。于我来说，我虽生在东北，乡音却是山东话。

五年级时，一个同学巴巴地过来听我说话："他们说你说的是……什么东……广东话，是吗？"

"什么东……"我笑倒在地上，笑他的无知，虽然我自己也不知道广东是个什么东。

我一边用小胖手捂着浑圆的小肚皮，一边用粗得像小擀面杖一样的食指指着他的鼻子："你真笨！是山东，不是广什么东，俺是山东人！"

当我写故乡或童年时，对话一定会自觉自动地改为菏泽方言，非如此不能表达生命之初的状态和感觉。这些方言我随口即出，而且相当纯正，即使我走在菏泽大街上，当地人也挑不出理来。

只是，变成文字就傻眼了，太多话只会说不会写，也不知道该用哪个字表达。实在是有趣儿。

"昨天叫'也门儿'，前天叫'前也儿'，今天叫'及门儿'，明天叫'灭个儿'，早晨叫'清的起来'，中午叫'晌户头行'，黄昏叫'合黑''帮黑''黑门儿'……"说起来非常自然，写出来却全是错别字，自己先笑一会儿子。

我不负责去追问先祖为啥这样说话，只负责说和写，反正我们一出生就是这样说话的。

所以，也不奇怪我的东北同学会觉得我说话奇怪。他们到我家来玩，我跟他们说着东北话，扭头就跟爸妈说山东话，一回头，他们瞪大眼睛盯着我："你刚才说的那叫啥话呀。"

"山东话。写作业。"

初到上海求职，断然不敢说乡音了，此时，东北方言成为正宗，剔除其特有的东北味儿和词儿，就是纯正的普通话。因为太纯正，所以被上海人歧视，他们说着另外一种奇怪的方言，并以之为正统。

我也是蒙了，搬到县城说山东话，遭东北人歧视；到上海后说普通话，遭上海人歧视。

歧视就歧视，我也不稀罕学上海话，在我看来，挺健壮的爷们儿一张口，像猫咪一样柔软，实在古怪。

我很快就到杭州就职，方言又变为杭州官话。

后来，我就不大说话了，改用文字表达。凭你说任何一种方言，你写的都是汉字。这就简单了。

如今，我定居青岛，青岛话与菏泽话又极大不同，也不能说。唯一能说故乡的方言的语境，就是跟故乡的亲戚们。

但无论说与不说，故乡的方言，是深入骨髓的。即使我走遍世界各地，甚至失忆，张口就来的也是山东菏泽话。

青 年

青年村。

三十年前，我在那里生活着。

三十年前的三十年前，姥爷那代青年人缔造了青年村。

在那之前，那里一片荒原，一片无人生活的沼泽。是一群青年创建了青年村，于是，"青年"便成了它的名字。

我降生在青年村时，一切都井然有序、安宁祥和。

青年的月夜，很闪耀，很清亮，墨蓝色的天幕上，星辰密布，众星捧月，并不会夺去月的荣光，反而使其更加绝美异常，似是一颗宇宙间最昂贵的钻石镶嵌了无数碎钻。我常常仰望星空，靠在外公怀里，数星星，亲吻月光。

青年很宁静，非常静。纵然是白天，走在乡间小路上，如果没有风，村东头有人咳嗽一声，村西头都能听见；村西头有人说了句话，村东头都能听出是谁。

春天可以听到小草发芽生长的声音，夏天可以听到白杨树沙沙作响的声音，秋天可以听到落叶飘零的声音，冬天可以听到雪花飞舞的声音。

宁静，淡泊，就像老子在函谷关讲道时的思想，就像苏格拉底凛然饮鸩赴死前的心。但老子和苏格拉底在这里没有用处，如果他们不会耕种和打麻将的话。

连出生和死亡都是宁静的，除却哭声。出生者，在自己的哭声中来到人间；死亡者，在别人的哭声中离开人世。哭过之后，一切依旧。

全村人的命运是一样的，生活方式是一样的。

只有两种分支，男人的命运和女人的命运。

青年是不变的，一成不变，除了人类无法抵抗的生老病死。

青年是同一的，所有人的人生步骤、生活节奏完全同一。

傍晚时，全村人的烟囱都在同一时间冒烟，每户人家的窗户在同一时间亮灯，飘出同样的香味儿。一年四季，所有人家的餐桌上的食物，甚至烹饪方法都是一样的。谁若腿儿快，先撂下饭碗跑到别人家串门，即使桌子上摆着同样的菜，那家人也要立即起身拿来一副碗筷让他尝上两口不可，就像城里人家里来客沏茶一样。

唯一的变化是孩子的出生和长大，老人的头发越来越白，胡子越来越长。

　　青年最热闹的只有两件事：婚礼和露天电影。前者热闹了白天，后者活跃了夜晚。

　　不管谁家娶媳妇儿，全村人都会跟着忙活，仿佛是自己家的喜事儿，出力的出力、出钱的出钱、出物的出物，啥都不能出的，当看客、凑热闹。我是雷打不动的观众，哪儿有热闹不往哪儿凑，那还是我吗？小小年纪，已经参加过几十场婚宴了。

　　没有请帖，谁家办事儿，村儿里人若是不知道，那就奇怪了。你只管来，只要是村儿里人，谁管你拿了多薄的礼，拖家带口的来，孩子能吃几口？当然，吃的没有扔的多，我们常常拿馒头当子弹，拿菜汤当油彩，满处乱丢乱抹，那也要来，图的是个热闹，没有孩子，哪来的热闹？村里本来就安静得跟坟墓似的，全靠孩子和家禽发出点异样的声响。再说，婚礼的目的不就是为了添丁添彩吗，自然，孩子是最受欢迎的。

　　只要谁家喇叭一吹，我拔腿就跑，生怕跑晚了，赶不上看新娘子，她可是整场喜事的主角，男人家的看不看，都知道长啥样，女孩家的，只有这一天美若天仙。浑身通红通红的，头上戴的也是红花，脸上也是红，比衣服还红，那真是好看。

　　得好好看，只有这一天好看。第二天之后，不仅跟好看无关，越来越难看，脸色从红到黄，身材从细到胖，屁股从挺到圆，人从羞涩到无所谓。

　　我才五六岁，看了几十场婚礼之后，就看出来了，发誓不做这样的新娘，我要我一生都是新娘，每一天都是最美的时光。这不是个正常的妮子，却出生在一个正常的村子里。

接完新娘子，这个不正常的小妮子，就大摇大摆地往饭桌上一坐，等着上菜，上啥吃啥，吃啥抢啥，一桌子正常的小妮儿、小小，专等着这重头戏呢。本来吃饱了，小肚子已经鼓得老高，看到别的小小抢，还是跟着抢，跟小小抢食吃、抢玩具、抢成绩、抢关注。我抢习惯了，生生把一个女人抢成男人一样的倔强和强势，男人都远远地看着，真好看，就是抢不过。

婚宴吃多了，吃出了经验，先头的冷菜、热菜已经不抢了，等着上整鸡、整鱼，宴席上一定要是整的，图个圆满吉祥。上鸡，先抢个腿，塞进小嘴儿里；上鱼，先把肚子上的那条最肥的肉夹过来，如果嘴里塞着鸡腿儿，就先把肉搁在自己碗里，谁敢上碗里抢？那是要捅大娄子的。我会给他一顿揍，我没空揍，就"嗷呜"一声，喊他妈揍他，我则啃着鸡腿儿看戏。

最爱的是最后四道菜，一场婚宴的质量全看这四道菜，婆家的家底儿和慷慨也全看这四道菜，当然，厨子的质量和水平也全赖这四道菜，之前的鸡鸭鱼肉连做法都一样，再好吃能好吃到哪儿去？

最好吃的就是这四道菜。通常是四道甜点，但却不是平常的蛋糕，而是现场制作：亮糕、红枣糕、糯米饭、八宝饭……以及各种炸物，还有许多我叫不上名字的美食，美到菜一上，立即清盘，再一看周边，每个人嘴里塞着、手里拿着，正往兜里揣着，却揣不下，还是吃了吧，胃里能装下。

坐席坐席，坐的就是宴席，坐等的就是压轴大菜。

坐席之后，整天都坐不下了，撑得慌，走路速度都减慢了，跑是别想了，扭扭搭搭地往家挪，本来就胖，浑身的肉在颤，现在又多了个肚子，简直是一步三摇，三步一抖，捧着肚子直立爬行。

此时，只有一个消息能够点亮神经：放电影。那立即抹了嘴，撒腿就跑回家，一手拎一个小板凳，先去场园占座儿。

这是青年唯一的文化盛举。因为青年太年轻，不比呼兰河，百年老村，有跳大神、放河灯、唱大戏……这些都算是有手艺的，闯关东那么辛苦，他们才不屑于来，所以，青年是清静的。但我们有电影，哈哈，呼兰河没有的，没见过的。谁管它哪儿来的，谁放的，反正我们只管看。放啥都看，看不懂也看。

对于孩子来说，看的永远是热闹。婚礼热闹，露天电影也热闹。全村人吃了晚饭，都拿着凳子、椅子挤在露天场园上，盯着那块神奇的幕布，天色一暗，那块布就变成了一个神奇的世界，那个世界是立体的，没见过的，还有人，能说能走、能唱能跳。真神奇。我睁着眼睛唯一安静的时刻，就是看电影时，乖乖地靠在外公怀里，静静看完整场，看不懂也是安静的，安静的迷茫着，安静的稀奇着，安静的吸引着。

你等演完的！无论谁搂着我看电影，我都会让他发疯，那问题是成千上万、排山倒海，问到他头痛如裂、抱头鼠窜，对策就是让外公陪我看电影。外公有山一样的耐心、海一般的爱心，以及地下党般的口紧，我问十个问题，外公才慢慢悠悠地回答一个，我哪有这个耐心啊！问着问着就困了，趴在外公怀里睡觉了。这些大人太坏了，他们就是这么对付我的。

　　我是好奇的，我会看着看着，悄悄地溜到反面去看："哎哟，真好玩呀，一切都是反的啊。"自己好玩还不算，叫上秀云、永萍，一起到电影屏幕后边看，一边看一边笑得翻江倒海，笑话他们嘴是歪的，手是斜的。

　　我们也是有电影院的，青年竟然有电影院，就在场园后边的那排房屋，把幕布扯进去，放电影的机器拿进去，不用带板凳就可以看了。但是没得玩，在里面不能上蹿下跳，看反面电影。我们还是喜欢露天电影。

　　星空下，月色中，吹着清凉的夜风，打着轻盈的蒲扇，电影的世界周边是成群结队的白杨树，罩着那个神奇的故事，影影绰绰的，韵味悠远。

春 节

　　小时候的春节是极其热闹、隆重而充满诱惑力的。从腊八开始热身，小年儿正式拉开序幕，一直到元宵节之后，二月二龙抬头才宣告剧终。简直就是节日的集会，全家人什么都不干，全心全意迎接春节。

　　腊八时，姥娘会煮一大锅八宝粥，俗称腊八粥，有枣、芝麻、青红丝……每次，我都能喝上两大碗，一年才有的一次呵！家里人多，十口人，煮上这么一锅也不是件容易的事。

　　腊月二十三，姥娘说这天是小年儿，迎灶王爷的日子。家里所有的女人都开始大扫除，屋子里每个死角都会清扫到。每到这一天，我成了监工，一会儿跑到这儿，一会儿跟到那儿，一会儿问这个两句，一会儿问那个两句。

姥娘，你为啥扎围裙？为啥今天打扫屋子？

姥娘，啥是灶王爷？灶王爷跟咱有啥关系，我咋从没见过他？

姥娘，你请灶王爷来家过年呗，咱家热闹。

姥爷，灶王娘长勒啥样？

啥？谁！

有灶王爷，就应该有灶王娘，他媳妇是灶王娘。

姥爷的胡子都笑弯了，一根一根在颤抖，听到的人无不丢了手里的扫帚、抹布，捂着肚子笑。

从小年儿起，家家开始蒸馒头，一锅一锅地蒸。馒头一定要揉成圆的，象征日子圆满、合家团圆。

然后蒸包子，包子很大，和馒头一样大，蒸一锅菜包、一锅肉包，菜包多、肉包少，肉包子馅儿中也是菜多肉少。

蒸好包子后再蒸发糕，一个巨大的篦子上蒸了三大排发糕，发糕要连在一起，接缝处要插上红枣。

无论蒸什么，都要摆成圆圈儿，不能成排放，总之能圆一定不要方，能画圆儿一定不画直线。

蒸好的馒头、包子都被放入天然冰库——下屋（菏泽方言：杂货房）里，有个巨大的簸箩盛满了全家人半个月的食物。

阴历二十七八时开始动油锅，炸麻花、油条、大果子、焦叶子、卷廉……这些炸了是要放起来的，孩子们自然可以现吃，吃完了还有。三十儿上午还会炸，是为了隆重的午宴及初一的晚宴。

青年人的春节也是关里家的春节，老家的风俗是过初一，不过三十儿。

三十儿的早饭之后，姥娘和阿姨们就马不停蹄地做馍、花糕、晾糕，还要动油锅，炸各种好吃的，我的工作就是在她们做的过程中跟着瞎搅和。她们活面，我也跟着揉，我最喜欢玩儿面了，捏什么是什么，比泥好，面是白的，看着舒爽。我一会儿捏个小燕子，一会儿捏个小猪儿，一会儿捏个小耗子，不满意就揉了重来。

大人们总是撵我："去去，一边去。""别碍事，那边玩去。"

我噘着嘴去找姥爷："姥爷，我捏勒这个小燕子像不像？"

姥爷用手撸撸胡子："像。"这就像《小王子》画的蛇吞象，你说它像它就像。

等动油锅的时候，我就更忙了，我负责第一时间品尝，检查一下炸得脆不脆。白白的面团被捏成各种糕点和形状，"扑通扑通"跳进油锅里游泳，"哧啦"一声，立刻就变了颜色，我乐得直拍手，浅黄变成橙黄再变成金黄，像一块块金子一样，用笊篱捞出来控控油，放到盘子里。我伸手就去拿，妈一巴掌拍在我手背上："大人还没吃，不许动！"

姥娘忙用筷子夹了一个焦叶子放在碗里："别烫着！"

我擦掉流出来的口水，端着碗就跑到东屋去找姥爷："咱俩一起吃！"

姥爷摸着我的头："自己吃吧。"

"嗯哼，你先咬一口。"

姥爷象征性地碰了一碰："妮吃。"

我一咬，脆、香、甜，满口回味。咬了两口，放下了，再去拿新的，每样若不尝一口，对不起美食家的天性。

到了吃饭的时候，我已经什么都吃不下了。

他们都说，过年的时候最忙的是我。

三十儿晚上，吃完饭就早早地睡了。

初一天刚蒙蒙亮就得爬起来，小孩儿就在被窝儿边找新衣服，就像欧洲人过圣诞节在袜子里找礼物一样。

我最喜欢大年初一的早上，平常我会赖在被窝里不起来，初一早上我一骨碌就爬起来，在褥子下面找新衣服——妈每天早起后就把我和哥的棉袄、棉裤塞到褥子底下暖着，穿时就是热乎的。妈心灵手巧，擅长女红，我的衣服都是她做的，所以，每年初一我都有新衣服穿，而且不重样儿。

我兴奋地穿上新衣服，一步一颠地跑到东屋："姥爷、姥娘，过年好！看我勒新衣裳好看不？"

姥爷早就起来了，慈祥地看着我笑："好看，好看，俺妮穿啥都好看。"我开心极了，就围着姥爷转哪转哪，在他腿缝中穿来跑去。

穿上新衣服去给老人拜年，正大光明地接受老人给的压岁钱，大约五毛，最多一块，就跟得了五千块似的，特别廉价而真实的狂喜和幸福。

小孩子们不只给自家的老人拜年，还要给全村德高望重的老人拜年。

老人们早早地准备了糖果、瓜子、花生，但凡来拜年的年轻人，临走时非得给他们抓上一把不可。年轻人挣扎着不要，老人非要给，一把抓住后生的兜儿就往里塞，后生双手死死地拽着兜儿，夺个空子就跑。

来拜年的多少要看地位和人缘的好坏，全村的年轻后生都会来给姥爷和姥娘拜年，拜得我都困了，直到六七点钟，人渐渐少了，才能煮饺子、放鞭炮。

别看我天不怕地不怕，就是怕鞭炮声，一听到"噼里啪啦"就赶紧扎到姥爷怀里，让他捂上我的耳朵，等没声音了，饺子也煮好了，我像被圈养的囚鸟一样飞了出去，站在桌边拿起筷子夹了饺子就往嘴里塞。

"慢点，慢点。"姥娘叮嘱。

我要吃甜饺子。姥娘夹了几个放到我碗里，甜饺子是用红糖包的，一口咬下去流出咖啡色的液体，煞是好看。

"哎哟！"哥捂着嘴。

"咋啦？"我一边吃着一边斜眼瞅他。

哥从嘴里掏出个硬币，妈乐了："俺小儿吃着钱饺啦！好，将来财源滚滚。"

"妈，还有吧，我也想吃！"

"就一个，多了就不灵了。"

我噘起嘴，不乐意。眼睛骨碌骨碌直转，趁他们不注意，拿起那枚硬币就放到了我刚咬一口的饺子里："哎哟，我也吃着钱饺子啦！"

"咦，咋回事，明明就一个？！"

我把手放在嘴边，小声对姥爷说："我把俺哥那个硬币塞到我勒饺子里啦。"

尽管声小，全家人都听到了。大家笑成一团。

吃完了就开始串门儿。

亲戚多的人家就分开串，大儿子、儿媳去大爷家，二儿子、儿媳去姑奶家。小儿子、儿媳回娘家，女儿在自家陪父母，一串就串到正月十五儿。

过年期间，全村人的任务就是吃喝玩乐、走亲访友，每个亲戚朋友家都要耗上一天，然后再接受回访。

青年人丝毫不认为这浪费时间和资源，乐不得地你来我往、礼尚往来。一早拎了四样儿果品、点心就去走亲戚，亲戚家隆重地准备一桌午饭，酒是一定要喝的，而且不能少喝，直把日头从头顶喝到落下西山，又得拎回两样儿去。老家的规矩：礼品要拿偶数，对方一定要回一半，不能让人空手而归。

那些点心、山东大果子，在全村人之间轮回，很容易回到自己手里。

没关系，不在乎。继续送礼、回礼，在过期之前被某人吃掉就好。

后来有了电视机，三十儿晚上就多了一项内容：看春晚。

一家老小炕上盘腿的、地上坐凳子的，一边嗑着瓜子、吃着花生、嚼着糖果，一边看春节联欢晚会，时不时被逗得笑破了肚皮。

那时的晚会很简单：布景简单，节目简单，人也简单，听首歌都很满足，相声演员一出来，还没开口，大家就乐了，乐得非常真诚，发自心底的快乐。

那时的人，特别容易快乐，人简单，快乐也简单。

第二天，年轻人就开始哼唱头天晚上春节晚会上的歌曲，穿歌手们能在生活中穿得出去的衣服，梳歌手们的发型，摇头晃脑的，谓之流行。

过年虽然好玩儿，但是有好多禁忌，比如剪刀要封起来，三十儿、初一要点两天长明灯，院子里要挂灯笼，一亮亮到正月十五。不许说不吉利的话，不许吵架，更不许说"死"，打了东西，要说"碎碎（岁岁）平安"。

见了长辈要拜年，说"过年好"，要穿红色或亮堂的衣服，本命年要穿红色内衣裤，所有人都穿红袜子——走红运，发红财。

好复杂。反正，我只负责吃和收压岁钱，走哪儿吃哪儿，一睁开眼就是吃，吃到晚上睡觉，吃着吃着就睡着了。我妈常常嘲笑我小时候极胖，胖得有三个下巴，还说我吃得特别多，多到不知道撑，她会夺我饭碗，怕我撑坏了。

我讪讪地："我怎么不知道……难怪很难瘦下来，小时候吃得太多。"

"那咋整，你出生时，全国人民的日子都好过了，全家的日子也好过，你是咱家最小的，谁敢委屈你？"

我委屈极了："妈，你知道减肥多难吗？"

妈妈哈哈大笑，看着我现在吃的猫食儿："活该。"

老房子

那幢老房子依然存在，是一座土坯房，作为一个杂货房存在。我总是喜欢钻进去东跑西颠儿，挖掘里面的宝藏，那里似乎有数不清的神奇等我去探寻。

打开门，是一个有二级台阶的土坯砌成的长方形土堆，靠门的一边已经坍塌。

这扇门——原本是一扇窗，这个大土堆原本是炕，是一张可以睡十个人的炕，我就出生在这张炕上。

关于这张炕，我只有一个记忆，它上面铺的是草席，有一件极其重要的历史事件，于我尤为重要，以至于到现在都记得。

那一天，那一时刻，那个好动的不安分的小家伙儿在炕上爬着玩，她睁着一双乌黑清澈的、像水晶一样的大眼睛打量着这个昏暗的小世界和那些被命运或者某个神灵安排给我的亲人。看够了就爬，越爬速度越快，爬累了，就蹲坐在炕上休息，一条小胖腿儿蜷在小胖屁股下面，然后还是看，这个世界太奇妙了，什么都让我感到好奇。

二姨站在门边梳头发，她有一头乌黑浓密又迷人的长发，长及腰间，所以，她梳头的时间比母亲和另外三个阿姨加起来都长，我总是看见她站在一个小圆镜子前梳头发，她用梳子把头发全都梳到一边，一边蘸水一边梳，先从发梢儿开始梳起，一点点往上梳去，直梳到发际，等到头发全部理顺了，她就从头顶一直梳到底，一下，一下，又一下。

啊，真好看，真神奇，那究竟是什么呀！是头发吗？人的头发可以长那么长，我忍不住伸出小胖手摸了摸自己的小胖脑瓜顶儿，这里哪有头发，不过是几根小绒毛而已，什么时候才能长成比我的身体还要长几倍的头发呀——那个小笨胖孩儿认为头发长，身体不长。

我绝望极了，竟然没有头发，真是气死我了，太气愤了，张开小嘴叫唤起来。二姨忙扔下梳子跑到炕沿儿边，把我抱起来："咋啦？妮？尿泡啦？"她把我翻过去让我趴在她大腿上，像翻一张油饼，看了看夹在我屁股间让人讨厌的破布，"没尿啊。那你叫唤啥？小疯妮！"二姨在我的小屁股上亲了两下，又为我塞上那几块破布。

"饿了？不是刚喂过奶？大姐！"二姨喊在院子里干活的母亲。二姨的头发披在肩上，像窗帘吊在窗户上一样，还散发着一股甜美的像奶汁儿一样的香味儿，我不禁伸出小手去摸了两下，确切地说，是抓，一把就抓断了好几根。"小疯妮！不许抓头发，快松手！"

二姨粗鲁地掰开我的小胖手，把我单独一个人留在炕上，又去梳头发。我捏着手中的战利品——几根断发，兴奋地在炕上爬，心里甭提多高兴了，我有头发了，就在我手中，头发！哈哈，长头发！

我爬呀，爬呀，突然感到一阵撕心裂肺的巨痛，皮肤有一种撕裂感，继而有一股温热的液体流出来，我哇哇大哭。

妈和二姨赶忙跑过来，发现我坐在和我的小屁股一样大的剪刀上，那把剪刀绞破了我娇嫩的皮肤。我哭，没命地哭。

我只记得这件事，在那幢早已废弃的老房子里，有我拥有生命的第一个年头里发生的故事，只这么一件。

肉体上的痛苦是转瞬即逝的，随着伤口的愈合，疼痛立即消失，灵魂上的痛苦，与灵魂一样，永远不灭，直至它消亡。我太小了，还远远不到被灵魂之痛惠顾的时刻，所以，我不记得被剪子穿透皮肤的滋味，也不记得妈和二姨采取了什么有效的措施、经过多少天伤口才愈合，我只记得这件事情本身，还有那个我看不见却摸得到的永存的伤疤。

很快，这个家在我出生之后的第二年就消失了。一座崭新的砖瓦房在它旁边诞生了，它退居为下屋。

新房子又大又宽敞，还多了一个卧室，从此以后，我们一家四口睡在一张炕上，外公、外婆和四位阿姨睡在东屋的炕上。

外公、外婆没有儿子，所以不必准备更多的房间。

在农村分单干之后，我们家很快盖起了新房，因为我们家劳力多，又都是本本分分、埋头苦干的类型。

总听母亲说她年轻时的"傻事"：她十四岁就开始跟着干活，为了不落后，求积极上进，别人休息她不休息，仍然低头哈腰地干。青年的地很长，一垄地一眼都望不到头，母亲就不停地干活。但发工分时，并不多得，因为她们年纪轻、个头矮小，又不会搞关系说好听的话。所以，她们得的工分还比不上那些少干一半儿活、却多说一倍好话的油嘴滑舌的人。

分单干之后，只会干活不会动嘴儿的便占尽先机，我们家在全村率先盖了新砖瓦房、买了电视机，当时，全村只有两台电视机。老房子就退役为仓房，成了我的游乐场。

电视机

　　但凡出生于 20 世纪 70 年代末及 80 年代初的农村孩子，都会有关于电视机的浓厚而难忘的集体记忆，那是童年里的大事，也是全村人的大事。当电视机率先在村儿里出现时，着实轰动了整个村庄的灵魂。

　　这是空前之物。

　　一直以为，电视机就是那个时候才在中国出现的，但读了《巴金日记》，才发觉不是这么回事儿。日记中，他时常提及看电视节目，起初以为他说的电视不是这个电视，后来见他屡屡提及，并写与琼如一起在客厅里观看，日记的年代：1962 年，才知，在 1962 年的上海就有电视机了。

可是，我们村儿，却是在二十年之后才有电视机。

我当时只有几岁，记不太清，也不知道青年人从哪儿听说有这个奇妙的小东西，红色的外壳，前面有一块凸出来的玻璃，我盯着它看了半天，它长得好奇怪，干吗用的？盯着盯着，屏幕上好像有我，我赶快躲到后面去。

大人们忙着在院子里竖电线杆，顶头绑着用铁丝窝成的 S 形线圈，立在院子里高出房檐的地方。

没人理我，我很生气，为了一根木头和一个大盒子就不来抱我，我都饿了，也不给奶吃，弄点疙瘩汤也好啊。

我气坏了，用脚踢它，却很疼。我坐在它面前，捏着小脚丫儿，敌视着它。

一个大人进来，看到我与电视机僵持不下，一把把我拎到炕头上："去，一边玩去！"我更生气了，随便一个大人一只手就能把我拎起来，拎起来就随处搁，想往哪儿搁就往哪儿搁，也不问我愿不愿意，真是太过分了！

"三姨，那是啥？"我扑闪着一对本来很大却被脸上过多的脂肪掩藏了大半的眼睛问。

"电视机。"

"干啥用勒？"

"嗯，我也不知道……听说能看电影。"

"啥是电影？"电影我也没看过。

"反正能看见人。"

这下子，我的好奇心来了，乖巧地盘坐在炕头儿上，等着人来。

外面的名堂终于搞明白了，爸走进东屋，把电视机放在桌子上，一打开，竟然看到有人在里面说话，但不太清楚。

哇！我跳下炕，抱着电视看，又被爸揪到一边。

爸说："啊！有了……不清楚，雪花太重，动动天线！"父亲冲屋顶上的人喊。

"中了吧？"屋顶上的人喊。

"不中……再动动……哎呀，雪花更多……再移一点……中啦！"

不只我觉得好玩，大人们也觉得新鲜，敢情他们的见识也比我多不了多少。

"四姨，抱我。我也要看。"

四姨走到炕头上把我抱在怀里，站在人群前面。我用手去摸屏幕。

"小疯妮！别动，有电！"

我马上就缩回手，就像真被电着了一样。

从那以后，我天天都看电视，晚上也不肯睡觉，非看到屏幕上写"再见"二字才睡。而那时的"再见"来得很早。

没过多久，我就对它习以为常，不待母亲呼唤，就自个儿钻进被窝里睡觉。

我太喜欢看电视了，未知的世界，未知的人。我什么都看，最爱看动画片：《哪吒闹海》《大闹天宫》《大林和小林》《九色鹿》《女娲补天》《神笔马良》……

我看得目不转睛，连饭都不想吃，非惹得妈来呲我："死妮子！电视当饭吃？快来吃饭！"

"噢。"我嘴上虽然答应了，身子却一点儿没动，眼睛一动不动。

直到妈失去耐心，关掉电视，把我推出去。

火速吃完饭，火速回到电视机前。

它是我的。不给书看，还不让看电视，到底想咋地？

孩子王

我从小就是孩子王，这是我妈造成的，她是老大。我有四个姨，五个弟妹。

我注定是孩子王，因为父亲也是老大，即使我生活在父亲家族，下面的弟妹更多，那是孩子王中之王。

最爱过节，过节时，阿姨们都带着孩子回姥娘家省亲：哈，我最威风的时候到了。

一大早，等孩子们聚齐了，便集合排队，玩游戏。啥都玩，啥好玩玩啥。

我们家是逆反的，我哥是姐的性格，我则是弟的性格。我带领弟妹们闯荡江湖时，我哥不知道乖巧地杵在哪儿，反正整个童年时代，他是缺席的，几乎没干过值得我回忆和记叙的事情，除了抢过我的烧麻雀之外。

我虽是姐，却没个姐样儿，上房揭瓦、牛棚藏身、钻柴禾垛、打小木枪，那是一个顶仨。自封侠女十四妹，因为小时候看过《侠女十三妹》，她那么厉害，我自甘为妹。最大的愿望是上少林寺学武术，自从看过《少林寺》。

如果不是母亲哭天喊地，差点以死相逼，我可能会是武术冠军，继而成为武打女星。母亲的短视断送了我的星途。

我们一行六人那真是房前屋后、牛棚猪窝乱钻，吃饭都找不着人。

直到小肚子饿得不行，才风风火火刮进屋去，大叫："妈，饿了，吃饭！"

我妈必一溜烟儿跑出来："小祸害。"拎起我要捏鸭腿的泥爪子，谁知道这双爪子刚才是抓过牛尾巴，还是摸过猪屁股："洗手！恁几个，都洗！"

各自的妈出来给各自的孩子换衣服、洗手，一家子十几口子，我们站在桌子旁狼吞虎咽。吃饱了，打个嗝，小手往衣服上一蹭，我便发话："出发！目标柴禾垛和牛圈，冲啊！"

我身先士卒，第一个往外冲，身后跟着一串小人儿。六个孩子瞬间消失，拦都拦不住。妈妈们捏着馒头在身后直感慨："这帮祸害……"

五个弟妹都很可爱，各有各的美。

因为年龄相近，我跟二姨家的两个妹妹相处时间最多，她们在我之后接踵而来，真是让我好生稀奇。

妈妈去看望刚刚生产的二姨，我一定闹着去。二姨家在青年八队，那时，一天只有一班客车，大概往深山里走一个小时，下车后，再往山上爬坡十分钟，就到了二姨家。

一幢矮小的茅屋里，推开低矮的门，二姨躺在炕头上，头上系着毛巾，抬头看我们："大姐来了，霞妮儿咋也来了？大冬天勒。快上炕头上暖暖。"

我扒着炕沿往上爬了半天，妈只顾跟二姨唠嗑，忘了我。二姨夫给妈倒水时，看到我狠命地爬着，却爬不上去，便揪起我来，搁到炕头儿上。

我哪坐得住，又爬起来，爬向那个比我还小的小生命。她蠕动着，小脸儿粉嫩粉嫩的，像猪头肉；小眼睛似睁非睁，睁着也像闭着，闭又没闭严，头发都没长，小嘴儿一个劲儿地蠕动着，裹得很严，浑身奶味儿。

我捏捏她的嫩脸，竟然比我的还嫩，真是过分。我才五岁，这个小东西比我还小，她从哪儿来的？

我噘起小嘴去亲她的小嘴儿，大人们看到了，哄堂大笑。"别动妹妹，人家还不到一百天。"妈说。

妈太可笑了，我哪懂一百天和八百天有什么区别。

我是整个大家庭里最小的，现在又多了一个比我还小的，由不得我不好奇。

又过两年，金秋十月，我又跟着妈去二姨家，二姨又生了个妹妹。这回有经验了，这个妹妹会长大的，因为那个已经长大了好多，比刚出生时。

孩子会长大，真是奇怪的很。

这个妹妹像个粉色的小肉球，依然紧闭双眼，依然浑身奶味儿。我捏着她圆圆的小脸儿，一样的粉嫩，一样的好玩儿，骤然间不知从哪儿来两个玩伴儿，我比二姨还高兴。

我家搬到城里之后，每年寒暑假，我必回姥娘家，必到二姨家住上一阵子，和两个妹妹玩得昏天黑地。

不大的八队，每片雪花都有我们的快乐，每寸土地都有我们的足印。再加上二姨小姑子家的弟弟小海，邻居家的兄弟，同村的红霞、红梅，后来，五姨也嫁到八队，生了个弟弟，我又成了名副其实的孩子王。

那是把大队的传统生生搬到了八队，风行全村，令人闻风丧胆。一看那风一样跑着的、风一样在雪地里打滚的，不用说，一定是我这个孩子王带领孩子军团干的。

你能咋地？

那个夏天，二姨抱着妹妹回娘家住了几天，我欢喜得不得了，嚷嚷着要抱妹妹。二姨把婴儿递给我时，我伸手打了半天太极，不知如何去抱。

大人们哈哈大笑，教我一手托腰一手托住脖子，但是她往我怀里一钻，我怀里就满了，站都站不住。大人们又是一顿笑。

终于能够抱稳了，原来抱孩子也需要拿孩子来练习。

大人们到稻田插秧，我心血来潮抱她去河边玩。到河边需要经过一座小桥，小到大人一个大跨步就能飞过去，但对于孩子却是一个鸿沟。正逢几天大雨，冲垮了桥，便临时搁了两根木头，却是圆木，不知大人怎么想的，也许是大人功夫太高。我可怎么办？

我这个孩子自己走都费力，更何况怀里还抱着个孩子。

我悄悄地伸出小脚，踩在圆木上，还好，再踩一步，也还好，再踩，只听"哇"地一声大哭，怀里空了，孩子没了。

妹妹掉到河沟里，头还朝下。姐姐都快急傻了，不知该干吗。

路过的大人赶忙跳下桥："这孩子，谁家勒？这么小还抱着孩子出来干吗？"

我也"哇"地一声大哭起来，撂下一句"我是俺姥娘家勒。"哭着跑回家了。

巴掌大的村儿，他很容易知道我家在哪儿，很快把妹妹送回姥娘家。

我站在门口，不知该进还是不该进。充满了负罪感。可我很想看看妹妹怎么样了，摔坏了没有。

终于推门进去，二姨正搂着妹妹在炕头躺着。我的负罪感更重了，简直抬不起头来，她怎么不哭，怎么不埋怨我？

我走过去，踮起脚，才能高过炕沿儿，摸了摸她的脑袋，湿的，还有一股子稻田味儿。我亲了一下，没够着，便风一样的跑没影了。

这是个什么姐……哪里会照顾人，貌似只会祸害人……

我一直希望有个姐姐，照顾我，可恨父母全是老大。只有一个比我大的，还是哥。

命。

香在我这里是妹妹，在家里就是姐姐了。她做姐姐简直太称职了，从小就被告知要照顾和迁让妹妹，所以养成她宽容、忍让、体贴的性格，做事总为别人着想，总让着别人，什么也不争，不管多么爱吃的零食、多么喜欢的东西，只要妹妹要，她就给。

对我更是如此，知道我喜欢吃什么，总给我留着，在一起玩的时候，有几毛钱的零钱也要拿去给我买我最喜欢的泡泡糖、麻糖之类的，却很少为自己考虑。

我喜欢她这种性格，我断然做不到宽容、忍让，那简直跟我开玩笑。我从会说话就跟大人犟嘴，从会走路就跟哥哥争抢，一天到晚儿跟重男轻女的传统较劲儿，掐着腰、瞪着眼要求所有人必须把我当成男孩一样看重。

香的妹妹双的横空出世，原本是不受祝福的，二姨夫顶着罚款生二胎是为了要儿子，却事与愿违。取名为"双"是成双成对的意思，可见他多希望儿女成双。这是他的命。

双成功逆转，总是对姐姐呼来喝去，老是命令她姐姐帮她做这做那，就连看电视也一定是看她想看的节目，尽管只有仨频道。

我天生侠义性格，看到她这样"虐待"香，虑及香的好，总是斥责她，或是用眼睛瞪着她，虽不说话，那股威严劲儿也足以令她震颤。所以她很怕，每当她喝令姐姐做什么，一看到我来了，就马上自己动手。

但她们对我都是极好的。我也是爱她们的。

若论距离，我则与四姨家的刚子最近，他家在村西头二队。

刚子长得像四姨夫，小圆国字脸儿上葡萄一般的眼睛，讨巧的鼻子和嘴巴，白玉一般的牙齿。

我总也看不够，他只要一来，我就放下一切事，无论是泥巴还是皮筋，立即欣喜若狂地凑过去，风一般地狂喊："刚子来啦。"

刚子不爱说话，每次看到我风一样刮来，都处变不惊，只是瞧着这个容易激动的姐，有啥可激动的呢？

我便扯着他的小手儿："吃了吗？想吃啥？"刚子摇摇头，摇着摇着就一溜烟跑了。剩下我一地的落寞，随风飘动。

他总是像康桥的风一样轻轻地来、轻轻地走，走时不带走一片云彩。

我试图让他像我一样热烈、喜怒全形于色，失败；我试图让他像我一样能言善辩、废话连篇，失败；我试图让他像我一样活蹦乱跳、上蹿下跳，失败。

温柔时，如娴花照水；行动处，如弱柳扶风，用形容林妹妹的话来形容刚子小时候是恰如其分的，若是把他扮成女孩，准和林妹妹一样美丽。

刚子很少叫人，偶尔因为心情特别好叫我一声"霞姐"，我就心情特别好，美得跟什么似的，仿佛自己变成了刚子般的小美人，拥有了成为灰姑娘的潜质。他如果对我笑上一笑，我就没法入睡了，他的小嘴儿轻轻一撇，露出洁白而整齐的皓齿，真是醉死个人儿。

但我不喜欢到刚子家去找他，那不是我的地盘儿，去了好拘束。这就是姨家和叔家的不同了，去叔家，是本家，同姓，我是主人；去姨家，却是姨夫家的姓，我是客人，我才来世上没几年，还没学会当主人，不高兴当客人。

于是，我便守株待兔，等着刚子来。他倒是常来，但是来了就走。每次，总是悄悄地来，悄悄地走，我刚回过神儿来，他就跑了。

能揪住时便揪住，又亲又摸，极尽贿赂，只求能多看他一会儿，那张满月一样的脸庞、星星一样的眼睛、鹊桥一样的鼻子，真是好看。

我怎么没长这么好看，我还是女孩儿。老天真是过分。

也还是因为距离，与三姨家的贝贝见面的次数特别少，因为三姨家在三队，没有客车，也没有公路。我八岁以后，才能跟着大人徒步进村儿，大概要走个把小时。

冬天大雪后，走得特别艰难，一片林海雪原，齐膝的大雪，跋涉半天，才能看到几缕炊烟。

三姨家又是男孩，小时候，女孩只喜欢跟女孩玩儿，所以去得少，跟贝贝交流也少，他也不大说话。

我们七个姨姊妹，只有两头出了两个叛逆的孩子，一个是我，一个是五姨家的超儿。

他大概在中学时就被驯服了，至于我，嘿嘿，如果不是我主动向命运投诚，全世界都拿我没办法。

超儿从小很倔，打死不服的种，五姨父常常一边打，一过气喘吁吁地问："错没错？"

超儿脖子一梗："没错！"便只能多挨几下打。

"这孩子像谁？"

五姨便抽出那根棍子："像你呗。行了，别打坏了。去那边蹲着，不许吃饭。"

没饭吃也不服。

最终，总是五姨他俩服了。打不服，总不能一直打，就当错误和惩罚错误的事儿没发生。下次发生了还是一样。

至于我，孩子王，嘿嘿，我得以愉快而完整地成长的原因是性别，山东人不打小妮子，爸屡次咬牙切齿地说："你要是个小儿，看我打不死你。"

我倔强地梗着脖子，射出火一样的愤怒："有本事你打！凭什么不打！谁让我是小妮！"

"你！"我爸没本事回答，但我有本事屡次犯倔，屡次逃脱惩罚，最多不给吃饭，妈还是偷偷端给站在角落里的我。

我小时候那么胖，不是没有原因的，站着也能吃两碗白饭。

这孩子，可咋整？

这次回故乡，弟妹们的孩子们都长得与当年弟妹们一样大了，他们在酒桌上觥筹交错，我还是悄悄离席陪孩子玩，又成了隔代孩子王。她们不再叫我"霞姐"，而是"霞姨"。除了刚子家没有宝贝，一家一个，贝贝家两个，补上了刚子的缺，四个小公主宝贝，我流着口水艳羡地看着她们玩。

孩子最能分辨出谁与她们同频，便揪住我不放了。吃饭时，要我坐在她们身边，双家的墨然一定要挨着我坐，文佳也要坐我旁边，最终我坐在她俩中间。最得意的是我，一边一个天使。

我色眯眯地看着墨然："我能吻你吗？"她愉快地点头，我迅速在她的天使小脸儿上亲了一口。文佳指着自己的小脸："我也要。"再没有比我更幸福的了，立即印下快乐的香吻。

"你真搞笑。"墨然指着我说。

"啊？为啥啊？"

"是啊，真搞笑。"文佳又补了一遍，俩人笑成一团，咋地了……

炸紫薯端上来，墨然叫着："要。"我忙夹了一个给她，她说："还要。"我又夹了两个放在她的小碟子里。

文佳叫着："我也要。要三个。"

"好。"一边说着，一边夹了三个给她。不偏不倚。

酱骨架上来，墨然要，文佳也要，要求升级了，墨然要喂，文佳也要喂。我咬咬牙，一手一个大排骨架，塞到两张小嘴儿里。

双马上来救驾，"墨然，自己吃，霞姨还吃不吃了？"

"不吃，是小事儿，这造型……有想拍照的么……"所有人哄堂大笑。

从小就是孩子王，到现在仍是孩子王，长多大还是孩子心态……

故乡的春

印象中，故乡是不大有春天的，被长达半年的冬天挤没了，另外半年需要被三个季节瓜分，分来分去没得分了。五月，才脱掉长袖，六月就夏天了。

故乡的春是泥泞的，冰封了半年的城市、土地、房屋开始解冻，慢慢融化，水流成河。

不下雨却要穿雨靴，是故乡的春天的恩赐。

小城除了几条主街是柏油路，周边都是土路，人家是春暖花开，我家是春暖泥开，所有的土都变成了泥，房檐屋后的冰凌也跟着凑热闹，缠绵了半年，该离别了，簌簌地下落，不是箭一样扎下来，而是瀑布一样淌下来，使土地全变成泥土，无一干处。

人们简直是蹚着泥水过活，没有公交车，全靠骑车和走路，踩着泥出门，泥泞不堪。

可叹诗词中都是歌颂春天的："几处早莺争暖树，谁家新燕啄春泥。""碧玉妆成一树高，万条垂下绿丝绦。""竹外桃花三两枝，春江水暖鸭先知。"故乡的春天，既无莺燕，也无柳树，更无桃花，只有房檐上流淌的瀑布，倾泄在一地泥泞之中。

在泥泞的路上骑车，对人和车都是考验，技术要好，心理素质要好，体力也要好，才能把满车圈都是泥的车子骑走。骑不动时，你若推着它，它就是推泥机。

等土地化透了，泥水晒干了，春天就结束了，夏天来了。

省城哈尔滨的春天是极美的，全城柏油路，不用跟泥水斗争，满城丁香花开，香飘了整个融化的季节。

巴巴儿地喜欢在春天坐一块钱的公交车看丁香花，能开窗户，尤其是秋林公司到哈工大一带，五颜六色的巴洛克建筑，夹杂着看丁香花林，满城花海，赏心悦目。实在看不够，便下车钻进花海，拍、写、赏。用各种方式亲近它。

有花堪赏直须赏，莫待无花空折枝。

哈尔滨的春天一样短，花期更短。才一周，没顾得上与花作别，花儿就在夏天的莺歌燕舞中淡漠了，开得繁华，凋得喧嚣，一生灿烂。

我只在哈尔滨度过一个春天，多年以后，仍会记得春天的哈尔滨，满城丁香花开的样子。

故乡的夏

故乡的夏是最美的季节！美是美矣，只是比春还稍纵即逝。待我在南方生活十七年，又回故乡之后，尤其确定故乡无夏。

本来做好了迎接苦夏的准备，才热了两个星期，一场暴雨，竟然变成秋天了，需要穿牛仔裤、长袖衫了，这才八月初！

此时，正是重庆、杭州最热的时候，青岛也不会凉快。青岛的秋老虎还是很厉害的，也很漫长，那是穿什么都热，只能待在空调房里。

我最喜欢夏天，在没开启南方生活的时代。

故乡的夏特别金贵，等它等得特别焦急。

五月中旬，才脱去保暖衣裤，六一之后，才能穿裙子，其间，还得恳求老天不要下雨，一下雨又得穿起长裤。八月初，一雨入秋。

夏天没了。

怅然地叠起漂亮的连衣裙，还没穿过几次。可是，穿连衣裙的感觉真好啊。

故乡的夏天是那样温馨、和睦，仅比春天浓郁一点儿，它来得晚又消逝得早，每每还来不及穿上心爱的裙子，秋天就到了。进入八月份，差不多就是秋天了，八月中旬就很凉爽了，九月中旬就会有霜降了。

不管下不下雨，不管最热那两天多热，睡炕的人家每两天还是要烧点火，让炕微热。

睡凉炕是会睡坏人的，夏夜的晚上，睡在热炕上，还得盖个小被子，盖上肚脐儿，当心着凉。

睡热炕，盖被子，也是故乡盛夏一景。

翻开课本，无论是古诗十九首，还是唐诗宋词，或是名家散文，都在咏春、悲秋，几乎不见写夏，偶尔提及也是苦夏。

这是奇怪的，夏天多美好啊！

夏天是与大自然最热烈的触碰，是与天地最亲密的交流，一件裙子，一条热裤便可以出门。要知道，故乡，有大半年的时间，必须捂得只露一双眼睛，所以，裸露四肢的日子特别珍贵。但又那么短暂。

在江南生活了十年之后，便知道为什么没人歌颂夏天了。

南方的夏天酷热又漫长。从三月开始，断断续续呈现夏的感觉，到五月彻头彻尾地进入夏天，一热便热到十月底。有时候十一月也还是会出汗的。

那种热，是北方人意想不到的惨烈，没有凉席无法入睡；没有空调，第二天早晨醒来，凉席缝隙儿里都是汗水。整个夏天，如果不进入空调房，像身处烧烤房里一样，摸哪儿都是热的，桌子、椅子、床，想冲个凉，凉水也是温热的。整个人都是湿的，连呼吸的空气都是湿热的。

到外面去，更让人热得发疯，头上烈日直射，脚下大地被炙烤得像温床一样，向上散发着令人厌恶的热气，迎面吹来的风也是热的，即使躲在树荫下——杭州街道边的树是那样精致小巧，也一样逃不开烈日的亲吻，杭州的树荫也是热的。连晚上也是热的，仅比白天减少了日照，温度没少几度。

杭州的夏天是无处可躲、无处可藏。

盼着下雨，那你可盼错了。江南下雨时，依然是热的，而且更加闷热。

那雨不似北方的雷阵雨，来得快，去得也快，去时，就带去了大量热气，清凉了整座城市。

南方的雨是跟你闹着玩的，滴的是热水，一滴滴一天，有时能滴一个月。那一个月都是潮湿闷热的，温度压根儿低不下去。

衣服和床铺永远是湿的，人都发霉了，所以是霉雨季节。为了美，才变成梅雨季节。

江南的一切特别适合入画，拍摄成影视，美到天翻地覆。若在那里经年累月地生活，有北方人受的，简直是不堪重负。

"仲夏苦夜短，开轩纳微凉。"（杜甫《夏夜叹》）

"懒摇白羽扇，裸体青林中。脱巾挂石壁，露顶洒松风。"（李白《夏日山中》）

"夜热依然午热同，开门小立月明中。竹深树密虫鸣处，时有微凉不是风。"（杨万里《夏夜追凉》）

怪道诗词中少于赞美夏天，写也是苦夏，可见，东北少出诗人和文人。故乡的四季总是跟书上反着来，美的是丑的，人家苦恼的却是我们舒爽的。

故乡的夏本就是微凉的，也就七月中旬热两周，每天正午热两个小时。这期间，只要是阴凉处、树影处，都是微凉的，风也是微凉的。

黄昏以后，更是微凉，南方人往往还需要备一件小薄外衣，北方人照样还能吃烧烤、铁锅炖，毫无违和感，似是天作之合。

东北的夏如此清凉，但东北人却特别不耐热。

在江南和重庆的夏天，没人抱怨酷暑高温，"哎呀，今天竟然40度，回家休息，开空调睡觉。"人家该干吗干吗。

哈尔滨才不过32度，走哪儿都有人抱怨："太热了，受不了。""太热了，喘不上气来了。"我调侃着，若是在南方生活，你可怎么办？

在南方热了十七年，才回来过一个夏天，八月四日一场大雨，微凉变成了微冷，仍觉得诡异，肉体已经做了准备热到九月的准备，却道天凉好个秋。

人们纷纷说，这两天就立秋了。可是，才把风扇拿出来，就得收起。夏天才刚刚开始，风已微冷。

故乡的秋

"这是秋天来了吗？"一场秋雨，秋风萧瑟，一阵风袭来，我瑟缩着，穿上夹克。

"是啊，今年秋天来得早。"妹说。

"啊！这才……"我看看手机中的日历，"8 月 24 号。"

"这是哈尔滨啊。"

"……"

"要立秋了。"

"南方仍然烈日炎炎呢。"

这是真正意义上的立秋啊，也只有这里才郑重地入秋。

走在秋风中，倍感阴凉。如白驹过隙般，倏忽间，秋已逝。要命的是，秋才刚来。

北国的秋，在亲吻夏时，就来了，来得特别明朗，秋高气爽，秋雨连绵，一场秋雨一场寒，爽得近似于冷，寒得令人毛骨悚然，长袖夹克武装起来，还觉得稍凉，是那种不经意的凉。

抬头望大，秋天的天空特别高远、辽阔，云彩厚重立体，不依不饶伴着天空。

空气像北国人的性格一样爽朗，刚从酷热的夏天走来，呼吸一口都是清爽的，人也变得舒爽。

南方的秋最是柔情蜜意、温馨满怀，酷热了一个漫长的夏天，秋带着浓浓的慰藉终于让你喘口气，不用终日暴晒、汗如雨下了。

故乡的秋却是猛烈无情、暴躁无边，瞬间让夏天退场，强行登上四季舞台："妹儿呀，哥没办法，本来就没几天，再不来，可就来不了了。你也知道冬爷爷的厉害。中秋前后，就下霜了。"

离中秋节还很遥远。北方已经入秋。中秋节前夕，南方仍是夏季，北方酝酿入冬，一场大雨，便冷入骨髓。

如果此时从南海来到北国，需要勇气及常识——备够南方冬季最冷时的衣物，也还是无法抵御突如其来的降温。

偶尔，晚秋一过，会下起罕见的雪。

九月的雪不多见，但来了，也不惊奇。记得上大学时就有一次。

北国是雪乡，雪啥时候来，得看它心情。早来晚来都一样。早来，也不觉难过。充其量，早点猫冬，早点溜冰滑雪。晚来，基本上没有过，北国是冬季的主场，秋只是配角，中场休息。

这是在城市。

　　深秋时节，若去乡野，便会看到漫山遍野的秋黄，无穷无尽的白桦林，傲然挺立的松树林，一望无际的庄稼，黑黝黝的土地，黄澄澄的玉米，油鼓鼓的大豆，红艳艳的高粱，金灿灿的稻田，沉甸甸的麦穗，偶尔一小撮红色的灌木丛。北方的深秋无限金黄，收获的季节喜悦安详。

　　这些成熟的生命滋养着无数的生命。

　　若秋遇大兴安岭，你就不小心走入了童话世界，一边窒息着金碧辉煌的装饰，一边惊异着五颜六色的壁纸，人间还是有天堂的，白日也是可以做梦的，一场秋浓、意浓、色浓、情浓的浓在浓艳的梦。

　　除了做梦，还能做什么？无力描述。也许画家，能让瞬间，变为永恒。

　　这美，美得天翻地覆，惊颤宇宙。

故乡的冬

故乡的冬来得特别早，秋还来不及绽放，冬就披着白色的斗篷，骑着雪白的汗血宝马来了。

上帝给了人类生命，却又嫉妒人类的理性，于是降下灾难。地球给了世界黑土地，又嫌它过于肥沃，滋长人类的懒惰和贪欲，于是，让它存在于北国，每年都被冰封半年。

所有人准备迎接漫长的冬季，从食物到衣物。

东北人过冬的准备是非常隆重而漫长的，尤其是广大农村。首先，有经验的人，在秋霜降临之前，就把所有的冬衣拿出来晾晒、清洗、整理，不然来不及。

其次，就是储备各种干果、腌货，能晒干的晒干，能腌渍的腌渍，能放地窖的大量储存，不然还是来不及。

土豆、蘑菇等都可以晒成干儿，白菜、萝卜、茄子、黄瓜都可以做腌菜。最典型的就是白菜，我们叫渍酸菜，这是秋末的必备功课。

我曾经帮妈妈渍过酸菜，那真是庞大而漫长的工程，一车车的白菜拉回家，一棵一棵清洗干净，一棵一棵抹上盐，每片叶子上面都要抹，再一棵一棵摆在大缸中，最后上面还得压一块大石头，要压实。那缸大的估计司马光得砸上一天才能砸碎，而那石头重得他根本拿不动。

过一阵子，白菜就变成酸菜了，脸也黄了，身材也萎缩了，味道也变酸了，但却能够新鲜一个冬天。特别像从前的已婚妇女，旧式婚姻就是渍酸菜的大缸，把少女娶回家，一年一年抹上岁月的盐，一夜一夜涂上时光的沧桑，还得压上家族、礼法、女德的巨石，没过几年，脸色就像酸菜一样蜡黄，身材像酸菜一样臃肿，味道像酸菜一样酸爽。

但酸菜却是陈年的老酒，愈久弥香，只要不开春，随时吃随时取，各种做法都好吃得很，尤其适合炖，排骨炖酸菜那是冬季里至高无上的家常美味。

我就是吃着炖菜长大的，换句话说，是吃剩菜长大的。那么大的锅，炒一盘菜，跟谁开玩笑呢？一炖一大锅，得够全家十口人吃的。一家四口，得炖够一天吃的。好不容易炖一次，而且越炖越入味，越热越香浓。

炖菜是很神奇的，越炖越神奇，随便扔进大锅里什么东西，随便往灶坑里扔多少柴禾，竟然炖不化，而且越炖越香。

我拄着下巴瞧着大铁锅，口水像汗水一样往下流，直往肚里咽，"姥娘，好了吗？"

姥娘一边端着猪食出去喂猪，一边呵呵笑着，"千滚豆腐万滚鱼。"

我的天哪，那就先睡一觉吧，趴锅台上流着口水就睡着了，直到被某个大人夹起来，扔到炕上。鱼端上桌，闻着味儿，我就醒了，一个驴打滚，滚下炕，扑上桌，抓起筷子就撮鱼，冻鱼都炖得这么香，真是好吃。

小时候，冬天能吃上炖鱼，那是上等人家，不得了的美食。半年呢，那得储存多少鱼，而且鱼那么金贵，人那么多，一人一筷子就见骨头，还不扛饿。

平常人家见天儿吃的是酸菜炖粉条、猪肉炖土豆、萝卜炖白菜，偶尔有排骨炖豆角、红烧肉炖土豆、小鸡炖蘑菇吃，就不错了。

炖菜特别适合北国的气候，一是扛冷，二是扛饿。冷就需要大量热量，一半来自衣物，一半来自食物。

最让跋涉于林海雪原、穿戴得跟宇航员似的"雪人"一进屋就感到温暖和食欲爆棚的一定是炖菜。

上升的热气腾腾的菜气，不仅带来温暖，还有希望。若是再来二两烧酒，那是男人最美的享受。

孩子，有炖肉就行。至于女人，看男人和孩子开心就行。

生在北国的人，长达半年的时间，被冬禁锢在屋子里，必须学会与冬天和解，从中找到乐趣。

小时候，故乡的冬天特别寒冷。有一次，鹅毛大雪飘了一天一夜，一早起来，门都推不开。邻居们帮忙铲了雪，一推开门，雪都高得没过了窗台。

父亲便为我做冰棍儿，在水缸子里放进大半冲好的奶粉，多加点白糖，中间插根棍儿，放到下屋里，不过半个小时就好了，纯天然有机绿色食品，比五分钱的冰棍儿好吃太多。

有一次，冻完之后忘记取，想起来时，缸子冻裂了。让我遗憾了一个小时，换个水缸子再冻冰棍儿。

晴天时，在院子里扫出一小片空地，白雪世界中露出一块漆黑的土地，特别耀眼，用小木棍儿支上一个大筛子，下面撒些谷子、小米，棍儿上拴着一根长长的绳子，人躲在门后，开个小缝儿远远地看着。麻雀来吃食时，拽一下绳子，麻雀就被罩住了。

筛子落地的瞬间，我已经遥想麻雀烤熟之后的味道，口水淹没在欢呼雀跃声中。我们并不常逮麻雀，偶尔弄一次，不过是为了玩，有时抓着了雀儿，舍不得吃，就把它放了。遇上冻死在雪地里的麻雀，就立即义不容辞地扔到灶坑中，赶紧用刚熄火的柴禾灰埋上。

植物灰烧制的任何食物都美妙得值得记忆一生：土豆、红薯、苞米、没孵出的小鸡仔、冻死的小麻雀……扔啥吃啥，我不挑食。

冬天，属于我和父亲。

冬日的早晨，我俩腻在炕头上，不愿意起来，起来也没啥活计可做，也没地儿可去。母亲早就起来，烧火热炕，帮外婆做一大家子的早饭。

父亲负责哄我玩，"妮，想听故事吧。"

"想！"

"过来。"父亲一掀被窝，我像泥鳅一样"哧溜"钻进父亲温暖的怀里。有时候父亲会披着棉袄，坐在被窝里，让我坐在他两腿之间，靠在他胸前，就像加热的沙发一样。但我当时不知有沙发，知道后，再也找不到比父亲的胸膛更舒服、更温暖的沙发了。

靠在爱的沙发里，听父亲讲民间传说和故事，听了一个又一个冬天，听着听着，我就长大了，不能靠沙发了。

我有自己的朋友啦，不过七八岁，我们就会溜冰和滑雪。最魂牵梦绕的是滑雪，真正的原生态滑雪。现在，即使去瑞士阿尔卑斯山滑雪也不比那时快乐。

吃过午饭，当正午暖阳亲吻雪国时，我和小伙伴们嘻嘻哈哈拖着爬犁往山上爬，边爬边滚，边走边笑，边打边闹。

爬上一个小坡，不能太高，这相当于现代滑雪场的初级雪道，把爬犁往路中间一放，小屁股往上一拍，就呼啸而下，还不忘大呼小叫，叫得地动山摇、撕心裂肺，哪里忍得住？滑雪就是为了爽，爽就得叫，叫完了，"呼哧呼哧"再往上拽爬犁，再滑、再爽、再叫，下去再上来，上来滑下去，不知什么叫累。

如果不是日薄西山，谁舍得回家？可日头落得怎么那么早，才不过四点多。

正是因为北国的冬天，天黑得太早，所以一放学，来不及回家拿爬犁，又没法拎着爬犁上学，碰到晴天时，便撕一张硬纸壳，就上了山。

学校前面就是一座山，身为山，虽然不够高大，但足够给我们当滑雪场了。

站在山巅，把纸壳儿放下，坐在上面，张开四肢，顺势而下，"哇噢！我来了，啊啊！……"然后就"啊"不出来了。

纸壳毕竟不比爬犁，有时很涩，滑不快；有时很滑，下太快。全靠双腿控制，有时控制不好，就是这种结果：一头插在雪窝儿中，倒栽葱。

小伙伴赶紧滑过来，抱着葱叶（腿），薅出葱白（上身），待葱头（脑袋）露出来，抱着笑成一团。

到头来，无论是谁，一生中最美妙的，一定是童年的时光。那是我们来到这个地球上最初的记忆，印痕最深邃、感情最厚实的地方。

多年以后，回忆最多的，也一定是故乡。是故乡，给了人类童年的时光。

某种意义上说，故乡的冬季，决定人一生的品格。

故乡的炕

我生在炕上，长在炕上。

那宽阔而平整的炕，特别神奇，既是我的床，又是我的乐园，还是孵化器。

我在炕上爬，爬来爬去，爬到一把大剪刀上，那剪刀比我的脸还大，特别好玩。玩了好一会儿，扔在一边，又爬，爬时就忘记了剪刀，小屁股坐在上面，"哇"地哭起来。

大人忙飞奔进来，把我揪起来，按在她怀里，"哎哟歪，你就不能老实会儿。"一边给我的小屁屁擦血迹，一边心疼地埋怨。

小孩子能老实吗，还把"凶器"放在炕上。

炕上有很多东西。被子、衣服、袜子、针线、玩具、悠车、尿布，啥都能放，晚上放人，白天放东西。

放人时，这些东西往炕梢儿一堆，啥也不耽误，简直是敞开的储物柜。

炕，一年四季都是热的。

夏天也是热的，每两天要烧点火，让炕微热。睡凉炕是会睡坏人的。

冬天就更热了，烧得滚烫，家里一来客人，不是说："喝茶。"而是说："上炕。"若是天更冷，还得加一句："上炕头！炕头暖和。"

自家人回来，也是要先在炕头上搨一搨冻僵的手，再干活儿。小孩子就一头栽倒在炕头儿上，玩耍、写作业、吃饭都在炕上。

热乎乎的炕使得东北人的性子也热乎乎的。

在东北，你要问路，他无论做什么，立即放下手头的事情给你指路，他不知道时，立即打电话问朋友。若是指给你，你还表示有点蒙，他干脆带你去："跟我走。"

炕能滋养很多生命。

能生豆芽儿，一盆浸湿的绿豆或黄豆，搁炕头儿上，几天就能长出芽儿，炒肉吃，特别香，每根芽里面，都能咬出浓郁的汁液。

最神奇的是能从蛋里孵出小鸡、小鸭，一堆蛋排排放在棉被上，再盖上棉被。

我总是不停地掀开看，总是有大人斥责我，"别放凉气进去。"他们那么忙，还有功夫看我有没有干坏事，真是眼观六路。

有用吗？没用，除非我长大，丧失好奇心。明明只是一颗蛋，怎么能爬出毛茸茸的小东西呢？

我就想看着它出来，看一只活物如何爬出一只蛋。看着看着，就一头倒在蛋旁，睡着了。

睁开蒙眬的小眼睛，看见一颗摇晃欲裂的蛋，里边的小东西在努力顶啊顶啊，"叭"地一声清脆，顶出了一个金黄色的小脑袋，接着是一双更小的小眼睛，更加蒙眬，可能还看不清我。

我"腾"地一下跳起来，大喊大叫："破壳了！破壳了！这是个什么东西？"系着围裙的大人一溜烟地跑过来，只要我大呼小叫，准得来一个人，万一我又闯祸了呢，或者受伤了呢，这是常事儿，我还小嘛。

看到心急如焚的我，摇摇头："这是小鸭。老实会儿。"

我伸出小手去揪小鸭子的脑袋，拔苗助长。

"别动！动它会死勒。"

"我帮它快点出来呗。"

"该出来就会出来，没长好就弄出来，会死。"

"噢。"我意识到事情的严重性，便苦苦等它自己钻出来。这等，实在挑战天性，我摸摸这个，再摸摸那个，它要还是不出来，我就跳下炕，出去玩了。

等所有的小鸭子钻出来，那场景可壮观了，金灿灿、毛茸茸的小东西，奶声奶气地嘎嘎叫着，张着鲜红的小嘴儿，伸着肉粉色的小舌头。我噘起小嘴儿去咬那小舌头，又被一个大人揪下炕："出去玩去。当心咬你。"

"瞎说。小鸭的不咬人。"

外面有外面的玩艺儿，炕上有炕上的。炕上也很好玩。于是，在外面转了一圈儿，又绕回炕上，看小鸭子玩儿。仅是看着，就好玩儿。

炕是分尊卑的，连着锅灶的是炕头，另一端是炕梢儿。

年长的男性睡在炕头，配偶睡在他身边。再排，稍年轻一些的长辈，年轻人和小孩子睡在炕梢儿。如果是婴幼儿，则一定要由母亲搂着睡在炕头。

越是穷人家的炕越长，因为一大家子睡在一张炕上。

富足的人家有三四个房间，三四张炕，晚上就没那么复杂了，自然是父母睡炕头，孩子睡炕梢儿。

如果烧得多，整张炕是一样的热，也无所谓炕头和炕梢儿，炕头反而睡着不舒服，烤人。

家里若是来客人，需要留宿，也要看客人长幼，若是长辈，连家中的长辈都要给他让位，若是小辈儿，睡在炕梢儿就好。

还要看性别、婚否。已婚的爷们不金贵了，睡哪儿都行。未婚的小伙子一定要隔开一位男性，绝对不能同女性睡在一起。

已婚女性也要跟女性睡在一起，至于女孩子，大般不会在外面留宿，除非是到特别亲的亲戚家，自然两边都由女孩儿陪着她睡。

我们都习以为常。

第一次听南方人描述炕，是在大学毕业后两年，从杭州到义乌出差的路上，得知我是东北人，那位吉林大学毕业的私企高管，就诉起苦来。

"你们东北人好奇怪，一家男女老少睡在一张炕上。那怎么洗澡？"

我哈哈大笑："不洗澡。"

"啊？"

"冰天雪地的，哪能在家里洗？也没多余的房间，我们到公共浴池洗。"

"噢……"他抹了一把额头上的汗，"是，我特别不习惯，一堆人光着身子在一起洗澡，很古怪。看着眼晕。"

"干吗看别人，洗自己就好。"

"……我女朋友家是农村的，大三时的五一假期，我到她家里玩，晚上竟然和她睡在一起。我怎么睡得着！"这话自然有歧义，但我明白怎么回事儿。

"还有她妹妹，睡在她那边。我的天哪，我一夜辗转反侧，未婚的男孩女孩睡在一张炕上，怎么能这样呢！"

一家子睡一个炕，南方人反应就这么强烈，那种传说中的大车店、大通铺，一张大炕能睡几十个人，估计他是要发疯的。要么另找地方，要么整夜坐着。

那种大通铺连我也是没见过的，南方人若见了大通铺，会以为这是篮球场，说什么是不会睡的。

这种巨炕，估计我也睡不着，即使都是女人，也是古怪的。几十个人一起呼吸，有人打呼噜，有人磨牙，有人说梦话，没准儿，还有人梦游。

哪里是睡觉，简直是盗梦空间。

我只睡过一家四口的炕。

对于童年的我来说，也不分炕头和炕梢儿，因为，整张炕都是我的。

得看我心情，有时，闹着睡炕头，有时偏要睡炕梢儿，有时非要摸着妈干瘪的乳房睡，有时要牵着哥的小手儿睡，有时非要躺在爸怀里睡。

睡着了，把我抱到另一个被窝儿，我是不知道的。我睡觉特别实诚，鞭炮在耳边响都醒不了。这功夫是祖传的，像我爸。

反正早晨醒了，再爬回去，都在一张炕上，躲也没处躲。

我高兴钻谁的被窝都行，反正只有三个被窝供我乱窜。

那也窜得不亦乐乎，窜出一个童年的乐园。

我睡了二十年的炕，睡出炕一样的性格：热情、火爆、直硬、坦荡、坚强。

故乡的山

　　青年的山上像后园子一样，拥有取之不尽用之不竭的宝藏，偶尔也会长一些草莓，只是比较少，大概得到深山里开荒种地时才能发现，它不是我们惯常吃的水果，不像黄瓜、柿子、沙果、李子那样随处可见。

　　我们什么都没有，没有书籍，没有电视，没有网络，没有玩具，没有漂亮衣服，没有巧克力，没有芭比娃娃，没有益智光碟，除了跟大自然打交道，与植物、泥土、木材、牲畜一起游戏，从土地里找零食之外，还能怎么办呢？土地是上天赐予农民的无价之宝。

　　我也是有几个小玩具的，首先是一柄小木剑和一把小木枪，逮谁刺谁，逮谁瞄准了就"啪啪、啊啊"乱叫。还有几个口袋，用碎布拼成六面或四面,接缝儿处用针线缝起来,只留下一个口,装进玉米、小米或谷子,再把那个口缝合,就可以拿它玩许多游戏了。

对了,还有骨制玩具:嘎拉哈,大概是羊腿骨接缝处的一个连接的小脆骨,它有四面,四个集在一起,就可以玩了,配合着口袋,将口袋扔上去,然后用手将一颗嘎拉哈翻成一面,在口袋落下之前接在手里,落地要算输,然后再扔,再翻,直到翻成规则要求的那样就算赢了。

还有爬犁,冬天时用它滑雪或滑冰,还有纸,用纸可以又叠成飞机、风车。反正全部自制,我从没玩过买来的玩具。

在青年生活的八年中,极少使用到钱,我用过的最大面值的人民币是一毛钱——两根冰棍儿,已经能让我美上天了,大半天都不惹事儿。吃的粮食、蔬菜和水果不用买,土地什么都能提供,它养活着我们,使我们健康又结实。布料有布票,后来用粮食换,玩具也是用木头、纸或骨头做的。在农村生活相当省钱,简直想不明白城里人疯了一般买房、买车干吗,俺们什么都不用买,一样幸福,一样过活。

不仅土地,青年的前山和后山上还提供好多免费稀罕玩艺儿。每年春天,山上会开满映山红,一长一大片,简直漫山遍野,我们时常会挽起裤腿,踩着小河里的石子跑到山脚下去采一大捧映山红,专采那些没有绽开的花骨朵儿,拿回家,放在装水的罐头瓶子里,没几天就大开了。

夏、秋时可以采蘑菇、榛子,冬天还提供给全村人烧不完的柴禾,有时还能蹦出一些野兽、野兔、野鸡什么的。有一年冬天,父亲打到了一只快冻死的野兽回来,前后左右邻居都来瞧,有说是狐狸，有说是狼，有说是狍子，后来将它放了。

是的，土地与大山滋养着我们，它们是那样神奇，总是带给我们惊喜。

一个无与伦比的春天傍晚，我犯了一个小错误，不知道是什么错误，反正每天都在犯错误，我怎么记得住呢？

就是那个春天的傍晚，我刚刚被大人呵斥过，心里郁闷极了，为什么总要限制我的自由呢？我也没做什么离谱的事儿，不过是和男孩子一样淘气罢了，这算罪过吗？我心里委屈，沮丧地坐在门墩上噘着嘴，用小棍儿拍打着地面，一群鸭子在院子里欢快地吃食，还不如做一只鸭子，又能下蛋，又会游泳，又能让人吃肉，样样都好。

家里的女人们忙得不可开交，烧水、做饭、煮猪食、喂家禽、抱柴禾，从我身边走过来走过去。"小死妮，去，去，一边玩去。别在这碍事儿。""去，去，去找恁姥爷玩去。"母亲用脚踹了一下我的小屁股，就踹在被剪子割破过的位置，当然，是不会痛的，早就长合了，母亲也忘了，但她从来不忘斥责我。

我不乐意地站起来，低着头，仍然噘着嘴，用小棍在空气中划来划去，心里十分难过："老嫌我碍事，干吗生我呀！有俺哥一个不就行了，他是小小呀，生我就是多余，哼！我还烦恁呢！"我发泄着满腔怨恨，实在太专心了，一头撞在一个人身上。

我被一双大手拎起来，抱到东屋炕上："霞妮，又挨批了？"姥爷浑厚而沧桑的声音在我耳边响起。

我点点头，坐在姥爷粗壮的大腿上，用小手摸着他的胡子："嗯，姥爷……她们为啥老嫌弃我？"

姥爷呵呵笑了两声："哪能？俺妮这好，谁敢嫌弃你？"

我一下子来了精神，抓紧时机告状："俺妈，还有……"我用手搂着姥爷的脖子，在他耳边小声说："俺四姨，她脾气咋恁坏？你不怕她嫁不出去吗？"

姥爷放声大笑，笑得胡子都颤动了，把我搁在炕沿上，"你等会儿哈。"

"噢，姥爷你干啥去？"

姥爷不说话，到他的外衣兜儿里掏了半天，又折回来，"妮，把手伸出来。把眼睛闭上。"

我伸出小手，闭上眼睛，立即又眯开一半。姥爷在我手心里放了两个凉凉的小东西，我一下子睁大眼睛，"啊！姥爷，这是啥？真好看！"

两个红色的小东西贞洁而贤静地坐在我手心儿里，笑眯眯地望着我。"草莓。"

"草莓是啥？"

"一种水果，这是山里勒野草莓。"

说时迟，那时快，我抬起高贵的小手，用我所能达到的最快速度将它们扔进口中。"好吃，姥爷……真好吃……你吃了吧？"

姥爷依然笑眯眯地望着我："吃啦，我吃勒很多啦，这是带回来给妮吃勒。"

"你给俺哥了吧？不给他吃。"

"哈哈哈哈……"

我平生第一次吃草莓，立即从忧伤转为快乐。那是山赐予的快乐。

灶　坑

　　我特别喜欢锅下面的巨大的灶坑，它十分神奇，一个天然烤箱，土豆、地瓜、苞米扔进去，拿出来就喷香喷香的，总也吃不够。

　　有几年，家里孵小鸡和小鸭儿，在炕头上用几床棉被，捂着一堆蛋，过些天，就能从蛋里拱出毛茸茸的小鸡崽和小鸭崽。活的小鸡崽虽然又可爱又好看，但我喜欢死的。因为死的小鸡崽可以扔到灶坑里烧着吃，比麻雀还香嫩。每当孵小鸡崽时，我就盼着小鸡崽死。

　　我的要求一点也不多，一天死一只就行。这样死下去，估计一个多月，炕头上的鸡蛋刚一变成小鸡崽就会被我吃光。

　　没有死的小鸡崽也行，有死蛋也凑合，就是那种刚刚形成小鸡崽或正在形成却莫名死去的蛋，比小鸡崽还香，大人们不愿意说"死"，所以，就叫它实蛋。

外婆特别神奇，经她的手一摸，对着灯泡照两下，再晃上一晃，就知道这颗蛋是否还有孵小鸡的希望，如果是颗实蛋，就拿到灶坑里烧熟了给我吃。

外婆一掀起被子查看鸡蛋们的现状，我就立即凑上去，用小胖手拄着下巴，"姥娘，有实蛋没有？"

"没有。"

"有死勒小鸡崽没有？"

"没有。"

"那我吃啥？"

没小鸡崽吃时就只能烧土豆解馋了。如果没有小鸡崽，土豆也不错。但一想起喷香的小鸡崽，连看也不想看土豆一眼。

唉，我爬到炕头，掀开棉被：什么时候再死一只小鸡崽呀！

我坐在外婆平时烧火时用的小木凳上，拄着肥硕的下巴盯着那个小土包，不肯走开，就怕我一离开，它就飞了。

大人们笑我嘴馋，我也不理，反正我要吃它。

我总是用烧火棍去扒锅底下的灰，总是问："啥时候好啊？"

得到的答案永远是："别急，等一会儿。"

我就是着急，等不了才问。

终于不用等了，我欢呼一声，拿起棍子在灰堆里扒出麻雀，赶紧用手拔毛，被烫了手指，也不叫疼，吃完了再喊。

我把外公拽过来，让他帮我剥，外公的手奇大无比，又厚又硬，粗糙得像老树皮一样，不怕烫，三下五除二就把麻雀脱光了衣服。

外公把剥好的麻雀递给我，我一把抓住就往嘴里塞，也不分头、颈还是腿，胡乱咬一通。反正它小得分也分不清，分清了也还是被我的牙齿粉碎。不如不分，没时间。

"慢点，小祸害……烫着你……"

有一次，我埋了只麻雀后等不及，就跑去找小伙伴玩儿，玩了一会儿又想起小麻雀，赶紧往家跑，一进门就立即抓起烧火棍，在灶坑里扒了半天也找不到。

我到处问，得到的回答是烧成了灰。麻雀还能烧成灰？这个解释实在不能慰藉我幼小的心灵。我仍不死心，总觉得应该留下些与灰不同的东西。

外公偷偷告诉我是哥哥吃了，我立即冲进屋去，指着哥的鼻子大骂他馋猫，竟然偷吃我的麻雀，不像男子汉。其实，我偷吃他的何止一只，但我不记得，只记得他偷吃了我的。这不被允许。

我小嘛，小孩偷吃大孩的，天经地义；大孩偷吃小孩的，实在丢人；男孩偷吃女孩的，简直无耻。

我好几天不理他。不过很快就忘记了。

西方人用烘箱烘焙食物，东方人用灶坑烧制食物，同样秀色可餐，味道十足。

但是，灶坑烧制食物的历史和记忆也仅限于东北农村，我不知西北或其他地方可还有这种大锅，有这样巨大的灶坑。

整个南方是断然没有的，但是我却在比南方更南的地方发现过灶坑，同样的大锅，架在室外，敞开的厨房。

那是马来西亚怡保的华人村，虽四季炎热，因人口众多，也用大锅做饭。

但热带的灶坑消解了所有的食欲，童年时的灶坑，烧出来的任何食物，都是我最活色生香的美食，最玲珑剔透的记忆。

供销社

　　我小时候，没有孩子不对供销社感兴趣，那是我们唯一能接触的有买卖关系的场所，是唯一一个能凭钱币购买食品的地方。

　　在农村生活的最大妙处是，用不到现金，人也能活得衣食丰足、有滋有味儿。

　　我离开农村之前，全村只有一家供销社。每天，我都得到那里去参观一趟才觉没白过。

　　要到供销社就必须经过那座废弃的学校和操场，学校外墙用白灰写着巨大的字：农业学大寨。

　　不知道啥意思，但听母亲讲，这所学校有着重大的意义，它在"文化大革命"中斗人时出了不少力，后来，成了电影院，再后来，成了录像厅，放了一段时间就禁止了，觉得那些港台片会败坏人的思想，最终，变成了露天电影院。

这所房子就孤零零地成了一段历史的见证。

迄今为止，墙身上的字没有变，它也没有变，青年人的生活方式也没有变，变化的是生老病死，嫁出去的、娶进来的媳妇儿，上大学留在大城市工作和到南方打工的人。

我颠儿过操场，跑过废墟，溜进供销社，走进那个神奇的地方，长长的玻璃柜台上放着许多家中没有的东西，那柜台比我还高，好处是可以美美地艳羡、流口水，不用担心被卖货人发现。

我用小胖手指从柜台的一边滑向另一边，滑到饼干、糖果时，还得"咕嘟、咕嘟"咽几下口水，再慢慢滑过去。如果觉得不过瘾，再滑回来。

参观完毕，便飞也似地跑出去。

每天都要去看，看了也没什么可买，最多买五分钱的糖块儿回去。吃了糖，糖纸还不舍得扔，把它展平了，夹在书里。如果是红色的、艳色的糖纸，就夹在《红楼梦》里，那里活着像我一样的小妮儿；若是蓝色的、绿色的糖纸，就夹在没皮儿没尾儿的《西游记》里，那里蹦着像我一样天不怕、地不怕的孙悟空。

等糖纸在书里压平了，就拿出来向小伙伴儿们炫耀，如果比得过人家，当天那顿饭吃得特别香，还一边吃一边笑，大人怎么说都没用，笑到自豪感消失为止。如果比不过，立马哭天抹泪儿、满地打滚儿，跟父母要钱买糖去。他们总是心狠，指着我一口参差不齐的龋齿："还吃糖！到时候把你勒牙全吃光，看你还吃饭不？"

　　我可考虑不到那么远的事情，要紧的是当下得拥有出奇制胜的糖纸，如果我使尽了所有闹人的招数仍不能如愿的话，就跑去找外公、外婆。刚使出半招，外公就投降，立即掏出一毛钱给我，有时会牵着我的小手儿带我一起去买，我脸上流着泪却笑得像朵花，似乎已经看到了小伙伴们艳羡的目光。

　　我嘿嘿笑着，催促着外公快点走，到供销社专拣糖纸最漂亮的糖块儿买。

　　喜欢漂亮的糖纸倒也罢了，这是女孩儿的天性。但我最爱看人打酱油，这是什么古怪脾气就不好说了。

　　买货的递上一个油腻腻的快看不出材质的瓶子，卖货的将一个比瓶子还油腻、看不出本色的漏斗放进瓶口，然后用一头圆柱体的长柄勺子在一个黑咕隆咚的大缸里一舀，黑得像黑土地一样散发着喷香的液体流入瓶子，基本上一勺儿或一勺儿半，瓶子就满了。

　　看多了，我也想有一个漏斗，就用纸叠了一个，放入瓶子，结果一注入水，漏斗就残废了，想起神奇的漏斗时再去供销社看。

故乡的美食

难得糊涂

糊涂并不难得，漫长的冬天的早餐，定是一碗浓郁的糊涂，配上一碟儿小菜。

小时候是不喜欢喝糊涂的，对于幼小的我来说，它有点粗，吃在嘴里像含了一口细沙，但全家人都喝得津津有味儿，从东屋流窜到西屋，桌子上的食物是一样的。甚至去到全村人的家中，早餐也是一样的。

那可怎么办呢？还是不喜欢吃。嘟着一张小嘴儿，噘在那张小胖脸上。妈叹了口气，知道我不喜欢吃的一点儿也不动，她用筷子在我的碗中捞出一个鸡蛋。我喜出望外，用小胖手捏着，就往嘴里塞，也不嫌烫。

瞬间就消灭了它，然后，还是像一尊小佛爷一样呆坐在那里：没吃饱，不喜欢喝糊涂。

妈投降了，"我给你搅碗疙瘩汤？"我拼命点头，白面的比玉米面的好吃。

长大了几岁后，渐渐地接受了糊涂。

糊涂有一种专业的吃法，待它散去烫人的热气，最上面结了一层浑厚的膜衣，喝的时候不动它，端起碗来，用嘴顺着碗沿，转上大半圈儿，"哧溜、哧溜"几声，就能喝到艳黄色的膜儿下面的粥了，不管多冷的天儿，还温着哩。

糊涂的吃法比糊涂本身让我觉得好玩儿，我总是看大人把糊涂表面那层膜衣喝掉，再慢吞吞地喝自己的。

尤其是姥爷，他的胡子好长，转了一圈儿之后，总是给白胡子镶嵌上了金边，他也不擦，继续吃，吃完了，用大手抹抹嘴，那些金黄色的薄纱就消失了。

我格格地笑着："姥爷……你勒胡的……"

"糊涂？糊涂咋啦？"

有时候，我实在等不及，姥爷没吃完，我便伸手把他胡子上的黄袍给扯掉了，还特有成就感。

本是最普通的玉米面糊糊，却有如此好名。

郑板桥不仅亲笔题写流传后世的"难得糊涂"，相传还为真正的糊涂题过字。郑板桥途经山东郓乡，偶喝糊涂，挥笔写下"罕见糊涂"四字，也许他有感于这个名字，用于行走人世间特别适合。

那是对于智者而言，对于平庸人来讲，并非难得糊涂，而是极少清醒。

人们乖巧地传承着糊涂，罕见地糊涂着糊涂，一辈又一辈。

从小就不喜欢糊涂的我，长大了，也不喜欢糊涂地生活。我选择西方理性哲学，认同"智慧拯救灵魂"（爱默生），竟然致力于打造理性和智慧的人生。妄想明明白白地生，无怨无悔地死，坚决拒绝糊涂，烦恼可谓多矣，苦难可谓深矣，然而，定要遵从自己的内心，继续在人生中修悟，求得大智慧。

炒面条

炒面条大约是关里家独有的吃法，我的东北故乡人不仅没吃过，也没听说过，青岛人也恍恍惚惚，但我却吃它长大，它是我的最爱。

小时候的最爱有很多，其中之一就是外婆的大面板，只要面板一放，洁白如雪的面粉往上面一堆，掺些水，变成面团之后，在外婆那双神奇的大手里，就能变出许多戏法，最绝妙的戏法就是擀面条。

炒面条秘笈一：一定要自己和面，自己擀面，面条才够筋道，才不会粘到一起。外婆把面团揉啊揉，然后用巨粗、巨长的擀面杖，擀成一个巨大的圆形，能把我完全罩住，再一层层叠起来，用菜刀切成条，先放着。

炒面条秘笈二：一定要用东北豆角。这种豆角在南方很稀罕，被称为芸豆，越南越少见，偶然在菜场里遇见，一定要买回去，自己炒着吃、炖着吃，怎么都好吃。还要把东北豆角切成丝儿，不要细，粗一点儿。

我想，这一定是闯关东人的传承和发展，老家人炒面条自然不会用东北豆角，估计以前也没有，他们会用黄豆芽儿、胡萝卜丝儿、大头菜，也有用刀豆的。同样是豆角，刀豆仿佛是江南女子，婀娜玲珑，而东北豆角则是蒙古大汉，宽阔健壮，而且味道淳厚，耐炒、耐炖。试验过很多次，只有东北豆角炒出来的面条是最香的。

炒面条秘笈三：大铁锅，灶坑下一定要烧豆秸、木头、枝条，才最够味儿。有些事情很奇怪，比如这灶坑里是烧植物杆还是烧煤，铁锅里的食物却有办法知道，就是给你呈现出不一样的味道。那么厚的铁，那么高的温度，食物竟然能够感知。连食物都如此，生命更是如此，你让一群生命按照同一规则被动地过活，和让他们主动寻找自由、追逐梦想，生命也是不同的。

多放点油，面吸油。口味重的，可以多放些肉。油热，炒肉，炒葱姜，再炒东北豆角，炒到五成熟，加水盖盖儿。开锅后，把手擀的面条，均匀地铺在豆角上，再加些水，盖盖儿，小火焖至熟。

揭开锅盖，用大铲刀和勺子拌匀，再多拍些蒜碎，放进去。香飘九天之外，王母娘娘都得往下界瞄一眼：人间有此等美食。外婆一转身，我已经拿着筷子、碗在等待了。

外婆慈祥地笑着，给我装上满满一碗。到桌子的几步路程很漫长，我就边走边吃，这功夫，王母请我上天做客也是不能的，得吃完这碗面才行。

我吃完了还要，大人们面面相觑，这才五岁，这么大的碗，别撑着。我眨着大眼睛巴巴地盯着她们：不过是一碗面，真小气，饭都不给吃，怎么托生在你家啦？

问题是，小肚子已经快撑爆了。我好像傻得很漫长，不知道饱，只知道吃，妈妈老是夺我的碗筷，怕我撑坏。这种胃口决定我长大后食欲极其旺盛，身材极难纤细。

外公最有办法，他放下筷子，抹抹嘴，"小羊羔该生出来了吧。"

我圆睁大眼，把那只快拿不动的大碗塞给妈，把小手放入外公的大手心儿里："真勒？姥爷，咱快去瞅瞅。"

我就忘了炒面条了。

外婆故去后，便吃母亲做的炒面条。但母亲离开故乡后，就难吃到用巨大的擀面杖和大铁锅做出来的炒面条了。

母亲便用擀饺子皮儿的小擀面杖擀面条，用煤气灶炒面，即使炒上一锅，也仅够一家人吃一顿的。味道自然不如小时，但四处漂泊，能吃上一碗炒面条，就是滋润的。

炒面条的伴侣是凉拌小辣椒，那简直是咖啡配牛排，红茶配提拉米苏，大蒜配烤羊腰，少了它就少了一半的味道和氛围。

母亲给我做完炒面条，一定再端上一碗小辣椒。吃炒面条的时候，红尘纷扰、名利成败，都伴着面条，嚼碎、吞咽。

生活就是一碗炒面条，要想纯正的美味，需要耐心，需要铺垫，需要条件，需要等待。

水缸中的黄瓜

我家的后园子神奇极了，除了阿拉丁神灯之外，什么都能找得到。

春、夏、秋各有各的时令蔬果，我天天往里钻，逮什么吃什么，小黄瓜纽、小洋柿子还没长大就被揪了下来，在身上蹭蹭就往嘴里塞，有时候来不及蹭，就吃起来。吃不下的就交给大人，他们把黄瓜和洋柿子洗干净，扔进那个仿佛深不见底的大水缸里泡着。

黄瓜被清凉的山泉水泡过后更见风致了，成了我们玩累后首选的上等佳品——可口、美味、营养、绿色、天然、环保、消渴、解饿，一天当中随时随地可吃，绝不会引起胃酸、胃胀、胃不适。

我在外面摸爬滚打累了，冲进家门，大人们多数情况下都不在，全都下地干活儿去了。

我搬起那个小板凳——那是外婆时常坐的，她总是坐在上面往宽敞的灶坑里添柴禾，还时不时地用小火棍拨弄两下，让未燃尽的充分燃烧，把露在灶坑外面的柴禾再往里填一填，那个小板凳不知被多少人坐过多少年，表面光滑得像我的皮肤一样。

我把小板凳搁在水缸下面凹凸不平的土地上，然后站在上面，一手扶着厚厚的缸壁，一手小心翼翼地去够漂浮在水面上的大水瓢儿，然后用大水瓢儿捞出两根黄瓜，还没等从板凳上跳下来，黄瓜已被塞入张到极致的嘴儿中，"咔嚓"一声，清脆悦耳，更勾起我要消灭它的欲望。

很快，"咔嚓"声就不那么清脆了，一声连着一声，像爆竹一样，顷刻间，黄瓜在我口中灰飞烟灭。还没吃完，就又跑到后园子里摘黄瓜去了。摘完了，洗干净了，再扔进大水缸。然后，我再费劲巴拉地踩着凳子去捞，捞出来再"咔嚓、咔嚓"，这个游戏特别好玩。每年的夏天，每天都玩。

这个"咔嚓"声是那样清晰地印在我的潜意识当中，以至于后来吃任何食物，只要"咔嚓"一声，就会使我回忆起童年时从水缸里捞黄瓜吃的声音。

油 馍

我在外面玩儿的实在太累了，藏猫猫时爬上房顶待了好半天，大傻霞也找不到我，害我白白消耗了大半天的体力。玩老鹰捉小鸡时，我这只老鹰过于强悍，把所有的小鸡都逮住了，最后实在没办法，连老母鸡也俘虏了，这得消耗我多少能量呀，不补充哪儿行啊！

下午还有繁重的游戏任务呢，我得找些什么来吃。撒么一圈儿，瞄上了北边锅台上那个漆黑油亮的碗架子，那是一个神秘的地方，常有意想不到的惊喜。

踩着小板凳上了锅台，打开碗架门儿，蹲在门边，翻来找去只有一个菜馍和几个白面馍，拿起那个菜馍一边吃，一边仍用乌溜溜的黑眼睛蹓摸，最终认定只有几个白馍，看样子，只能打它们的主意了。

干吃馍当然没劲儿，别急，有了！我伸出小胖手，拿出一个雪白的圆圆的馍，在馍顶儿揪了几块下来，弄出一个小坑儿，拿出那个我脑袋般大的油缸子，也不知盛了多少年油，上下里外无一处不被油垢覆盖，其厚度不亚于我胖乎乎的小脚丫儿。

油缸子里有一个同样油腻的勺子，盛了两勺熟豆油倒入馒头的小坑里，等上那么一会儿，让油渗透到馍的每个细胞组织中，这个油馍就像我从未吃过的面包一样香了。我有理由认为，面包也不及油馍香，因为我没吃过面包，只吃过油馍。

有时候，碗架子里会放着一些蒜茄子、韭菜花儿和腌黄瓜，就用不着费时巴拉地自己动手制作了，直接把配菜塞入馒头中。

于我来说，一日三餐的间隔太长，又在泥土里打滚儿、东跑西颠儿的，相当辛苦，并且拼命在长高、长胖、长大，天天都饿，时刻都想吃东西。小时候，没有名目繁多的零食、点心、糖果、巧克力，只能吃剩菜、剩饭、凉馍。

大人们天天忙得脚打后脑勺，根本没空闲考虑为我加餐的问题，于是，我自制了油馍作为下午茶点。至于茶，还远远不到我听说和品饮的时候。故乡的生活中没有茶。

我特别能吃，吃饭时，一开始是一小碗，很快，就和大人一样吃上一大碗——那种碗，是江南人盛汤用的。或是吃三四个馍，那馍浑圆得像西湖北山路上苏小小墓，厚重的像风波亭廊柱上的小球一样。就是这样，晌午和半下午还是会饿。

只要一看到我搬着小板凳上了北窗边的巨大的锅台，就有人喊："我勒老天爷！刚撂下筷子才多半天，又饿了！"

饿时，还在乎别人的看法？

●

笑话。

于是，我不紧不慢地自制好汉堡包，拿出大无畏的精神：吃自己的馍，让别人去说吧。

那时节，人世间最大的享受，便是一个油馍。

冷　面

故乡有很多朝鲜族人。朝鲜族人手艺当真是好，所以，朝鲜拌菜散见于小城各处，味道是顶鲜丽的，尤其是朝鲜冷面，真是一绝。

在我们这里是没有"韩国料理"这四个字的，但走在街道上，一抬头就是一家朝鲜冷面，便进去吃上一碗。

大热的天儿，一大碗冰凉的冷面，特别清凉，面汤上还飘着梨丝儿、半只鸡蛋，才不过一二块钱，现在也只是涨到七八块钱。那么能吃的北方人，一碗冷面也就饱了，再没有比这更经济、实惠又玲珑剔透的美食了。

故乡的冷面不讲卖相，就是一只普通的大碗，盛放着满满的冷面，评价一碗冷面，只消喝一口冷面汤，酸得是否得体，冰得是否适宜，全知道了。再挑上一筷子，不用吃，就知是不是现轧的，咬上一口，凭嚼劲儿，就知火候是否恰到好处，是否是一碗成功的冷面。

失败的冷面也不是不可以吃，只是少了心怡，只剩下果腹。

许多人定居南方多年，魂牵梦绕的仍是那碗冷面，就像我，一定要挤时间回去吃上一碗。一再与老同学们说不必大餐，就来一碗朝鲜冷面，再加一碟儿拌桔梗儿或者明太鱼就好，却无一人能跳出旧俗的思维框架，旧友重逢，一定要觥筹交错、大肆铺张。不到两周，吃遍了小城一流的饭店，只就那个中午，约了妹家的宝贝儿去淘气堡玩，才得以吃了那唯一的一碗家乡的朝鲜冷面。

朝鲜冷面就是有那样的魅力，天天吃，月月吃，年年吃，竟没有说吃够的。若不是应酬，夏天，一说吃饭，便是吃冷面。

同样的朝鲜冷面，不同的人调制出的味道是不同的，它不像麦当劳的汉堡，统一的外形和味道。朝鲜冷面虽大差不差，细品还是不一样的，这种不一样，我们一入口，便知分晓。

朝鲜冷面能够清凉一整个夏天。哪怕他们喜欢吃烤肉，叫上一碗冰爽的冷面，喝完汤，烤肉的热气和火气就立即消散了。

故乡的夏天是那样短，冬天又是那样寒冷漫长，吃冷面怎么得了？可是没有冷面怎么得了？于是，人们发明了冷面热做。

从字面意义上，是不通的，热面就是热面，冷面就是冷面，冷面怎么可以热做？热做的面干吗叫冷面，除了我没人这么较真，反正叫了几十年。

带着凛冽的寒风，卷着千堆雪花，刮进馆子，吼一声："大碗冷面热做。"你坐下就好，不消片刻，热气腾腾的冷面热做就上桌了。

做冷面的面条可以是荞麦面，可以是玉米面，大般就是这两种，只要是二者其一，上什么都可以。

南方的韩国料理里的冷面都是荞麦面，故乡的冷面多是玉米面，故乡盛产玉米，成千上万亩的玉米地，黑土地长出来的玉米最是香甜、肥硕，制作的玉米面必是最好的。

　　因而不必细说来碗荞麦热面或者玉米热面，只说冷面热做，这家馆子用哪种面，便吃哪种面，总归跑不了这两种。绝无可能给你上手擀面，甚至挂面。挂面只是家中的懒人面，你在大街小巷吃的面，没有敢给你下挂面的，若有，你可摔给他，重做，或走人。

　　放着绝美的冷面不吃，吃什么挂面？

　　不记得哪年，至少是上大学以后，回家时发现了一种全新的吃法：烤冷面。新奇地盯着它，"冷面也能烤？"老板嘻嘻笑着："能。可好吃啦，你尝尝。"

　　尝就尝。

　　老板把两片金黄的玉米面铺在铁板上，全身涂满油，又撒上洋葱、香菜，磕上一个鸡蛋，散涂在冷面上。待蛋液凝固了，翻个面儿，再涂一层油，差不多就好了，中间放上两棵生菜，金黄配翠绿，摇曳多姿。

　　有爱吃肉的，再放上烤香肠、鸡柳，卷起来，用那种说不出名的直刀切成小段儿，放在一次性碗中，就可以拿着吃了。

　　喜欢吃醋的，还可以喷些醋。

　　吃起来味道真是特别，吃过不忘，无论天涯海角，只要看到有烤冷面的，一定是东北人，一定会吃上一份儿，那是故乡的美食。据说是密山人发明的。

　　但东三省以外的烤冷面比较难碰，尤其是南方，无论是饮食习惯还是气候，都是不适宜的，只在夜市、排档，偶尔有一个小铁板，一个东北大汉在柔弱的金黄色的面上，刷着油和酱，撒着菜和叶。

几乎不大有女人烤，更无美女，不然，往冷面上撒配料时，可谓天女散花了。

概是面的属性不同，或仅是为了视觉效果，烤冷面只有烤玉米面的，不见烤荞麦面的，黑乎乎一碗，不大有食欲了。

无论居于世界各地，无论走遍天涯海角，必会念念不忘冷面，一定要朝鲜冷面。

故乡的味道就在那一碗朴实、厚道的朝鲜冷面里。

回故乡，吃朝鲜冷面，是吃饭；在外面，吃朝鲜冷面，是回忆，故乡的回忆。

人这一生，过的是日子，求的是安稳，乐的是富贵，图的是团圆，本就平平淡淡，能有点魂牵梦绕的记忆，是温暖的，它多半来自故乡。

因为，故乡连着最曼妙的童年；

童年，永远是灵魂深处最美的记忆。

故乡的水果

姑娘儿

杭州的朋友微信我说来哈尔滨玩了。

我对她说："好想吃东北的姑娘儿。"

"啊！东北姑娘那么高大，你怎么吃？"

我知她意会错了，偏故意逗她："从嘴吃。"

她受不了了，便改用语音说："我们都是女人呀。"

我先笑了一阵，也用语音说："女人就要为难女人呀。"

她发了几个怕怕的图标。

我笑着："小傻瓜，姑娘儿是一种特别的水果（'娘'要读三声），在东北，非常常见，但在其他地方却很稀罕，偶尔有，当地人也不认得。因而，每次秋天回去，我会吃好多姑娘儿。"

"噢，我真是第一次听说。好吃吗？"

"你去尝尝。姑娘儿又叫灯笼果，因为长得小巧玲珑，像一个小灯笼，只有大拇指盖儿那么大。现在正是九月，满大街都是。"

朋友立即去买了来，一边品尝一边微信我："穿着衣服像六角形的灯笼，脱了衣服就一个圆滚滚的灯笼。总之，怎么看都是一个小灯笼，吃起来，就是一个小水果。"

"用词相当精准。因为它太小，所以，我一直当它是零食，没当作正经的水果对待。但它浑身都是宝，能制作果汁、果酱、果茶，还可入药，虽然我没吃过。"

"为什么，我听有人叫它'洋姑娘'，还有人叫它'甜姑娘'？"

"因为它原产地是安第斯山脉，谁也不知道它何时、何故，竟然穿越半个地球来到了中国东北。从小，我吃着姑娘儿，玩着姑娘儿，原不知道它是稀罕的，走遍整个中国之后，也还只有东北大量存在，才知道它的独特。"

"真是有趣儿呢，金黄色的小灯笼。"

"姑娘儿没成熟时，皮儿和肉都是绿色的，成熟后有黄的、红的和紫色的。最常见的是黄姑娘，最稀罕的是紫姑娘，连我也没见过，初见可能还不敢吃呢。"

"这么小的水果，我是第一次吃。"

"因为姑娘儿太小，多小的嘴都能一口吞下，所以，我没几岁，就给姑娘儿脱衣服玩儿，脱光了便往小嘴儿里一丢，嘎嘣嘎嘣，一上午能吃一堆。"

抱着手机一起笑了一回，遥想着姑娘儿的模样，回忆着故乡的
味道。

冻　梨

小时候，漫长的冬天里，是没有新鲜水果的，连新鲜蔬菜也没
有。想吃蔬菜，要么是腌渍的，要么是咸拌的，总之是跟新鲜无
缘的。

所以，东北女孩长得大气、磅礴和厚重，一点儿也不水灵、透
亮和玲珑。半年吃不到新鲜蔬果，你还想长得新鲜到哪儿去。

我们家是没有冻梨的，人太多，一人一个，一天也得十个。我
都没有机会孔融让梨。

只在春节去四姑奶家串门儿时才吃得到，每年去，每年吃，以至于，再去，拜完年、领完红包后，巴巴的等着冻梨。

需要时间。

人冻坏了，还要慢慢地缓，何况是梨。

原本乳白、鹅黄的梨，硬生生地给冻成黛黑色，脆生生的冻成硬邦邦的，砸人能砸晕，砸地能出坑，你不等它化开，你有本事咬开？也就是狼牙吧。

焦急地等着冻梨在水里融解，噼里啪啦，外面的冰壳儿一点点剥裂，像写着甲骨文的龟壳一样。终于，全部裂开，就像等待小鸡破壳而出一样。

一伸手，冰得透心儿凉，拎到嘴边，跟拎着冰块一样，但是一入口，却软绵绵的、酸溜溜的，在大鱼大肉中，还是很新鲜的。

寒冬腊月里，吃冻得像石头一样的墨黑冻梨，就像冬泳一样，特别有征服感，仿佛干了件不得了的事情。

其实，也就是吃了个变色的梨。

红　肠

红肠自然是哈尔滨的最好吃，况且，也只有这里叫它为红肠。浙江叫火腿，广东叫香肠，湖南叫腊肠。虽然外表差不多，除了完整的大腿状的金华火腿之外。

哈尔滨的餐桌若没了红肠，主妇们都没了主意。

哈尔滨若没有红肠，也少了许多"东方莫斯科"的味道。

红肠自然是俄国人带来的。就像啤酒。

哈尔滨的红肠也分很多种，外地人是断然看不出来，也吃不出来的。就连我，吃了二十年红肠，也才知道，这些红肠是不一样的，无论是历史、外形还是味道。

哈尔滨的肉食连锁店，若不卖红肠，那简直就不应该存在。各店的红肠都是自制的，各不相同。

你总疑心哈尔滨人是不是天天吃红肠、顿顿吃红肠，就像广东人天天煲汤一样？可是，这么多红肠，都能卖得出去？我天天纠结这个问题，但是人家天天摆出来成堆的红肠。

红肠只能冷食，最多炒个菜，还是在它不新鲜的前提下。谁会把红肠像猪肉一样炒菜用呢？有钱人家也不能这么奢侈，不仅浪费了银子，还浪费了红肠的好味道。

哈尔滨特别可爱的一点是，人们吃饭可以阳春白雪，可以下里巴人，星级酒店可以吃，街边地摊儿也是一顿饭。许多肉食店却特别阳春白雪，不知道是肉食连锁店，还以为是星级酒店之类的餐厅，一个人不敢进。

道台府是一家，正阳楼也是一家。

自从哥买了两个松花鸡腿回来，我一吃，味道与众不同，便问是谁家的，"道台府。"

"啊！道台府是卖肉食的呀？"

这么高的官名，竟也是熟食连锁店。

马上百度：道台府是哈尔滨关道，是封建王朝建立的最后一个传统式衙门，当时哈尔滨的最高级别行政机构。所以，无论是门面还是名字，都特别霸气。

买根红肠却进"衙门"，实在有点怪。

我看到的大概是道台府的总店，它的许多加盟小店不过只是一间斗室，柜台里却摆满了各种肉食。

有一段时间，我常去一位画家老师的画室，画室对面就是一家道台府的小店，小得只放了一排柜台就满了，但柜台里的食物，随便你选，个个出乎意料的好吃。我便换着花样儿品尝。

我一进去，柜台后面的阿姨就说："今天粉肠特价，9块9送一卷干豆腐。特好吃。"好吧，买回去一尝，干豆腐比粉肠还好吃。

下次再去画室，再去道台府，"今天酱牛肉特价，19块9一包。原来28。"

再下次，"鸡尖、鸡手半价。"

那咋整，整呗，反正每一样儿都不让我失望。

所以，一遇到道台府，总要进去划拉点什么，反正什么都是好吃的。

在秋林公司附近，就有一家恢宏的正阳楼，乘车路遇无数次，从没滋生过进去的想法。你道它多么阳春白雪，却只是下里巴人。

下次去买红肠。

除了红肠，哈尔滨的肉食连锁店里还衍生出许多肉类：风干香肠、松仁小肚、儿童肠、松江肠、肘花肠、罗汉肚、肉肠、蛋卷、肉饼、棒肉、松花鸡腿、羊干肠等二十余个品种。

只有你想不到的，没有做不出来的。

我看着这些琳琅满目的肠们，感慨着：哈尔滨就是一个肉食博物馆。冰城，就是一座肠都。

哪种红肠最好吃，要你自己来吃。

但凡吃喝的东西，与文学作品一样，纯粹是主观感受，虽有客观标准，但不能整齐划一，符合标准的作品极多，哪个更好，就看你主观的口味和感受了。

于我来说，红肠各有各的好，除了不爱吃的，爱吃的都好吃。换着吃呗。但像商委红肠，要清晨排队，绝不去。食，很重要，但为了食，下这么大的力气，答案只有一个字：不。肠里灌的又不是金子，又不是智慧。

一根红肠，只要是老字号，吃谁家的不一样？

啤 酒

平生第一次喝啤酒是高三时。朋友们给我过生日，几箱子啤酒摆在那里，人人面前摆着一杯啤酒，众人起立举杯庆祝我的生日，你不喝？

皱着眉头，望着这带泡沫儿的麦芽色液体，"这怎么喝？"

"一口闷。"

大家一仰脖儿全干了，把杯子侧翻着，齐刷刷地看着我这个主角。

赶鸭子上架，我闭着眼，咕嘟着，想一口气干掉，却被搁浅到喉咙处，卡在那里，不往下走。只好冲进洗手间交给马桶。

"这么难喝！你们为什么喝它？"

自此不爱啤酒，但不得不写啤酒。因为人们都爱它，有些地方无酒不成席，无酒不欢，尤其是哈尔滨和青岛。

很简单，中国的啤酒，哈尔滨和青岛的最有名、最好喝。哪个更好喝，因人而异。技术上、专业上我说不出来，个人喜欢哈啤的味道，觉得它更纯粹。

但是，青啤的营销做得好，在偏远地区和城市，只有青啤。我去国外旅行，问我来自哪里，我说青岛，总有人说："啊，青岛啤酒，好。"说起哈尔滨，恐怕只有俄罗斯人知道它有啤酒。

哈尔滨啤酒

是俄国人让哈尔滨有了中国最早的啤酒。

在 20 世纪初叶，中国的其他地方，还梳着长辫子，穿着长马褂，喝着茶，吃着馒头，哈尔滨已经开始喝啤酒、品咖啡、吃面包了。

哈尔滨的洋味儿来得比上海还早，但它的洋来自于北欧大国——俄国和犹太人，洋得厚重、宽阔、粗糙；不似上海，是西欧的洋，洋得特别资、特别雅、特别柔，所以洋得长久而盛名。

这不只是上海和哈尔滨的区别，也是欧洲自身的区别。俄国本身就是整个欧洲最特立独行的国家，因而，师承其味的哈尔滨也洋得特立独行。

他们一边喝着咖啡，吃着牛排，就着面包，一边干着啤酒，吃着烧烤，就着大蒜；穿着洋气十足，光鲜亮丽，却突然两眼一瞪：

"你瞅啥，再瞅我削你！"

你还有啥想法？

俄罗斯是一个战斗民族，偏偏靠近和影响了本身战斗成性的哈尔滨人，因而，哈啤一灌满肠胃，便脾气暴涨，一言不和，举手相向。

你常常会遇到有人喝倒在大街上，用脑瘫患者的语气说着："没多……我没多……我还能喝……"

"瞅啥，滚犊子……"

图啥？

刚柔并济，不在人生，却在酒。

青岛啤酒

青岛也是一个洋气十足的城市，但它并不彰显洋，也并非全城处处都洋，它洋得局部、隐性。走进八大关，你惊讶这洋，你可以不承认，但就像走入欧洲小镇；散步在中山路，也像在欧洲街道上闲逛。

青岛盛夏的一景是走在街头，拎着方便袋的男人，袋子里装着青岛啤酒。每天傍晚，随时随地，都能看到下了班拎着啤酒的男人。一定要袋子，一定要打散啤，才是老青岛最纯正的味道。

弄得我这个不喝啤酒的人也心痒难忍，巴巴儿地去路边小店找个啤酒桶，接上一斤，不是为了喝，是为了玩，体验一下用袋子拎啤酒的感觉。

感觉……很生活，很接地气。

可是拿回去，怎么倒不洒呢？先是从袋子口倒，肯定要倒出来，然后，挂在勾子上，下面捅个洞，还是会洒。

举着袋子往嘴里灌，洒了一脖子。赶紧冲个澡，盯着这袋子啤酒：拿它怎么办？

青岛啤酒节很隆重，吃的、玩的非常多，人也多，去挤一遭，喝一路，喝多了，跑进大海，去撒个野，打个滚儿，冲个浪，趁着酒劲儿，怎一个爽字了得。

旮旯哈

　　这个游戏，基本上已经绝迹，没准儿生于七零后八零初的南方人也未必玩过，甚至没有听说过。

　　而这是我小时候最爱玩的游戏，也是我的强项。

　　基本上，课间十分钟，你别让我摸到，摸到了就没有别人的事儿了。如果不是上课铃声，我能一直玩到这节课下课铃声响起。

　　此次回去，到二姑家吃饭，她竟然拿出两节旮旯哈，我也是极稀奇的："多少年不见了！"

　　"你二妹家的孩子让我给留的，上次杀了一只羊，熬了一锅羊肉汤，才弄了这两个。"

　　我摸着这个膝盖关节骨。小羊真是伟大，不仅为人类提供肉食，还提供快乐。

我们常常为了漂亮，把旮旯哈染成五颜六色，一般会染成红色。大人会染好了，塞到我们手里。

这只是原生态的裸色，我还没大瞧过，转着旮旯哈的四个面——四面都不一样，才有得玩。

玩时把口袋往空中一扔，然后把一个旮旯哈盲翻到一面，四个旮旯哈翻成一样儿之后，再翻，四面全翻一遍。接下来，就更难了，碰到一样的就抓起来，用一只手连抓两个是优秀，一起抓三个是卓越，四个一网打尽是神奇。

我自然是那个可以创造神奇的人。

那是高手对决的时刻，口袋的在手中，上下翻飞，小小的旮旯哈在手指间翻来覆去：针儿、轮儿、坑儿、背儿，挨面儿转。先分别把四个旮旯哈转成四面，然后再转成四样儿，每只一样，再一起收了。

这是最基本的，还有翻花的玩法，随便你设计，规则你来定，只要好玩，只要可行。

为了提高难度，有时候玩八个。那就排列组合成无限队列，可以玩一整年，十年，甚至一辈子。

但是，它们跟不了我们一辈子，因为，长大后，可玩的人生游戏太多，就没有时间和心思去玩纯粹的游戏了。

打麻将

我不只和小伙伴玩，也喜欢和大人玩。这要随我心性，有时觉得大人讨厌，有时又觉小孩太幼稚。虽然当时我不过才六岁。

我们家大人多，随便逮上一两个，就可以玩上半天。逮一个可以下跳棋，逮两个可以打扑克，玩拉火车。运气好的时候，碰上有三个闲着的，就可以玩升级。

后来，全村流行打麻将，我日夜站在桌边看大人们玩，没几天就看会了，并且迷上了它，不停地让大人陪着玩。

我情绪变化多端，打小自尊心异常强烈，几个阿姨不敢轻易招惹我，陪玩也不是，不陪也不是，还不能训斥打骂。要训我一次，全家人别想好好吃饭了，那哪是惩罚我，简直是自我惩罚，这就是传说中的"伴君如伴虎"了。

那天傍晚，村里的集体晚餐过后，我已经等在桌边，一看母亲收拾好饭桌，就赶忙把麻将布铺上，摆上麻将，一边摆一边招集志愿者，催促大人们快点干活。

三姨逗我说："小孩儿不许玩麻将，不带你。"我立刻像被电击了一样，站起来，桌子上只露出半拉脑袋，等待着电流一般的怒火烧遍全身，气得腮帮子鼓得像金鱼，胸膛上下起伏，"哼"了一声，用手在桌子上一抹，也不管抹掉了多少张牌，就摔门而去。

就这脾气，大人愿意带着玩就怪了。

都是他们惯的。

可是，黑夜好黑啊！那是我平生第一次走夜路，往哪儿走呢？看不见路。

我站在路中央直打哆嗦，然后就被一双大手抓起来，抱在怀中："黑灯瞎火勒，往哪儿跑。回家！"

我立即搂着爸的脖子，委屈地哭起来："三姨不带我玩麻将。"

"带，带，恁三姨跟你闹着玩呢。"

父亲把我抱回到牌桌旁，我的小手一碰麻将牌，心里就舒坦了：尊严和地位全面回归。

打牌！

从那以后，没有任何人再敢说此类"混账话"，只要我想玩，把麻将往桌上一倒，立即过来三个大人，麻溜地坐在桌边，陪我打麻将。

这帮笨笨，她们还不了解我吗？我只是图个新鲜，果然，打几天就玩够了，又找其他的玩艺去玩了。她们终于松了一口气。

我是不爱打麻将的，总觉得运气的成分过多，技巧没有。我是不会打有技巧的麻将，也看不出别人胡什么。打牌打的是娱乐，如果还要斗心机，还不如睡觉。

我喜欢简单快乐的游戏和活法，我们的麻将规则也十分简单，胡吃乱叉，咋都能胡。

后来，上中学时，看到《千王之王》之类的赌片，大开眼界。那是麻将啊，简直是八卦阵，一边垒自己的长城，一边给别人挖坑。这哪是打麻将，简直是打仗。累心。

大学后，到了上海，发觉上海玩得也特别艰难：一条龙、大满贯、清一色，名堂好多，打起来不费事儿吗？

到重庆创业后，发觉打麻将是四川人的日常生活，他们如果每天不摸两把，简直就像瘾君子犯了毒瘾一样。人们见面时的招呼不是："吃了吗？"而是，"打牌了吗？"

自然，客户们全部会打麻将、爱打麻将，许多生意是麻将桌儿上谈成了。

于是，我被迫学习打四川麻将。

那日下班后，集体聚餐完，把打麻将当成工作任务，到棋牌室开了豪包，外地的业务员都要学，老师是重庆妹儿。

她往那儿一坐，纤巧的手灵巧地摆弄着麻将，带着浓浓的四川口音教大家："我们打的都是成都麻将，叫'血战到底'。"

啊！

"我们只打麻将，不拼命。"

她爽朗地一笑："您真幽默噻，打一把你就晓得了。"

我率先胡，啥都不讲究的平胡不先胡才怪。

我把牌一推，刚要洗牌。"别动。还没打完噻，这才刚刚开始。我们三个还要分胜负。"

"啊！一个赢了不算赢啊？"

她一边熟练地码牌，一边慢条斯理地说："再有一个胡的，也要等着，另外两个再打，直到三个胡了，这一局才算打完。"

噢，果真是血战到底！也只有成都人能发明出这种打法。

重庆妹儿一边抓牌，一边说："先赢的是小胡，后赢的是大胡，因为我们有时间胡大牌，比如：清大对、暗七对、龙七对、清龙七对、金钩钩、清带么，还有额外的倍数，这个要讲噻，比如：抗杠胡、带跟、海底、绝张、叫马、自摸寥加底，还有刮风下雨。"

我们已经心服口服，耳却不服——听不懂。

"暗杠和弯杠称为'刮风'，直杠称为'下雨'。"至于"流局查花猪查大叫"，她解释完了我也没懂。

那晚，血战到底的成果是：此生不沾"血战到底"。琢磨人性和红尘已让我心力交瘁，麻将还是算了。

如果非要血战到底，定要与桎梏和阴暗血战到底，其成果必须是：我赢！梦想的规则，自由的打法，赢得我想要的人生。

必须赢！梦想、自由、真爱！

这是活着的义务，生命的本色。

小恐惧

每一个人在孩提时代大都产生过这样的疑问："人从哪里来，要到哪里去，为什么去，怎么去。"

我产生这个疑问时最多不过六七岁，那一瞬间突然感知到人类必死的命运，我觉得一切都变了，所有的一切，我感到浑身发冷，冷得像变成了冰，世界变成了一个深不见底的黑洞。

我努力在想究竟是怎么一回事，死后的世界是什么样的，我死后这个世界还存在吗？我死后父亲、母亲和阿姨们还照常生活吗？被埋在山上的一个小土包中，没有任何知觉，一种深夜独行坟地中的阴冷，浑身的毛孔都在收缩。

我越想越害怕，从炕的一头儿爬过去问正在看电视的母亲，

"妈！"

"嗯？"

"人会死吗？"

"嗯！"母亲正入神儿地看着《万水千山总是情》，头也不转，眼睛也不看我。

"会。"

"都会死？"

"都会！"

"死可怕吗？"

"可怕……还行……"

"妈！"

"嗯？"

"我害怕死。"

"那就别想死。"

"不想就不会死？"

母亲转头看我，这个小脑袋瓜又受了什么刺激？

"妮，别想了，看电视吧，你看看电视演勒多好。"

"我怕死。"

"你离死还远着哩，我都不怕。"

"你比我先死？"我太惊讶了，我可没想到这一条。

"那当然。"

"人不能不死吗？"

"你不能不提死吗？"才问这么几句，母亲就不耐烦了，可她一洗起一大家子的衣服来却一点也不烦，女人真是烂泥糊不上墙。

"别想了！"

我勉强点点头，要是能不想就好了，就是想不通才问，可是问了之后更想不通。闹了半天，不只我会死，母亲也会死，而且还死在我前头，这是为什么呢？

"妈，你离死近还是我离死近？"

"你咋恁些问题？去找恁姥爷玩去，让我安心看会电视。"

她连推带搡把我弄走了，这一来，让我童年唯一一次对死亡的痛苦思索宣告终结，尽管我什么也没问出来。

守着热衷于过日子的家人，想明白生死之道，只能靠长大。

在那以后，我几乎从没忧虑过死亡的问题。只有一次，我切身地体会了一把死亡般的空虚感。

　　那天下午，我在村头儿山脚下的刘青家玩耍。玩了好几种游戏，傍晚前开始摸瞎。我的眼睛上缠了手绢，到处摸她，胳膊肘儿一下子撞在柜子上的玻璃，"嘭"地一声玻璃碎了，"哗啦啦"落在地上，碎成千万片。

　　我赶忙摘下手绢儿，一种深深的莫名的恐惧感袭遍全身。夜色不知不觉暗沉下来，屋子里没有点灯，一切都笼罩在阴暗之中。我害怕极了，刘青也吓得说不出话来。

　　她奶奶正好走进来，见状，也不知是吓唬我还是开玩笑："打碎了？好！回家叫恁爸来赔。"

　　我恐惧地看看她又看看刘青，重重地点了点头，撒腿就往家跑，十分钟的路程我只跑了三分钟。

　　村子里静悄悄的，像死亡一般宁静，天边的彩霞也由橙红色变成了暗紫色，蝉在树上不停地叫着，倒更显得院子异常地静，就像"鸟鸣山更幽"那种意境。

　　推开自家的院门，叫着："姥娘！……姥爷！……妈……"

　　没人答应。

　　屋里没点灯，灰黑一片。没有人。

　　推开东屋，没有人。推开西屋，也没有人。

　　我还没回家，还没吃晚饭，家里竟然没人。

　　费力地揭开和我差不多长的大锅盖，里面热着一大条韭菜坨和一碗咸汤。我没心思吃饭，我得找大人带我去赔刘青家的玻璃。但是，除了我，天地间再没别人。

　　无边无际的空洞向我袭来，钻进我的毛孔，吸食我的血液，一种比死亡还恐怖的空洞感。

我放声大哭，边哭边喊："姥娘！呜呜……呜呜……姥爷……呜呜……"

过了好一会儿，门外响起了脚步声，我跳起来，奔过去，姥娘端着猪食盆从猪圈里回来，打开了当门（厨房）的灯。

"咋了，妮？谁欺负你了？"

"我……我欺负人家了。"

姥娘把盆子放在地上，洗了把手，把我抱在怀里，抹去我的眼泪，"你欺负人家，你哭啥？"

"我没……我在刘青家玩摸瞎……呜呜……把她家勒玻璃打碎了……呜呜……"

"噢……别哭了，明天我让恁爸拿块玻璃给她家安上就行了。"

"真勒？"我破涕为笑。

"真勒！"

姥娘揭开锅盖，拿了一个韭菜坨递给我，"快吃饭吧。"

"哎！"

我大口大口地嚼着，关于死亡的体验和恐惧瞬间消失在喷香的韭菜坨中。自此再也不想这个可怕的东西。

姥 爷

　　小时候，最喜欢和姥爷在一起玩。

　　姥爷的身材很伟岸，像山一样强壮高大，直到我六七岁了，还缠着让他抱，坐在他腿上，他的两条腿像树桩一样结实，我得爬上去，一坐上树桩，就搂着姥爷的脖子，用手捻姥爷的胡子。

　　姥爷下巴上留着巴掌长的胡子，原本是黑白相间，后来越来越白。他的胡子很奇妙，冬天会结霜，若刚喝完水没擦就出门，回来时胡子上就结满冰凌，一串串儿挂在胡子上面特别好看。

　　有时喝咸饭、糊涂时，胡子上会沾上黄色的汁液，我就用小胖手儿抹了把自己的嘴，然后再去抹姥爷的胡子："姥爷，你看你，跟小孩似勒，胡子腌臜了。"结果越抹越脏，胡子粘连在一起，反而不好擦。

　　我特别喜欢捋姥爷的胡子玩。村里许多老人都有胡子，但我最喜欢姥爷的胡子，姥爷的胡子最好看，充满了温情。

　　姥爷不大说话，只忙着该忙的事，话最多的时候，也就是跟我玩时。不说没办法，我话太多，问题太多，再不爱说，我问十个问题总得回答一个吧，但我有成千上万个问题等着。

　　姥爷特别有耐心，耐心地听完我的上百个问题，耐心地回答我其中一二。阿姨们惹不了我，没耐心哄我时，就把我往姥爷怀里一塞，姥爷就耐心地陪我玩，我想怎么玩都行，他在一旁看着。听妈说姥爷小时候没饭吃、没衣服穿，那叫一个苦，我猜他肯定没有游戏玩。那么，姥爷一生中玩过最多的游戏是跟我。

　　"姥爷，孙悟空是谁？"

　　"是个猴子，后来成了神仙。"

　　"啥是神仙？"

　　"就是生活在天上勒人。"

　　"天上有人？"

　　"有。还有玉皇大帝、王母娘娘、嫦娥、七仙女……有很多人。"

　　"真勒？那我能不能上天上去看看。姥爷，我想上天上去看神仙。"

　　妈训斥我："小死妮，快下来，恁姥爷忙了一天，累了，你那么沉。"

　　"我不沉，我还是小孩勒。"

　　我歪着头冲母亲嗔怪，转过脸来接着问："姥爷，玉皇大帝是谁？"

"天上勒皇帝。"

"男勒女勒？"

"男勒。"

"为啥天上勒皇帝也是男勒？"

"皇帝都是男勒当。"

"那王母娘娘是谁？"

"皇后，皇帝勒媳妇儿。"

"姥爷，我不想当皇帝勒媳妇，我想当皇帝。"

……

"姥爷，嫦娥是谁？"

"仙女。住在月亮里头。"

"啊！月亮里头有人？姥爷，你带我去看看。我要看看月亮里头勒人。"我咻溜从姥爷腿上跳下来，拽着姥爷的裤腿儿就往外跑。

妈一只手把我拎过来，另一只手为我脱鞋，用胳膊夹着我，就把我塞进了被窝里，"快睡觉！今天没月亮。"

"啥时候有？"

"十五才有。"

"月亮为啥不是天天有？"

"我勒老天爷……"妈全面崩溃。

"有月亮勒时候你告诉我一声。"

我应付了一下，钻进暖和又舒服的被窝里。头刚一挨近枕头，突然又一下子跳起来，腆着小肚脐问："妈，今天晚上月亮上哪去了？"

妈的头大到极点：鸡还没喂，鸭子还没赶上架，猪饿得嗷嗷直叫，她却在这里跟这个小不点儿磨牙："你再不睡，我揍你啦！"

我立即倒下蒙头就睡，一蒙上头就睡着了。

晚上做了好多梦，每一个梦中都有一个圆圆的月亮，每一个月亮中都有一个貌美如花的女子名叫嫦娥。突然有一个月亮里站着我，我变成了嫦娥，却忘记看路，一头撞在月桂树上，醒了。

从那以后，我特别喜欢看月亮，喜欢在月亮里寻找嫦娥，每次总能找到，我总能在月亮的阴影里构思出嫦娥的形象。

我躺在姥爷的怀里，望着月亮，"姥爷，月亮里除了嫦娥还有啥？"

"还有兔子，嫦娥怀里抱着一只玉兔。"

"啊，我咋没看出来？"

"你看那儿，你看嫦娥的左胳膊里，那个圆脑袋？"

我睁大眼睛，使出吃奶的劲儿，费了小半天功夫，终于构想出构想的嫦娥胳膊弯儿里的小阴影："噢，啊！我看见啦！"

姥爷拍拍我的小脑袋瓜子。

我抬起头，望着姥爷像月亮一样大的脸庞："姥爷，兔子长啥样？"

"就是兔子样，两只耳朵，四条腿。"

"兔子有耳朵？鸡、鸭、鹅咋没有？"

"不该有。"

"那兔子为啥该有？"

"天生勒。"

"我咋没有？"

"你没有？"外公终于摸着门道，开始反问我了。

我用小胖手摸摸脑袋两边："我有！那兔子为啥四条腿？"

"四条腿跑勒快。"

"人咋不长四条腿？"

……

姥爷脾气特别好，连阿姨们有时候都忍不住呵斥我一两句，姥爷从来没跟我红过脸，所以，我印象中，姥爷一直是个慈祥、和蔼的人。

妈撇撇嘴："恁姥爷，眼睛一瞪，俺几个都吓勒不能行。他要是发脾气，俺都吓勒不敢吃饭。"

我很诧异，姥爷从来没跟我发过脾气，即使在卧床十载的痛苦磨折中。

命运是不讲道理的，善良的人也许会遇到恶事。在我上小学时，姥爷不幸患上脑血栓，半身不遂，被苦难束缚在家中。

他成天躺在炕上，要么就坐在炕沿儿上，后来，姥娘让人做了个单人沙发，搁在炕边儿，姥爷就多了一个座位。姥爷总是坐着，坐着坐着就睡着了。

患病之初，姥爷还能打麻将，打老人牌，后来一只手不能动了，唯一的娱乐也就消失了。那个昆仑电视机早已不能看了，摆在那里着灰，姥爷就看空气，坐着发呆。我当时想不通，直到现在也想不通，为什么女儿们不给买个新电视，装上有线电视，这样，姥爷的晚年就不会那么孤单。

但是，姥爷就是静坐了十年。最大的热闹是大年初一，五个女儿来串门儿，也就热闹一天。最长的热闹是我寒暑假回村，陪他住俩月。但我不懂事，不再像小时候那样缠着姥爷跟我玩，而是天天跑出去找小伙伴们玩，只在吃饭和晚上回来。

高考前的暑假，我回去时，姥爷的病更重了，大半个脚面都腐化了，像在炕头捂了太久的绿豆，长了很多豆芽状的白毛一样的东西。每涂一下药，呻吟声都会从姥爷的口中传出。

我心痛的落下泪来："姥娘，没有别的药能治的吗？"

姥娘一边涂药，一边摇头："快到尽头了。"

我已经明白这个尽头的意思了，只是不想尽头到来。可是，如果尽头能够结束痛苦……这是人世间最痛苦的抉择和体验。

姥爷开始有些神志不清，时常会呓语。天气开始热起来，还得睡烧热的炕上，躺得时间太久，总是侧身躺着，甚至那一面的臀部都开始腐烂。替姥爷翻身时，竟发现整个侧面像脚一样腐烂了，白花花的肉，都翻在外面，些许腐臭的味道，心像被万箭穿刺一样痛，恨不能代姥爷受罪。

这是我平生第一次经历生命的陨落，如此漫长又如此痛苦。

六月中旬的一天，一大早我就感到浑身不自在，什么也做不下去。

我躺在床上，昏昏欲睡，仿佛看到白胡子老人骑鹤遨游太虚，他拥有伟岸的身材和慈祥的面容。我仔细一看，竟然是姥爷："妮，我去了，你好好勒读书，一定要出人头地。记住：吃得苦中苦，方为人上人。”

在我的惊呼中，姥爷渐行渐远，很快就消失在虚无之中。我从梦中惊醒：白天做梦，是极少有的。额头上的汗珠在隐隐渗出，浑身的血液都在不安分地跳动，窗外狂躁的暴雨猛烈抨击着大地，何时下起这样罕见的暴雨，我竟然一无所知。

我站在窗前，看着雨幕，胸中巨痛，呼吸不畅。仿佛看到有一个人贴在大门上，狠命地敲打。一定是还没完全清醒，这样的雨天谁会来敲门呢？可我揉揉眼，的确有人，忙冲进雨中开锁：

“快！恁姥爷……没了。”

“没了？！去哪了？”

“去世了。”那人说完就走了。

“啊！”我顿时泪比倾盆大雨，跌跌撞撞跑回屋中，仿佛被夺去半边魂魄，失去理智，跪在地上痛哭不止：“姥爷，你骑鹤去哪了？”

不知哭了多久，当我从泪眼中望向窗外时，雨竟然停了。马上锁了门，疯狂地跑向城中心。我哭着、跑着，拦了辆三轮车，奔到火葬场。

妈和阿姨们都在，她们都系上白布，穿了孝衣，我跌跌撞撞地走到前面，想着还能看姥爷一眼，四姨一边哭，一边说：“霞妮！恁姥爷！……”

我泪流成河，只是向前走，期待还能看到姥爷的躯体。

可是，可是，只有一个盒子！

难道，难道，一个庞大的躯体最终就只剩一个盒子！？

我跪倒在骨灰盒前，肝肠寸断，仿佛有人在用刀子剜着我的肉，割着我的心。后悔没有陪伴姥爷最后一段日子，后悔回家太早，后悔在家里做梦，不早点清醒。

我跟着灵车回了青年，有人在往车外撒白色的纸片，那纸片像雪花一样在空中飘飞，它会飞到哪里呢？它的坟墓又在哪里呢？

村里的老人双手捧着骨灰盒搁置在棺材里，上面放着姥爷的假牙。

看到那副牙齿，我跪倒在棺材前，抱着不让封棺："姥爷，姥爷，你为什么不等我大学毕业！"我被人一把抱走，眼睁睁地看着两个神情肃穆的人用锤子将棺材板永远封上口，封住了最无私疼我、爱我的人。

"蒿里谁家地？聚敛魂魄无贤愚。鬼伯一何相催促？人命不得少踟蹰。"

晚上，妈和阿姨们为姥爷烧纸招魂，一边哭，一边叫着姥爷的名字。她们说姥爷是客死异乡，一定要招魂，灵魂才能找到归家的路。我跪在一边，同样悲痛。

"老赵家不是五个女儿吗？怎么多了一个？"夜色中，有人这样说。

我几乎哭了一整月，哭得嗓子哑了，扁桃体肿胀化脓，药与点滴已无能为力，必须切掉才行。爸找了医院的一个退休大夫，在他家里动了手术。我的嘴被一个铁圈撑大，大夫用一个弯曲的针管捅在两个肿胀的扁桃体上。

"哼……"

"别动，眼睛往上看，这是打麻药，一会儿就不痛了。"

他戴着一个安装了镜子的弯曲的头套，照着我的嗓子眼，然后用一个铁圈套住肿胀的部位，用刀一切，快是很快，但是麻药过后，我痛得不能自已，用手死命掐着爸的胳膊，连爸都觉得痛了，大夫为我打了杜冷丁。

我立即一片恍惚，进入一个白色的世界，姥爷骑着仙鹤，吹着笛子，头发是白的，胡子是白的，衣服是白的，只有笑容是红色的，面容安详。

如果有来世，我愿意做姥爷的女儿。

姥　娘

姥娘是一个极好的人，好得挑不出毛病。

姥娘忠诚地扮演着母亲和妻子的角色：作为母亲，她从不责骂自己的孩子；作为妻子，从不非议、反抗丈夫。

姥娘总是全家起来最早的人，每天清晨，玫瑰色的晨曦刚刚出现在天空，姥娘就起来了。几十年不变。

姥娘一起来就抓把柴禾开始烧火做饭，当糊涂在锅中煮着的时候，她就瞅空洗把脸。饭做好了，在锅里热着，开始喂家禽、家畜。等一大家子人吃完早饭后，洗锅、洗碗，带好劳力们的午饭，然后拿着镰刀、锄头下地干活。日落西山才回来，回来后没空儿坐上一秒钟，就开始做晚饭。饭后又要喂贪吃的鸡、鸭、鹅、猪、牛、羊，侍候完它们，还得洗衣服，直忙到全家人都睡了，才摸着黑上炕睡觉。第二天天一亮，不待公鸡打鸣，就又开始了新一轮的忙活。

我从没见过姥娘睡懒觉，姥娘不懂什么是睡懒觉。

同样的生活方式，同样的工作内容，姥娘从不厌烦。

姥娘的话不多，如果我不逗她，她几乎没什么话说。又那么忙，忙得没空儿说话，偶尔与村里的婆娘们乘乘凉，从不闲话别人，从不发牢骚，只洗耳恭听。

姥娘是整个村里唯一一个从不非议别人、不唠里唠叨、不打骂孩子、不与丈夫争吵的人。

姥娘赢得了全家人及全村人的尊重。

姥娘把女儿们养大、嫁出去之后，仍然忙碌，同样的内容，只做两个人吃的饭，只洗两个人的衣服。

没清闲两年，外孙、外孙女们相继成长，开始上小学，其他小队没有正规的学校，只有一个不正规的老师一边种地一边勉强教小学一二年级，所以，除了四姨家的刚子，其他弟妹们要上小学都得到青年大队来，住在姥娘家，姥娘为他们洗衣服、做饭。

姥娘非常节俭，不舍得吃、不舍得穿。她自己极少添置新衣裳，成年累月只穿那么几件旧衣裳。老母鸡不能宰了吃，要留着下蛋，下的蛋也不能想吃就吃，都放在三个大木箱里，那里盛满了鸡蛋。都是留给外孙们，或者村里谁家女人坐月子，她就掀开那个神奇的帘子，伸手去拿出一些鸡蛋来，一定要双数，用红纸染成红色，送过去。

姥娘几乎从不离开家，从不到外村串门儿。外公离世后，外孙们到城里上学后，她才跟随村里人一同回了一次商丘，去探望半个世纪前失散的姨姥娘和几个从未见过面的外甥，那是她去过的最远的地方。除此之外，姥娘自二十几岁到达荒无人烟的北大荒，至八十一岁，仅为治病去过一次哈尔滨，到我家享过几天福，一生从未离开过家。

姥爷离开后，姥娘独居十年，就在那座老房子里，依然早起早睡，忙里忙外。

姥娘从不轻易给别人添麻烦，哪怕是自己的孩子。她一个人守着那幢丈夫、女儿和外孙儿们居住过的老宅过活，依然豢养着鸡、鸭、鹅，然而却不是当年的鸡、鸭、鹅，它们已经几度轮回。

姥爷患病十年，姥娘悉心照料，不仅要服侍姥爷的衣食、睡眠，为姥爷腐烂的脚面涂药，陪伴姥爷在室内活动，还要忍受姥爷因长年患病而变坏的性情。

姥爷患病期间，姥娘从没脱过衣服睡觉，为了方便半夜起来侍候姥爷喝水、排尿。

因为常年劳作，姥娘一生身体极其硬朗，虽然她很瘦弱，但几乎没得过什么大病，小感冒也极少有。

姥娘是幸福的，一直都是。

她从不对世界、对亲人要求什么，所以，姥娘是有福的！没有多少人能够像姥娘一样真正地无私奉献而不做丝毫索取。她对孩子们的爱完全出于母性，没有一丝一毫的功利的目的。

在姥爷瘫痪了三年多之后，当基督教一传入青年，姥娘就信了基督。

　　姥娘从此有了精神寄托，每周一、三、五晚上及星期日都会参加聚会，听人讲读耶稣的故事，朗诵《圣经》，唱赞美诗，虔诚地祷告。

　　姥娘一字不识，却极其认真专心地用手指着方块字，从左至右指去，一行又一行，一个又一个，跟着朗读。

　　不久，她竟能认识一些简单的汉字：主、天、地、人、日、月……这之后，我回乡下后就多一个任务——为姥娘读《圣经》。

　　起初很不乐意，但渐被姥娘的执着感动。她每天忙完所有的家务活儿就坐在炕沿上，或盘腿坐到炕上，拿出老花镜，打开《圣经》，把刚跟别人朗读完的那一页用手指着，口中念念有词。

　　那一刻，姥娘忘记了整个世界。

　　我被一股神奇的魔力吸引，就像雅各布教堂中那个想偷圣母玛利亚塑像上的金银首饰的贼被耶稣的魔力震撼，全身僵硬，直到第二天有人来把他的胳膊锯断一样，收回想要跑出去玩的脚步，坐到姥娘身边。

　　"姥娘，我给你读《圣经》吧。"

　　姥娘抬起头，笑眯眯地把《圣经》递给我，指着那段划了红线的文字："从这吭块念。"

　　我接过《圣经》：

　　"耶和华神对蛇说：'你既作了这事，就必受咒诅，比一切的牲畜野兽更甚。你必用肚子行走，终身吃土。我又要叫你和女人彼此为仇；你的后裔也彼此为仇。女人的后裔要伤你的头，你要伤他的

脚跟。'

又对女人说：'我必多多增加你怀胎的苦楚，你生产儿女必多受苦楚。你必恋慕你的丈夫，你丈夫必管辖你。'

又对亚当说：'你既听从你妻子的话，吃了我吩咐你不可吃的树上的果子，地必为你的缘故受咒诅，你必终身劳苦，才能从地里得吃的。地必给你长出荆棘和蒺藜来，你也要吃田间的蔬菜。你必汗流满面才得糊口，直到你归了土；因为你是从土而出的。你本是尘土，仍要归于尘土。'"

"就学这些。"姥娘阻止我。

"姥娘，你明白这是啥意思吧？"

"知道，上帝创造了人，人不听他勒话，上帝就惩罚了人。"姥娘有板有眼地说。

姥娘能背下不少片段，只是不能了解其中深义。她忘记时，我会提示她下一句，她马上就能接上。

姥娘又打开一个小册子，哼起歌来。

"姥娘，你还会唱歌？"

"这是赞美诗，每次聚会都得唱。"

"你唱唱呗。"

姥娘坐在炕上抑扬顿挫地唱起来：

"清晨早起赞美神，
一夜平安蒙神恩。

今日还求主保佑，

哈利路亚拥有神。阿门。"

"哈哈，这歌不好听，那个调儿怪怪勒，但你唱勒好听。"

我跟着学了两遍，从此一生不能忘记，直到我像外婆一样苍老时，也会唱。

这就是姥娘的一生。

姥娘一生驯服于命运：不强求、不抗争、不愤怒、不仇恨、不索取、不埋怨、不爱慕虚荣、不享受人生，从不奢望自己及亲人能力不及的东西和生活。

姥娘是一个过日子的老子：内心平和，无欲无求，安于生活。

老小孩

姥娘独自生活到八十岁，才轮流到五个女儿家生活，生活了没两年，就患上胰腺癌，到哈尔滨看病。是时，我在杭州全职阅读、写作，一听说姥娘患病便立即赶回来陪她。

"姥娘！"

我还像小时候一样，一见到她，就扑进怀里。不同的是，以前，她搂我入怀；现在，我搂她在怀中。姥娘还是那么瘦弱、矮小，而我已经高大健壮。

她趴在我胸前，抬头看看我，又看看我妈，起来，走到妈身边，躲到身后。

"这是谁？"

"啊……"我抬头看看妈。

"恁姥娘不认人了。娘，这是霞妮，俺闺女，还记得不？"

姥娘恍惚着，表示记不起来了。

我走过去拉着她的手，"走，我带你玩去。你想吃啥？"

姥娘不跟我走，要走得拉着妈。

"这个好，安全，陌生人带不走。"我自嘲地说。

我一手拉着姥娘，一手拉着妈，"姥娘，你认得她不？"

我用嘴努努妈，姥娘点点头。

"你是她妈，她是俺妈，知道不？"

姥娘还有点恍惚。我无奈地大笑，对妈说："这种说法真奇怪。"

妈也呵呵笑着："但愿我别得老年痴呆，到时候连你也不认识。"

姥娘这一辈子，该经历的战争、苦难、灾荒都经历过了，健健康康地活到八十岁，才得这个病，我们已经很满足了，只希望她晚年开心、舒适，走得安详。

很快，她就知道我是她的亲人了，虽然仍不认得我，但愿意跟我单独出去了。

我每天都带她出去玩，有时候在近处，有时候到远处。

近处是到工程大学校园里散步。午饭后，我拉着她的手，带她在校园里转呀转，突然童心大发，"姥娘，我去上茅房哈，你站这等我啊，不许乱跑啊。"

"好，"姥娘又扯住我刚放开的手，"你快点回来哈。"

"中。"我一路碎步小跑，躲到大门后。

没几分钟，姥娘就站不住了，东张西望，想走不敢走，不走又觉得不安全，晃一小圈儿，又晃一小圈儿。我悄悄走到她身后，捂住她的眼睛，叫道："姥娘！"

姥娘一把把我揪到前面，死死地拽着我的手："你上哪儿去了？我还以为你不要我了呢。"

我哈哈大笑，搂着她往家走，"哪舍得不要你啊。"

"你可不能乱跑了，不能不要我啊。"

"不能。"

天气好时，我便带她坐车去中央大街溜达，说是为了她，其实是为了我，我哪里是老在家憋住的人？三天不出门浑身都痒。

带姥娘去逛街，一边陪她，一边陪自己。

"你想吃啥？"

"吃啥都行。"

那我就找杭州吃不到的东西，在西七道街找了家锅烙，点了碗紫菜汤，要了两份三鲜锅烙，那汤一上来，吓到我了，简直是把锅直拉端上来了。

我正要给姥娘盛汤，她端起那个炒勺一样的大碗就喝，喝完还说："这是啥碗，怎沉？"

我笑断了气，赶紧把锅碗拿到一边，用小碗给她盛汤："用这个喝。吃锅烙。"我给她夹了两个放在碟子中，"蘸这个吃，好吃不？"

姥娘咬了一口，"好吃，好吃，你带我吃啥都好吃。"

我看着她花白的头发，沟壑纵横的脸，怜惜极了。

你们那个年代，挨过饿，讨过饭，躲过大炮，逃过日本鬼子，挺过克山病，开拓过北大荒，什么苦都吃了，现在自然吃什么都好吃。

"够不？还要不？"

"够，饱了。"

我扯张纸巾给姥娘擦擦嘴。小时候，你侍候我，现在，轮到我侍候你；老人侍候孩子，侍候的是希望；孩子侍候老人，侍候的是回忆。你给了我一个无忧无虑的童年，我也要给你一个快乐舒适的晚年。

"吃饱了，想干啥？"

姥娘眨眨眼，"能干啥？"

我笑着："回家，还是去玩？"

"去哪儿玩？太阳还没落山吧。"

我哈哈大笑："姥娘，现在是晌午头儿。走，我带你去松花江溜达溜达。"

我拉着姥娘的手，沿着中央大街往江边走去。

"松花江……好像……听说过。"

我笑着叹了口气，"嗯，恁年轻时，从关里家带着俺妈去找俺姥爷时，肯定路过哈尔滨。在哈尔滨，你就一定听说过松花江，没准，还在江边溜达过呢。"

"恁姥爷……去哪儿了？他不是天天在炕上坐着，我好长时间没见着了。"

我把姥娘轻轻扯到腋窝下，"俺姥爷在等你呢……"

"在哪吭？"

"在江那边。"

"江那边不是天吗？"

"对，在天边等你。"

哄老小孩把我给哄哭了，得先哄我这个孩子。

"姥娘，你吃冰棍不？"

买了两支马迭尔冰棍，递给她。

"耶，现在勒冰棍咋恁好吃？"

我轻轻刮了下她的鼻尖，"那是，以前勒冰棍五分钱一根，现在勒冰棍五块钱一根。"

"咋恁贵，再不买了啊。"

"好，好。"

哥哥也三天两头挤时间带姥娘去吃好吃的，虽然姥娘吃不出差别。今天草帽饼，明天杀猪菜，后天铁锅炖，大后天烧烤。

姥娘上厕所上得很勤，吃一会儿就去，我就带她去，去完带她去洗手，洗着洗着，她看着镜子，冒出一句："咦！你看恁勒脸，咋恁好看？你再看我勒脸？"

她怔怔地看着镜子，我正低头洗着手，也帮她搓着洗手液，便抬头看发愣的她，放声大笑，笑到天崩地裂，上气不接下气地说："姥娘……哈哈……你比我大半个世纪……半个世纪，你懂不？五十岁……你比我大五十岁……你跟我比啥啊……"

姥娘没反应，我笑到肠断，吃不下饭："姥娘，你咋想勒……"

我回桌一说，妈和哥都笑得不能自已。

血肠上来之前，服务员先给每个人上了碟生抽。谁也没注意到姥娘，她端起碟子喝了一口，忙用手扇舌头，"咋恁咸？"我们大笑着，赶紧递给她一杯茶，"那是酱油，不能喝，蘸肉和肠吃勒，快漱漱口。"

我无奈地瞧着这个老小孩，叹了一口气，"啥时能长大？"

妈笑了，哥说："家有一老，如有一宝。"

姥娘这个老宝贝每天都能带给我许多快乐，她自己却不知道。

那天在果戈里大街吃完晚饭往家走，坐在车里时，姥娘也要攥着别人的手，要么是我妈，要么是我的。我故意不让她攥。

"你不要我了？"

"不要了。"

"不中。"

"为啥？"

"恁欠我勒。"

笑声飘出窗外，"这个你咋能记得住？那知道我是谁？"

"家里人。"

我指指车窗外的行人："你跟他走，行不？"

"不行。他不是家里人。"

需要带姥娘复查，一大早，坐了一个多小时的车，到达省肿瘤医院。香是护士长，已经等着了，要做尿检，递给姥娘一个小碗："姥娘，尿到这里边，别倒哈，再拿回来。"

我带姥娘去洗手间，起初关着门，开门后，小碗是空的。

"姥娘，尿呢？"

"啥尿？"

得，前功尽弃，灌了她两杯水，再去时，我不让关门，看着她接，我一边惊呼："别倒，别倒，姥娘！"

她还是倒了。

"怎么办？"我问香，"你们有没有经验，面对痴呆的老人？"

香叹了口气，"只能帮她接了。"

"手套，碗，水。"

就我这性格，除了姥娘，连亲妈都做不到。

"你勒手干啥？"姥娘问。

"接尿。"

"我尿不出来。"

"喝勒水不够多？"

"你把手拿喽，我就尿。"

"不中。要给你检查，看你病好了没有。"

姥娘说："我憋不住了……"她把我的手一推，尿了。

从早上8点折腾到11点，最终我接了我的上交了。香奇怪地说："检查结果，一切良好，怎么这么好……"

不好就怪了……

不出去的时候，姥娘在家只做两件事：睡觉和尿尿。她不会看电视，不会玩游戏，不会想事情，坐着坐着头就往下栽，她的背本来就很弯曲，她又很瘦，栽着栽着就栽成了大虾。

"姥娘！"

我再不叫醒她，她就把自己蜷曲成圆圈了。

姥娘一叫就醒，一醒就笑着望着我，姥娘的笑容就像藏族老阿妈一样单纯、善良："我又睡着了？"

"可不？别睡了，刚醒。"

"中。"

姥娘答应着，但你若不跟她说话，不跟她玩，一转身她又开始打盹。但我也不能见天地带她出去玩，出去也只能半天，怕她累着。坐上十分钟，就开始打盹，打上十分钟，就睡着了。

不睡觉的时候，就想尿尿，平生第一次进洗手间、用马桶，姥娘围着马桶转了一圈儿又出来了，"我想尿泡。"

"啊，咋不尿？"

"没找着茅坑。"

我一边笑得直不起身，一边拉着姥娘的手去洗手间，把她按在马桶上，按下她又起来，我又按下："这个就是。"

"这是个啥？还坐着？"

"嗯，现在勒茅坑都是这种，你快尿吧。"

她哪里是尿尿，只是有尿尿的感觉，每次一点点，却总想尿。

病理我不懂，但我们都知道与病有关，也只能由着她，但她十分钟去一趟。不让去，就栽倒在沙发上睡觉。你让去还是不让？

只能带她出去，一出去就好，大半天不想尿尿，恐怕把她憋坏了，我不停地问："姥娘，你想尿泡不？"

"不想。"

我再问，她还是不想。俩小时过去，还是不想去，我愣是把她按进麦当劳的马桶上，逼着她尿，姥娘委屈地看着我："没有尿。"

我委屈地给香打电话，问做护士长的她是啥情况。她尴尬地说：

"总上厕所是病，一出门半天不上……哎呀……这不属于医学范畴了。霞姐，你读的书多，你觉得是啥问题？"

"心理问题！这个老小孩，就跟孩子一样，缠着大人陪着玩，不玩就找事儿。"

我把姥娘揪出去，"走，带你玩去。"

玩久了，怕她累，总是问："姥娘，你累不？"

"不累。"

姥娘虽然瘦弱，干了一辈子活，真是有力气，带她和妈去植物园，才走上一小时，妈就气喘吁吁，姥娘却没啥感觉。她能走上一个上午，连我都累了，她也不喊累。

这么好的体力，一回家，就是睡觉。要么睡觉，要么尿尿。

得给她找活儿干。

让她洗自己的衣服，姥娘很高兴，用手搓着，那力气大得能把石子儿捏成面儿。

"姥娘，你轻点搓。"

"哎，哎。"

姥娘一边答应着，一边把洗好的衣服拧干，然后又去接水。我拿起衣服，摊开，一滴水都没有，跟甩干的一样。

"难怪走半天都不累……"

有时，晚上洗完澡，我会把需要手洗的上千块的裙子和内衣泡在盆里，但实在困了，就睡觉去了。第二天醒来，进洗手间，却看到姥娘在洗我的裙子，我忙端过盆，给她擦擦手："不用啦，我的衣服我自己洗！"

"我不累。"

我嘟囔着："我哪是怕你累，是怕你把它搓坏。"

就姥娘这手劲儿，这些蚕丝的、轻纱的裙，能撕成条儿。

午饭后的睡眠是必须要保证的，她不睡我们偏偏要她睡了。

姥娘躺一会儿，坐起来。

"干吗去？"

"尿泡。"

回来后坐着，我把她按倒，"睡觉。"

"那也不能老睡觉吧。"

"你！"你要是我的孩子，看我不揍你。不能揍，得改变战略战策，"姥娘，你还记勒咱青年勒房子不？"

姥娘貌似想了想，"记不得了……想不起来啦。"

"那还记得青年勒后山不？"

"青年是哪吭？"

我叹了口气："你勒家。永远勒家。"

聊着聊着，姥娘就睡着了，我拿小被子盖上她的肚子，爱抚着这具瘦弱的躯体，你应该记得青年的后山，那将是你长眠的地方。

半年之后，姥娘就与姥爷合葬在青年后山的坟墓中。

诀 别

在我来到这个世界时，姥娘和姥娘的爱拥抱着我。

在姥娘离开这个世界时，我不在她身边。所有的儿孙中，只有我不在。

陪伴姥娘一个夏天之后，我回到杭州。初冬的一个傍晚，接到家里人的电话，说姥娘可能过不了今晚，赶紧回来。

我静坐在窗前，不可能不想回去，是回不去。

不是刚刚接手的工作，没有任何工作比得上我与姥娘诀别。来不及的是时间和空间。

今晚，我可以飞到哈尔滨。但是从哈尔滨到密山，需要 12 个小时火车，8 个小时客车，即使打车也要四个半小时，到达密山时最早是明天中午。

有史以来第一次，我怪自己离家这么遥远，遥远的来不及回去。

如果我不任性，大学毕业后留教哈尔滨，我就能抱着姥娘离开这个世界，就像当初我刚来这个世界时，她抱着我一样。

我无声无息地静坐整晚，一动不动。

第二天，姥娘就走了。走时很安详，只是眼睛总是眨呀眨，不肯闭上。

妈说："是不是想霞妮？她太远了，回不来。"

姥娘眨眨眼，终于闭上了。闭上，就再也没睁开。

所有的外孙中，我陪姥娘的时间最长。我生在姥娘家，长在姥娘身边。大学以前，每年寒、暑假都住在姥娘家。

所有的外孙中，只有我离姥娘最远。因为我野心最大，我要去南方，我去看世界。青年太小了，连哈尔滨都是小的。现在因为远，

来不及诀别。

我不原谅自己吗？不，我从不后悔自己的选择，离开北方，是对的。南方给了我完全不同的思维和性情，带着这种思维再回北方，我会不一样。但是，我却来不及和姥娘说再见，来不及告诉她：如果有来世，我愿意做你的女儿。不，儿子。你缺儿子，我想做男人。

我一天都不说话，该干吗干吗，该吃饭吃饭，只是，吃一口饭需要半天时间。

我不想说话时，全世界都没办法。而我不想说话的时刻，前半生中只有两次。

我静默了三天，没流一滴眼泪。

周末，坐在书桌前，拿出一本书，"啪嗒"拍在桌上，双手捶着桌子，泪如倾盆雨下，先是无声无息，然后是惊天动地，那是不可抑制的嚎叫，锥心刺骨的诀别。

面对生死诀别，每个人的反应都不同。自己的反应也不同，面对与不同人的诀别。而且无法预料，就由着自己去吧。想怎么样就怎么样……

还能怎样？

无论怎么哭，哭多久、哭多痛，还不是一样要擦干眼泪，生活。

爷 爷

爷爷，对于我来说，只是个符号，别人口中的称呼。

我从小就看着别人叫着别人的爷爷，回家后叫姥爷。

"爷爷"应该是一个奇异的称谓，遇到老人，大人会让我叫"爷爷"，而不是"姥爷"，为什么呢？我从小叫的可是姥爷呀，爱我的也是姥爷呀。

后来看到，别人的爷爷对他们远远不如姥爷对我，那种心头的失落感，渐渐淡漠。

我只知道，我应该有自己的爷爷。只是他没在我身边，因为某种我不知道的原因。

扭搭扭搭去找爸，"爷爷在哪吭？"

"关里家。"

又是关里家！似乎跟爸爸相关的一切都在关里家，而我们却生活在与关里家不相干的地方。

爷爷在那里？为什么我们在这里？

大三的寒假时，我第一次见到爷爷。在那个阴暗、矮小的茅屋中。

爷爷很高、很瘦，声音很浑厚："霞妮……"

我慎重地点头，点尽十八年的向往，叫出十八年失散的称谓，那个我最想叫、别人一直在叫的称呼："爷爷！"

这是我的爷爷。真正的爷爷。

他也是平生第一次见我。一见我就是我长大后的模样。

爷爷没有见证过我的成长。兴许，这是我们双方的缘分和福分。

如果我生在他身边，我会活成另外一个人。

爷爷和我平生只见过三次。最后一次，还是意外。

与S在一起生活七年，才陪他回老家。回到他的老家，才知道，他的老家离我的老家不过两个小时。

大年初一的早晨，我扑闪着大眼睛望着他："我想回老家看看。"

S二话不说，从开封开车回到苏集。

爷爷已经八十岁了，比我上一次见他，老了好多。

爷爷正在接近死亡。

爷爷的鼻涕流下来，我摸了摸兜儿，没带纸巾，就用手为他擦去鼻涕，蹭到木头上。刚刚回村儿，就变成村妇了。

这个老人，这个我只见过三面的老人，却可以为他擦鼻涕，还没有任何嫌恶之感。只有爷爷可以做到。

离开之前，我塞了几张钞票在他手里："想吃什么买什么。"

爷爷嗫嚅着，眼里闪着泪花，"你给我钱花……"

能让八十岁的老人触动的，会是什么样的情感？我忙轻轻拍拍他的肩膀，为他拭去即将涌出的泪水。

你是我无可选择的爷爷。因着，当年，你无可选择的理由，我们天各一方。但，血脉不断，基因不变。

那是我与爷爷的永别。

爷爷隔年去世。

我没哭。

但却姓着他的姓氏，流着他的血脉。

奶　奶

父亲，在我平生初见爷爷的年纪，只身一人到北大荒。

许是好的。于我来说。

很小的时候，奶奶来兴凯湖看过我们，还破天荒地给我买了件衣服，那件小衣服上面，绣了好大一只小鸡。

我记住了那只小鸡，和给我买小鸡衣服的奶奶。

神奇的是，她是怎么抬着小脚，走了这么远的路，坐了这么久的车。

我蹲在地上，捏她的小脚，比我的手掌大不了多少，这样也能走路？

"小疯妮，别动恁奶奶。"

"奶奶,你勒嚼(脚)坏啦。"

满屋子人哄堂大笑。

奶奶竟然还能抱动我,她抱我在怀里:"没坏。关里家勒女人都裹小嚼(脚),你早生几年,也得裹。"

我从她怀里跳到炕上,上下直蹦:"我不裹,我才不裹!裹了都没法跑步啦。"

连我这么小的孩子都懂裹了脚行动不便,那些年,那些女人为何主动自残,不知反抗,实在诡异。

"都裹。你不裹就嫁不出去。"

"裹嚼(脚)是为了嫁人?"

我"嘎嘎"地笑起来,满地上打滚儿地笑,笑得喘不过气来,小手捂着鼓起的小肚子:"恁傻呀!那就不嫁呗。"

这脚,像个没长熟的地瓜,又被踩了一脚,四个脚趾都蜷缩在脚掌中央,扭曲得令人作呕,丑陋得让人反胃。仅仅是为了嫁人?这帮蠢女人。

"笑死我了,嫁人是个啥东西……"

奶奶震惊地看着我笑成这样,成何体统!有啥可笑,生为女人,不听传统的话,不以嫁人为己任,像话吗?她遗憾地摇摇头,关里家的孩子生在东北,这样没传统,没王法……

这还没完。奶奶又提到家谱和族长。

我幼稚的好奇心又来了:"奶奶,咱家有家谱吗?"

"有。妮。"

"那我当族长。"

众人又是大笑，奶奶又吃一惊："妮，族长都是男劳力。"

我退了一步："当家长也行。"

"家长也是男勒。"

"咦，那我能当啥？"

"啥也当不了。小妮上不了家谱，要上，上人家勒家谱。× 孙氏。"奶奶又点燃了导火索。

"凭啥！我干吗上人家勒家谱！我生是孙家勒人，死是孙家勒鬼！不让我上家谱，我就烧了家谱！"

我闹腾了一个晚上，直到睡觉还抱着一本残缺不全的竖版繁体字《红楼梦》，当成家谱："家谱得有我，没我不叫家谱。"

奶奶可睡不着觉了，这妮儿，如果生在关里家，整个家族还能活不，她满脑子的怪念头是从哪儿来勒？

我们祖宗八代也没出过一个叛逆，包括男性，至于我……前世的孽吧。

但我也怎么都想不通，奶奶坚持的信念把她变成了残疾，却还想把我也变成残疾，阿弥陀佛，幸亏没生在关里家。晚上睡觉时摸着自己的脚丫儿，五指张开，多好看。捏着脚睡着了。

女 侠

我跟李奶奶对峙着。

她盘腿儿坐在炕头儿上，卷着大烟袋，往一个弯曲的大圆头里塞了好多奇怪的叶子，这叶子还能点燃，点燃了还放在嘴里吸出烟来。

这不是一件普通的玩具，李奶奶也不是个普通的老女人。

我们家有六个女人两个男人，没有一个人吸这个奇怪的玩艺儿。她不仅吸了，还有古怪的想法，真是古怪的老太太。

我双手抱胸站在炕沿边，叫坐也不坐，叫喝也不喝，就站着，等着她一句话。

秀云像只缩头乌龟堆在墙根儿底下。

李奶奶吐了一口长烟，叫秀云妈："去，把你赵爷爷找来。把她外孙儿领走。"

我的小脖子一梗："你不让秀云上学，谁来也领不走我。"

秀云妈不敢动，不是怕我，是怕我姥爷，姥爷在村儿里德高望重，没有天塌地陷的大事，谁敢找他。更何况，这叫什么事儿，连她都觉得婆婆做得过分。

李奶奶试图说服我，"你不懂，咱关里家谁家勒小妮上学？小妮上学没啥用，一样嫁人生娃。"

"你想上学有啥用？"

李奶奶怔了一下，她懂个屁，懂就不会干出这么无理的事儿，还要我来为秀云出头。

我才七岁。才上一年级。

今天上学时，不见秀云。一放学就来她家找她，却见她在哭："俺奶奶不让我上学了。说小妮上学没用。"

然后，我就把她奶奶堵在炕头上，已经三袋烟的功夫了，她奶奶快扛不住了。

"秀云在班级里排第一，是三好学生。你为啥不让她上学？"

她奶奶翻来覆去就是哪几句陈年旧话，再说不出新词儿。

"关里家是关里家，青年是青年，现在是啥年月？小妮儿、小小儿都一样。俺班级里小妮儿可多啦。"

在我们家，是一样的。在他们家不一样。秀云从小就没地位，才七岁就里里外外一把手，能干的都会干了。而我唯一的活儿就是写作业，然后跟哥对着干，要求全家族的人看重我跟看重他一样。

他们家真奇怪，生小妮儿是为了干活，干活不用识字吗？那干的是啥活？能干好吗？

"村西头那谁家勒两个小妮都不上学。"

不上学真可怕，她奶奶真无知，整个村西头的女孩不上学跟我有啥关系。但是秀云是和我一个炕上爬大的，她必须上。

我累了，往炕头上一坐，她奶奶紧张的往里挪了挪。我叫秀云妈："婶婶，我饿了，我要吃鸡蛋蒜，放仁鸡蛋。我还要喝水。"

"中。你等着，我给你做去。"秀云妈一溜烟地跑回西屋。

她奶奶急了，虽然她不懂战略战策，我是准备打持久战了。我把盖着她小脚的被子拽过来，盖在我身上，往火墙上一靠，打着哈欠，做足了吃饱了就睡的准备。

她奶奶试图揪回小被子，我索性打了个滚，把被子缠在身上。她奶奶心疼呀，仁鸡蛋呀，他们全家人一天才舍得吃仁鸡蛋。

我可是想吃啥就有啥，哪管鸡蛋金不金贵。

她眼睁睁地看着我把鸡蛋蒜吃光，打了个饱嗝，抹了抹嘴，往炕上一躺。她是拦也不是，不拦也不是。

秀云爸进来了，一看这情景全明白了，站在炕沿上："娘，让秀云上学吧。现在都改革开放了，跟咱老家不一样。刚才高老师来家了，说秀云成绩恁好，不上学可惜了勒。"

她奶奶叹了口气。"快把这个小妮子弄走。"

我在半梦半醒中听到了，大叫着："我不走！让秀云上学不？"

"上，上。唉……"她奶奶彻底崩溃了，她是第一次遇到这样的

"逆子"。秀云被她们家训练得言听计从，我在我家横行霸道惯了，可不是好惹的。

"噢！秀云，你听到没？你可以上学啦。"

梦也不做了，我立即在炕上上蹿下跳，秀云在墙根儿激动得眼泪直流，不停地点头。

"走，玩去。"

我一抬腿，下了炕，刚走到门口，她奶奶严厉地说："云妮，帮恁妈做饭，吃完饭刷碗。"

秀云的头快低到胸口了，斜眼瞄着我。

折腾人家大半天了，似乎应该给她奶奶个面子，我悄声说："明天放学再玩，咱去前山滑爬犁去。"

秀云两眼放光，直点头。

我捂上帽子、头巾、手套，"奶奶再见，李叔再见。"

这样的奶奶，不如没有奶奶。

还是外婆好。

一路唱着歌，一推院门就大叫："姥娘！你在哪吭勒？"

姨

　　我对姨妈们的情感是浓厚真挚的，其他任何情感所不能取代的。她们看着我出生长大，爱我像叔叔爱侄子一样，甚至更细腻、更柔情。

　　我们之间没有封建礼教的束缚，所以爱得自由自在。

　　一个叔叔总要在侄辈面前以长辈自居，以半个父亲的姿态让后辈服从他的旨意和规则，我这种没王法的天性，必然会与叔叔生出诸多磨折。

　　"姨"这个汉字很有趣儿，在造字法当中，"姨"应该属于形声字，"女"旁，从"夷"声。如果把它列为会意字，也可以讲得通，但理解起来很不可爱。"女"旁很容易理解，但是右半边是一个

"夷"字，这个字在古汉语中绝不是一个优雅、可爱的字眼，古人称周边的民族为"夷"，旧时还泛指外族、外国或外国人——夷狄、蛮夷。

在汉语解释中，除了化险为夷的"夷"之意释为"平坦、平安"，算作褒义之外，其余都是贬义。皇帝一生气，掷一根血淋淋的签子："来呀！拉出去，夷其九族！"此人及高、曾、祖、考、子、孙、玄等九族即父族四、母族三、妻族二全部被杀光，可见，这个"夷"字有多么恐怖！

仓颉造"姨"字时可能心情不佳。

南方人称阿姨为"姨母""姨妈"，可见，位置是极重的，仅次于母亲。

我在姨妈们的爱护中长大。

我永远记得那爱的芬芳，就像百合花香一样，沁人心脾，香飘了整个童年。

四位姨妈，四种性格，一种人生。

二姨妈

隐约记得二姨妈有两条又黑又粗又漂亮的大辫子，但出嫁后不久就剪掉了。从我能够保存记忆起，二姨妈就生活在别人家。不，那是她的家。

二姨妈的性格像极了外婆，又超出了外婆：勤快、节俭、爱干净。家里的桌子、柜子、箱子、凳子，每天都要擦上三遍。二姨夫无奈地摇头道："这些东西用不烂，都让你给擦烂了。"

二姨妈舍不得吃和穿，总是把新衣服压在箱子底儿，先让家人穿旧衣服，直到旧衣服快穿烂了，新衣服也快被蛀虫咬得差不多，变成了旧衣服，才拿出来穿。所以，全家人穿的都是放旧的新衣服。

二姨夫有一门好手艺，农闲时做个小木桌、木柜，给街坊四邻做各种木器，乡里乡亲也不收钱，名声极好。总是看到二姨夫的耳朵上插支笔，满头锯末儿。他专注地盯着一根木头，用一个墨盒拉了一根长长的线，一弹就是一条笔直的黑印，然后，他取下笔做个记号，就拿起锯子锯起来。他一条腿站在地上，一只脚踩在木头上，锯得很认真，我看得也很认真：那些方方正正的木头，在二姨夫手里怎么那么听话？不消几天，木头就变成桌椅、橱柜了。

我爱极了凭空的创造，觉得那很神奇，从小就对二姨夫有种敬仰的情愫。他和二姨妈的感情算是好的，没有大的吵闹，小别扭还是有的，舌头确实偶尔碰牙。

香哭着到小姨妈家找我，说她爸妈打架了，她害怕。

我匆忙赶过去，忘了自己也是孩子，也会害怕，但好奇心压倒一切。

冲进屋子时，战争已经终结，战场尚未打扫，满地的馒头、包子，碗柜上的玻璃碎了一块。二姨妈站在窗台边哭泣，身后投下长长的阴影，我看着她就像看到一尊雕塑。

没两天，两人就和好如初。

"哎，这些个大人呀，"我一边吃着糖三角，一边搂着香闲话家常："吃饱了没事儿干，打架玩儿。打了就好，好了还打，真蠢！"

时年，我八岁，香六岁。

每隔二三年，二姨夫会把老父亲从关里家接来住上一两年。

爷爷个子很高，人很斯文，连说话都是斯文的，经常戴着眼镜看书，或教姐儿俩背《三字经》。

她俩的古文底子从小就比我好，知道二十四节气、十二生肖，还会这样背诵："子鼠、丑牛……戌狗、亥猪。"

我单单只会读："鼠牛虎兔、龙蛇马羊、猴鸡狗猪。"还是她们教我的。至于《三字经》，只会前两句："人之初，性本善，性相近，习相远。"她俩能背很远，远到我根本不知是不是《三字经》，反正都是三个字一组。

长大后，我却选择文科，她俩双双选择理科。

爷爷性情很随和，从不见有什么脾气，见人总是笑呵呵的。村里人都说念过书的人就是和不识字的不一样。

二姨夫的名字特别文气，是可以成为书中的名字，严重具有书香气息，可见他爷爷的水平。

可叹名字不代表思想，二姨夫因循守旧，重男轻女，坚决超生一个，却是女儿，抑郁不得"志"。直到现在还把"我今生没有儿子"挂在嘴边，她俩没反应，遭到大女子主义的我的柔情抗议："二姨夫，不许再说这个话了，尤其当着她俩的面。恁这俩闺女比村儿一堆儿子都强：一个医生，一个护士长。还想咋地？"

二姨夫呵呵笑着："不说啦。"

二姨妈则不说话，默默地夹着菜。

自从两个妹妹出生后，我就特别喜欢往八队跑，一住就是一两个星期，与其说我们是姐妹，倒更像朋友，无所顾忌地嬉笑打闹。加上二姑家的小海、邻居家的红霞，每次我一去，大家必然会聚到一起，闹到一处。

八队比大队更小，夹在三面群山之间，一面是公路和肥沃的黑土地，伴随着公路伸向远方，那个远方就通向外婆家。

三姨妈

　　三姨妈出嫁时，我印象最为深刻，她是我长大后第一个出嫁的阿姨，家里人为此忙活了好几天。

　　那天一大早，三姨妈就起来了，被几个同龄女孩打扮起来。

　　三姨妈穿了一身红色，深红色的裤子，套在红棉裤外面，上面是橙红色镶了许多金线的红棉袄，脖子里还有一条红围巾。红得耀眼，红得我特别稀奇，这是要干什么大事儿去呢？

　　上午8点多光景，三姨夫开着手扶拖拉机来了，他穿着帅气的中山装，从四轮子上拿下几个红包裹，又从屋里抱出几个红包裹。

　　三姨妈握着外婆的手哭，外婆很不是滋味，但没有说话，只是让她哭。然后，三姨妈被两个伴娘搀扶走了，临走时还回头说：

"娘，大大，恁保重，俺走了！"

既然要走，为什么要哭？

既然不愿意，为何要走？

我抹了把鼻涕，搞不清楚。大人的世界好复杂。

最终，在鞭炮声中，三姨妈哭着离开了家，从此就成了这个家的客人。

那一天是她一生中最美丽的时刻。

第二年，贝贝出世之后，她永远作别少女时代，成功进阶腰腹丰圆的妇人之列。

三姨夫个子不太高，几乎与三姨妈同高，思想更传统，但运气特别好，得了儿子。在做事方面，却喜欢求变，想做生意不知做什么好，开过加工厂，开过小卖店，干脆还是种地。种地也要跟别人不一样，别人种玉米，他偏种大豆，别人种麦子，他偏种高粱。若干年后，他也就懒得折腾了。

从变到不变又变得非常稳固，以至于在农民们试图让孩子通过大学的途径"鲤鱼跃农门"时，他又坚决让贝贝在家种地："大家都去上大学，都留在城里，谁来种地？"

三姨妈对三姨夫言听计从。

三姨妈家开小卖店那两年，我曾去她家住过几天，柜台里非常诱人，像供销社一样神秘。因为没有供销社大，商品数量少，就被称为小卖店。

原本去三姨家最少，三队没有公路，不通客车，来回只能靠双腿和自行车，一到冬天，大雪封了小路，很难通行。不过，有了小卖店儿的诱惑，一切困难都可以克服。

再也不用站在柜台外面流口水，而是可以进入柜台里面，用手触摸那些东西，尽管不能每样儿都吃，看看也是好的，摸摸也是满足的。还能尝试做神气活现的卖家，踮着脚接过别的孩子递的一毛钱，捏几个糖块儿搁在他手心儿里，看着他拼命咽口水的样子，十分满足。

再好玩的东西看厌了觉得也不过如此，于是，就寻些别的来，竟寻到了两本发黄的书捧了来读，觉得精彩有趣儿：小二黑和小芹为了自由恋爱费了那么大的劲儿，敢情他们村儿比我们村儿还落后，还有什么三仙姑、二诸葛这些跳大神、搞迷信的家伙。

吃晚饭时，我问三姨妈什么叫自由恋爱，三姨夫十分生气，不好意思骂我，就骂三姨妈："小妮子家读什么书？快把书还给张二小，书最能教坏小孩儿。"我吓得不敢说话，但还想读更多的书，知道更大的世界。

"三姨夫，念书不是可以考状元吗？"

三姨夫放下碗，语重心长地说："想中状元不能读闲书，得读《四书》《五经》，那是读书人的事儿，与农民不相干，农民就是老老实实种地，堂堂正正做人，种地用不着读书。"

"噢。"

"再说，中状元、考大学都是小小勒事儿。你是小妮儿，别想着念什么书，中什么状元。学些绣花、做衣服、做鞋之类的事儿，等着嫁人就行了。"

这下子三姨夫可捅了马蜂窝，我从小就落下莫名其妙的病根儿，听不得别人对我说重男轻女之类的话，就像贾宝玉听不得别人劝他走仕途官场之类的混账话一样，凭他是谁，就算是他尊敬热爱的宝姐姐、云妹妹也是不行的。

我登时扔掉筷子，放下饭碗，把馒头扔在地上，张嘴就哭："呜呜……我就要念……呜呜……还要当女状元……"

三姨妈了解我的野蛮习性，立即放下碗筷哄我，"好，好，俺霞妮跟别勒妮不一样，将来要上学，还要上大学啊，不哭啦，恁姨夫跟你说着玩勒，你咋当真啦？"

哄了老半天，并答应明天给我借画本和一堆没用的闲书看才作罢。

我这次撒泼让三姨夫三天没缓过劲儿来，一个劲儿问三姨妈："俺大娘（几个姨夫均按照关里家的习俗称呼外婆为大娘）和恁姊妹几个都挺老实，咋把她惯成这样？"

三姨妈规劝道："这个妮从小就偏，不能让别人说她不行，更不能说不如小小儿。再说了，改革开放好几年了，你勒思想还不开化？"

"呸！就是开放一百年，小妮还不一样嫁人？祖祖辈辈勒女人不念书不也活勒挺好？"

"那是没机会，我不跟你争。霞妮是全家勒宝贝，俺大俺娘都稀罕她，谁敢难为她？俺姊妹几个都是要出嫁勒人，谁敢管她？她走哪儿让人笑到哪儿，也……头疼到哪儿，她能在咱家住几天？你恁大勒人，跟个小孩儿计较啥？"

三姨夫听了，"扑哧"一笑，笑自己迂腐。第二天，为主动与我讲和，亲自借了一堆画本：《杨家将》《霍元甲》《红楼十二官》《铁道游击队》和《小兵张嘎》，我这才破涕为笑，一打开画本，什么都忘了。

此次回故乡前，三姨和三姨夫刚好来哈尔滨看病，我带母亲看望他们，他们也有十年未见。相见甚欢，吃什么都没所谓了，聊聊十年来的生活是要紧的事儿。

三姨比从前胖了不少，反而显得圆润，没大老。三姨夫还是那么瘦弱，看出来多了一点肉，因为太瘦，忽略不计。

"那个小的，可活泼了，可胖了，一天到晚扭搭扭搭的，小屁股上的肉都颤着。"三姨说小孙女儿。

"啊！贝贝家要了二胎！"

"是，刚好有政策，刚好有了，当然要。"三姨夫说。

"有了她可热闹了，全家人都看她的戏。看她妈总批评老大不学习，她就说：'奶奶，我长大后要好好学习，不让你操心。'"

"真是个小人精。"母亲说。

"嗯，可会讨人喜欢了。吃饭时，一圈人都坐下了，她不吃：'奶奶还没来呢。'我过来后，没座位，她便起身让给你，'奶奶坐，我站着。'"

"哇。"大家笑着，吃着，说着。说的都是孩子。

中年时，说的是自己的孩子，老年时，说的是孩子的孩子。

孩子就是岁月，就是梦想，就是变化。

她们自己有什么说的呢？思想不变，生活不变。

"两个都是女儿吗？" 母亲问。

"都是。"

我紧走两步，在植物园里，悄悄问三姨，"三姨夫一向重男轻女，会不会……"

"现在还行，他可喜欢小的了，几天不见就想。"

"下周我回密山。"

"那你就住贝贝家，家里大，有你住的。"

原是为同学聚会而回，现在是要好好看看亲人们了。

四姨妈

　　四姨妈出嫁的时候我没有哭，不过是从村东头嫁到西头，从一个家进入另一个家，三分钟路程，抬头不见低头见。

　　其实，弄到最后，就数四姨妈回娘家的次数最少，而且从没留宿过。有时候，远近并不能用空间距离来衡量。

　　四姨妈出嫁时是个夏天，村里人结婚多选择农闲时的冬天，唯有她出嫁是夏天，一是因为迎娶方便，二是因为四姨夫的父母算得精，早晚都要娶过来，不如农忙时娶进家来，增加一个劳动力。

　　四姨妈在家时是有些脾气的，我最怕她瞪眼，她一瞪眼我就不敢淘气，虽然她极少冲我瞪眼，但威力还是不小的。

　　记得有一次，我非吵闹着要跟四姨妈下地干活儿，大概是突然良心发现，作为农民的孩子，从没下过地，也不知农事，有必要先从旁观学起。四姨妈被吵得没招，牵着我的手，临行时还恐吓我："带你去中，你可不许闹，要不然，我就随手把你丢在地里。"我像小鸡啄米一样直点头，一蹦三跳地去了。

土地离家太远了，以至于刚走到地头儿，还没开始干，我就累了，死活不肯往前走，躺下就睡。不知道睡了多久，醒来后，四周空无一人，静寂如夜，呼呼的风声吹乱了一头卷发，吹得玉米叶子"哗啦、哗啦"直响。

站在比我还高的玉米杆中间，像被世界遗弃了一样，无边无际、无穷无尽的虚空，让我十分恐惧。我大声疾呼："四姨，四姨……你在哪儿……呜呜……我害怕……"

我哭得快上不来气儿时，四姨妈出现了，她累得气喘吁吁，一见我就呵斥："你哭啥？不叫你来你非来！一来就闹人。"

我立即住嘴，表面上是慑于四姨妈的威力，实际上也是哭得累了，哭了这么久，都没喝水，那咋行。

四姨妈把手在衣服上蹭蹭，然后为我擦干眼泪，温和地说："别哭了，走吧，咱回家，找恁姥娘去。"

我开心极了，每当某个姨妈惹不了我或对我不耐烦时，这是她们共同的口头语，每说必奏效，一想到外婆慈祥的笑容，姨妈们的苛责立即忘在脑后。

"四姨，我睡了多长时间？"

"大概二三小时吧。"

"啊，恁长时间？你上哪去啦？"

"我薅草，才薅了一垄地。咱东北勒地长，不像关里家，几个来回都有了。"

"噢。"

"不许哭了哈，再哭，我就不领你回家了。让恁姥娘看到不高兴。"

"噢。"

有史以来难得地驯服，乖巧地用正常的姿势走路回家，也不敢让她抱。

自领教过四姨妈的"凶狠"之后，从此，不敢轻易招惹她，再也不单独跟她出去玩。

四姨妈是家中最有学问的人，一口气读到了初三，本来有希望读高中，谁知迷上了通俗小说，没黑天白日地看，中考落榜。她读小说时特别着迷，整个人都陷了进去，灵魂都钻进书中，不喊七八遍她是没反应的，一叫醒她，她便放下书，往锅底下添把柴禾，剥几头蒜，立即回屋拿起小说接着读。什么民间故事、稗官野史，《故事会》《上海故事》之类的通俗小说、杂志，她都看，看得忘记了全世界，又像得到了全世界。

四姨妈爱读小说的习惯在出嫁后还保留了好多年。

四姨妈出嫁那天，就像变了一个人。一到婆家，四姨妈就坐在炕头上，低着头，一言不发，头垂到胸前戴着的"新娘"花儿上，像犯了什么天大的错误一样，任凭男女傧相劝酒、捉弄，也不抬头。

我和其他孩子趴在窗台上看热闹，我觉得四姨妈变了，和以前完全不一样了。第二年，就抱上了孩子，身材本来就胖，这下子愈加胖了。

由此我觉得出嫁十分可怕，女人一出嫁，就把自己给丢了。

五姨妈

从小姨妈开始，村儿里人普遍接受了自由恋爱的观念。

在我的家族中，除我之外，过得最清闲的第二个人就是小姨妈了，她的倔强和逍遥程度仅次于我，活儿干得最少，得到的宠爱最多。

小姨妈年轻时很爱玩，与村儿里几个同龄女孩儿总是聚在一起嘀嘀咕咕。几个小疯妮不是编辫子臭美，就是叽叽喳喳唠嗑，还经常拿着各自的小日记本看上半天，想笑就笑一回。我是一个"国际警察"，家中哪儿有事都得插上一脚，若有人提出反对——几乎每次都遭到反对，架不住我赖皮，总有办法死缠滥打让她们带着我玩。

小姨妈和那几个爱臭美的丫头片子神神秘秘地拿着日记本又唱

又笑，这个事儿，我若不过问一下，真是太不像话了。我夺过日记本，煞有介事地翻了几页——我已经上一年级了，认识了不少字。

本子上每页都工工整整地抄着一首歌词，有《三月三》《童年》《黄土高坡》《月亮走，我也走》《走西口》《走在乡间的小路上》《酒干倘卖无》《冬天里的一把火》《热情的沙漠》《啊，莫愁》……

我指着《酒干倘卖无》问小姨妈中间那个字怎么读，小姨妈和其他几个阿姨抓耳挠腮："念倘，倘若的'倘'"。

"啥叫酒干倘卖无？"

"哎呀，这个……就是念小河淌水的'淌'……啥意思……这个，这个……反正就是歌名，这首歌可好听啦！"

"好听，你给我唱唱！"我立即将上一军。

"这个……这首歌太难唱，唱《黄土高坡》吧。"

"这个我也会唱，"我得意洋洋地说："电视里听过，就唱这个……酒什么卖没啦。"

她们笑了一阵，憋得脸通红，终于招认："不会唱，看别人日记本里有，就抄过来。"

我又往后翻，写着一些我看不懂的东西，每行字前还写着红桃A、黑桃K、草花Q和方片之类的怪词儿。

"这是什么？"

"用扑克牌算命。"

"我不信命！"扔下本子就跑出去玩了。

小姨妈常去八队帮二姨妈带孩子，由此结识了未来的小姨夫，两个人开始谈恋爱。谁都不知道自由恋爱到底是什么，总之是个新鲜事物，连大人都觉得新鲜，村里人觉得多此一举，小小的孩儿懂得什么叫恋爱，还要谈，能谈出什么名堂？

小姨夫来大队找小姨妈，两个人躲在西屋里嘀嘀咕咕。

我、秀云和永萍悄悄地搬着小板凳，放在门边。我站在上面，还是看不着，打手势告诉她们再搬一个凳子来，把凳子摞在上面，然后小心翼翼地爬上去。我睁大眼睛往屋里瞄，两个人躲在炕上，中间隔了两个人的距离，说话声音小得像是怕惊扰到了耗子一样，我怀疑他们彼此之间是否能够听见。

"看见没？咋谈勒？"

永萍急坏了，秀云也安静不到哪儿去："快下来，让俺也看看。"

"嘘……等会儿，没啥好看勒……看不明白。"

"那也得让俺看看呀！"

"我再看会儿……这有啥可谈勒？"

她们往下拽我，凳子歪了，我倒在地上，"哎哟！"

"什么声音？"小姨妈在屋子里说，我听到她从炕上起身的声音，顾不得拍身上的土，赶忙一溜烟跑了。

小姨妈也是在冬天出嫁的。三姨妈是被四轮子接走的，四姨妈是被自行车推走的，小姨妈是被小轿车接走的，后面还跟着几辆大客车。小姨妈出嫁前照例是要哭的，但我嫌她哭得不够深刻，也跟着哭了，一路上，哭得唏里哗啦。

香回头惊讶地问："咦！霞姐，你哭啥？"

我叹了一口气，擦掉眼泪，开始明白村里人争着生儿子的原因了，但是不明白为什么女孩一定要嫁到别人家去，没有别的选择吗？

我都不懂，香更不懂了，便谎称"沙子迷了眼"。

实际上我虑及外公、外婆亲自送走了最后一个女儿，将孤零零地独自过活的寥落才哭泣的，可我也知道哭泣不顶用，改变不了她们必然独自生活的现实。

小姨妈的婚礼及婚后的生活与别人没什么两样，必须完成的人生义务和重任也与别的女人相同。

小姨妈性子比较烈，很好虚名，钻进世俗陷阱的程度比谁都深。

原是不觉得，大学时有一年到她家过年时，才发现她变得琐碎又计较。因为小姨夫是队长，家中的礼品很多，堆满了整个客厅，其中当然包括四个姐姐因外婆在她家过年而买的重礼。

小姨妈对于婆家和娘家的概念分得很清，娘家人的礼品不能拿到婆家的亲戚家中去，只有婆家的礼品孝敬外婆的道理，没有拿孝敬外婆的礼品去送给他们。

我一边陪她打麻将，一边说："都是一家人，不必计较太多。"

"不计较咋行？他可从来不拿我的娘家当回事儿，我得争这口气。"

"争气的方法很多，这能争什么？倒没来由惹得一些没必要的闲气儿。"

"反正他拿咱家亲戚送的礼去孝敬他家亲戚就是不行！"

　　我一边摸着麻将牌，一边想着：小姨以前不这样，怎么变成张爱玲笔下的那些妇人了？宝玉说的是正理：好好的女儿，嫁了汉子，染了男人的气味，就这样混账起来。

　　儿子长大后，小姨妈也开始爱美了，想方设法瘦身、美容，到城里做了离子烫，拉直了头发，焗了色彩，买了一整套高级护肤品，邀请我一道用她的美容卡做了次脸。

　　她家的日子越过越好，早几年就花十几万盖了三间双开门大瓦房，照例是全村最气派、最漂亮的房子，难怪农村人都争着、抢着当村长。小姨妈和小姨夫一边期望小军能够考上大学留在城市里工作，一方面又为他准备好了未来的婚房。这其中的矛盾他们没发现。

　　最终，这房子没用上，也卖不出去，闲置在那里。儿子结婚时，又在城里买了楼房。

神秘的大箱子

我家有一对神奇的大箱子，东屋一对，西屋一对。箱子大得可以将我装进去，不用说，我肯定被装过，那么神奇的玩物，我要不玩个底朝天，那还能是我吗？见天儿地看到大人玩那个箱子，开箱、关箱，什么都往里扔：衣服、鸡蛋、帘子……就差把小鸡崽扔进去了。

大人一开箱，只要我在旁边，就蹭过去，搬个小板凳，踮着脚儿看。大人关上箱子，一转身，差点撞到我，赶紧把我拎到地上："一边玩去。"可是，小皇帝今天想玩箱子。

我不动声色，看着大人走出屋门，立即搬了个大方凳，还是不够高。你以为能难倒我，我再把小板凳放在大方凳上面，使出吃奶的劲儿打开箱子盖：哇，里面堆积了许多衣物，我拎拎这件，再拽拽那件，不感兴趣。

刚要下来，发现露出红色一角的小本本，咦，衣服下面别有洞天啊。我忙把衣服扯出来几件：粮票、饭票、布票、《毛主席语录》、毛主席像章、户口本、绣花纸样儿、毛线球、织衣针……太好玩了，这些都是啥玩艺儿，我知道不能吃，但也不会用。

再看看另一个，哇，发现桃花源了。衣服下面藏着月饼、酥饼、炉果、蛋糕和山东大果子。难怪姥娘总是像变戏法一样变出一块点心递给我，原来这是一个取之不尽、用之不竭的宝藏。

我爬进去，坐在箱子里开吃，吃了这样儿吃那样儿，个个都打开来尝一尝。这么多好吃的，不吃会坏的，吃的我实在太撑了，爬不出来了，"呵……"打了个哈欠，困了，先睡一觉再说。

醒来后，却发现漆黑一片，箱盖自动关闭了，立即张嘴就哭，哭完再喊。大人肯定听不见，但只要进来一个人，看到这种犯罪现场，就知道谁干的。

姥爷打开箱子盖儿，掐着我的小腰，把我拎出来，我抱着姥爷的小腿哭。

"好了，好了，以后可别再钻箱子啦。"

"嗯！"头点得像鸡啄米，下次不钻就奇了怪了，探秘行动有增无减。最多学聪明了，捞出一袋大果子，坐炕头儿上吃。吃完一袋，再爬进箱子，打捞另一袋。

这样的箱子，鲁宾逊若是能在沉船上找到一个，他的睡眠该多么安全、舒适，虽然找一件衣服得在山洞一样的箱子里翻上半天，但箱子总比真的山洞强得多。

后来，东家串西家玩的，发现家家都有这样的大箱子，才知这对像浴池一样的大箱子是农村的标志。

篦　子

　　我小时候，从没留过长发，哪怕只是过肩的半长发。

　　你说奇怪吧，全家人没一个卷发，独独我，天生卷发，蜷曲在头顶上，很是古怪。

　　我瞅了瞅外婆，又瞅了瞅其他人，没一个像我这样，卷发从哪儿来的？若留长了，那不就成外国人了？

　　母亲太忙，没空帮我梳洗，卷发又不好打理，还有一个难以启齿的好可怕的原因。那个时候，哪里听说过洗发水呢？城市里我不敢断定，想必他们会提早享受人类的科技发明。我们用面碱洗头发，在盆子里扔一块透明的碱，洗头发时再打点肥皂——很久之后才有香皂。

　　洗后的结果是头发又涩又硬又无光泽又难梳理，最好的办法就是不留长发。

即使是这样，头发里仍然会有虱子。

一提起这种可怕的小生物，就不能不提及一件几乎灭绝了的可爱的小工具——篦子——对付虱子的有效武器。

在头发上刮几下，几只活蹦乱跳的虱子就夹在篦子齿缝中间。然后，人，以一个庞然大物的王者姿态，只需用两根手指的指肚就能将这个活物捏下来，放在凳子上或者炕席上，用大拇指盖儿轻轻一按，"咯嘣"一声，虱子们当场阵亡。

做这项工作的农村妇女往往一边唠家常，一边让孩子站在自个儿跟前儿，唠着、刮着、挤着、摁着，谈笑风生之间虱子灰飞烟灭。

这种篦子中间有一根横梁，横梁两边有两排齿缝，一面齿缝距离疏远，是用来篦虱子的，另一面齿缝细密，是用来篦虮子的。

哎哟，还有这种东西，让我隆重介绍一下。

虱子在灭亡之后心有不甘，不想轻易从地球上消失，它通过各种卑鄙手段在头发上留下存在的证明，以表示它曾轰轰烈烈地存在，并为虱子家庭的繁衍生息艰苦卓绝地战斗过，最终因抵抗不过人类的实力光荣牺牲，在高喊完口号壮烈殉难之前留下了它的孩子它的卵。

但二者像黑白无常一样联系紧密又差异巨大，就像对比十分强烈的白昼与黑夜一样。

虱子是黑色的，数量比较少，以给人畜带来痛苦为乐。虱子的数量比较少，多的话人受不了，因为它不仅存在于头发丝上，而且会沾在身上的各个角落，衬衣、衬裤一翻过来，就能在接缝处看到几只黑色的蠕动着的、肥胖的正在打嗝的虱子们。勤劳的主妇们一次能逮到五六只就了不得了。要命的是它还会复活，这种前赴后继的精神极其坚韧，今天遭到毁灭般的屠杀，明天又能长出新的来。

繁忙的主妇们凭空又多了一项任务：时常为儿女们篦头发，每次都能有不小的收获，用拇指盖儿摁死虱子时，鲜血染红了指甲，就像染了指甲油一样。千万别不好意思，那是自己人的血。

虮子，是白色的，我不确定它是否会呼吸及繁殖期限，能确定的是它不像虱子是个会蹦的活物。它不动，只是紧紧地粘在头发丝儿上，一根头发能粘十几个甚至几十个，就像白色的蚕宝宝一样。它像大米粒缩小十倍之后的状态，一个饱满的白色小颗粒。它虽不咬人，要命的是数量极多，刮一下会粘满整个篦子缝儿，实在刮不干净或不耐烦刮，最直接、简单、有效的方法是"咔嚓""咔嚓"将长发齐耳剪掉，迅速而绝对地摆脱了这些白色寄生物，剩下的精力就用来对付生长在头发根儿里的虱子们。

就这样，头发长了一茬又一茬，虱子们繁衍了一代又一代，虮子们被抛弃了一次又一次，人们还是没有想过采取切实可行的有效措施从根本上杜绝它们的存在。唯一的防范措施就是家家必备篦子。

起初以为农村牲畜多、条件差才会如此，可《红楼梦》第二十回，宝玉笑道："咱两个做什么呢？怪没意思的。也罢了，早上你说头痒，这会子没什么事，我替你篦头罢。"麝月听了便道："就是这样。"说着，将文具镜匣搬来，卸去钗钏，打开头发，宝玉拿了篦子替她一一的梳篦。不知痒的是什么，篦的又是什么。篦子梳头不顶用，篦虱子是行家。

搬入城里之后，就再也没见过篦子。

出人头地

我一定要出人头地!

我跪在坟头,山间的风阴郁地吹着,已经哭到嗓子发哑,扁桃体肿胀得快要合龙,仍不忘记用生命起誓。

那是我平生第一次面对死亡。面对一个无私爱我的人在老病之中死去。

起誓的当下,并不明白什么是出人头地,怎样才能出人头地,只是有一股悲悯而喷涌的力量,像电锯一样逼迫着灵魂:

要走出去,要永远向上,要去看世界!

我并不知道一个幼稚的誓言，需要花二十年的时间去奋斗——用生命奋斗。只是，无论任何逆境，任何苦难，我都会记得在青年的后山上、姥爷的坟墓前，一个心碎的女孩跪在黑土地上用灵魂许下的誓言。

我上小学时，外公意外患上脑血栓，半身瘫痪，卧病在炕。高二时，有一段时间，听说外公身体不大好，可能要死了。当时，于我来说，不啻于晴天霹雳，我还接受不了阴阳相隔。

人生的残酷在于，根本不在乎你的感受，不在乎你是否有能力接受，它会强行将生老病死派发给你，你不得不签收。似乎有个魔鬼握住你的手腕，令你写下血淋淋的字眼，承认最爱的人即将死亡的事实。

一个周末，我在家里睡觉，突然一声巨雷撕裂整个地球，漫天遍野的闪电燃亮大地，外公骑鹤而去，周围一片祥云环绕，幸福与真爱环绕着他，他向我招手，我大叫着挽留着，他还是渐行渐远。

我被雷劈醒，大雨滂沱，铺天盖地，世界晦暗，如同末日，明明是上午十点。十年不遇的大雨。心跳极快，极其不适，坐卧不安，像一个中毒的白鼠在笼子里瞎转，总想冲进雨里，却不知该往何处去。

有人咣咣敲门，我冲进雨幕。

一个老家的邻居："霞妮，快！去找恁爸。恁姥爷没了。"

"没了！去哪儿了？"

已经有了预感，却还保有最后的希望。

"归西了……"

顿时，泪如雨大，僵直在暴雨中，泪雨湿透身心。

分明，几日前，我还见到姥爷。现在，却是永久的诀别。

其实，那几日，姥爷已经处于弥留之际。所有的意识只剩下认得这些儿孙。

我坐在炕沿儿上，握着姥爷的手，为他按摩，姥爷微睁开眼："霞妮来了。""哎哟……"姥爷想要侧身，却不能，我用尽全力帮他侧过身去，眼泪却簌簌地下落，心痛。

盛夏时节，姥爷还睡在温热的炕上，铺着被子，屁股和腿腐烂，长了好些褥疮。我拿来药膏，轻轻为他涂抹，每抹一下，他就颤一下，我就心疼一下。不知该不该涂抹，不知哪样更疼。

姥娘进来看看，摇摇头，一声叹息："不中用了……"又出去了。

我抚摸着姥爷的头颅和脸庞。

姥爷睁开眼问："恁爸好吧。"

我哭断了肠，却不想出声，爸爸年轻不懂事，曾让姥爷十分伤心。他打他的女儿，在他的家，作为上门女婿的身份。姥爷终究妥协于传统，女儿嫁鸡随鸡、嫁狗随狗，女婿想自立门户，随他去吧。八岁时，我们一家四口搬到城里。妈妈从此失去了姥爷的庇佑。

他能在弥留之际问候那个曾经深深伤害过他的脆弱的半儿，多么宽容和善良的老人，为何不得善终？卧炕十年，临行前这样痛苦，痛苦得我都想让他早点解脱，永久的解脱，虽然深深地不舍。

姥爷故去后，我哭了整整一个月，直哭到扁桃体肿大到快封住咽喉，最烈的猛药也无法治愈，切割掉为止，使我第一次高考落榜。

我的灵魂在姥爷的坟前起誓：姥爷，我一定要出人头地！

二十年了，我该回去圆坟、圆梦，向姥爷汇报人生成绩。

这不是终点，是另一个起点，精神上我会永远向上，直到我生命的终点。

我不算完成这个誓言，但我一直在践行这个誓言：从不放弃，从未气馁，即使我一无所有，我都在向上，都在用生命遵守着灵魂的誓言：出人头地。

只要我活着，就奔着这个目标。

青春

生 存

　　搬到城里之后，父亲终于遂了心愿，成为一家之主。但享受着至高无上的权威的同时也面临着巨大的生存挑战，四张等待吃饭的嘴，两个正在成长必须上学的孩子，四面楚歌，八面埋伏，一无所有。

　　从那一刻起，父亲的人生真正开始。

　　父亲有个亲姐姐嫁到密山，是四姑奶跟随姑爷闯关东之后投奔四姑奶来的。大姑来到东北，经人介绍嫁给了一个密山本地人，定居在南郊。

　　父亲租下大姑家附近的一间车库，以为能得到姐姐和姐夫某些无伤大雅的关照。然而大姑不仅没有帮忙，反而帮了不少倒忙，此是后话，暂且不表。

　　单说父亲在而立之年终于实现领土独立却不完整，内政外交一片空白，大权一朝在握，立即成立家庭王国，坐在孤独、简陋、四面透风、屋顶漏雨的帝王宝座上。但凡一个王朝建立之始面临的都是同样的困难：内无粮草，外无援兵，国库空虚，弹尽粮绝，子女幼小，嗷嗷待哺，既无土地可耕，亦无工作可寻，更无官职可袭。正常活着都是艰难的。

我自小衣食丰足，从未体验过贫穷。

1986 年的密山——中国最东北的一个边疆小镇——一不小心过了半个湖就是苏联，既无工业也无商业，远远谈不上第三产业，私营经济根本不敢发展，全靠各个辖区所在乡、镇、村的农业支撑。小镇既不靠海也不临江，又未与苏联开放通商，除了做些小本生意、养家糊口之外别无他途。

起先是卖雪糕。一大清早，父亲在黎明女神的陪伴下推着一辆破旧的二八大自行车去上货，然后沿街叫卖，这对木讷的父亲来说是个巨大的挑战。但为了生存，没有不可逾越的障碍。雪糕一毛钱一根，一箱子也不过能装一百根，卖光一箱子雪糕也不过十块钱，去了成本，剩下只有二三块钱。

父亲那时候很年轻，人很瘦弱，一个夏天就变得更加瘦弱，皮肤也晒成了古铜色。

夏天很快就过去，秋天来得特别早，8 月中旬就已经很凉爽了，父亲必须想别的办法才能养活我们两个。真不知道，干吗要我们，睡醒了就吃，吃饱了就玩，玩累了再吃，吃好了就睡，日复一日。在八岁孩子的眼中，世界是红色的——中国红，是过年的颜色，是欢快的。城里的世界格外如此。

中山装

在维持生存上面，母亲也不甘示弱，在青年练就的好手艺派上了用场，经房东奶奶介绍认识了一个做衣服的胖女人，帮她将半成品的布片联结成衣服、裤子，并将做好的衣裤熨烫平整。一件衣服二块钱，一条裤子一块钱。后来，胖女人看母亲的手艺好，就直接把做不完的活计拿给她，放手让她独立做，从裁剪到缝纫，从拼接到熨烫。做整活儿要比零散的拼活儿多赚一倍，但也十分劳累。可恨那几年流行的是中山装，每件衣服要抠四个兜，还要钉很多扣子，加上垫肩，累坏了母亲的眼睛。

每天放学后，我都看见母亲不是坐在缝纫机前蹬着踏板，就是在用笨重的熨斗熨衣服，要么就是在一块巨大的布上用片状的粉笔画线，拿着专用的裁缝剪刀三下五除二就将布剪得七零八落，剪刀剪布的声音非常优美，像黄莺儿在枝头歌唱，像百灵儿在水一方啾鸣，我喜欢听，非常喜欢。一放学，就坐在炕头儿上听母亲剪布的声音，听够了，再做作业。

母亲的手很神奇，可以将一整块帘子一样的布料做成可以装进人的衣服、裤子。中学以前，我穿的衣服都是母亲做的。

我们买不起，但母亲做的比买的更好。

对母亲手艺的钦佩不只在于她能够按照尺寸、图样儿裁剪，而且还会创造，这使我在小学时一不小心还领先过几次流行服装潮流。

四年级时，《蛙女》热播，主角穿的那条吊带裙，两条带子连接下摆很大的百褶裙，蛙女穿上那条裙子像月神狄安娜一样美丽，像正在奔月的嫦娥一样妩媚。

母亲凭借想象和手艺复制了那条吊带裙，并在带子上加上两条花边。那是一条海蓝色的裙子，我穿在身上配上白衬衫唱呀、跳呀，简直觉得自己就是七仙女下凡、蛙女在人间，我走到哪儿被人称赞到哪儿。没过多久，全城流行起这种吊带裙，几乎所有的女孩子都有一条这样的裙子。

当年全县举行的中小学歌咏比赛中，我所在的三年三班代表全校参赛，演出服就是这种吊带裙。因为颜色不同，带子是两条光秃秃的不带花边的带子，我被迫又买了一条，但它远远不及母亲为我做的裙子漂亮。

六年级时，《渴望》热播，"惠芳服"成为新的服装流行趋势：没有领子，领口圆圆的紧贴锁骨处，双排扣子从上扣到下，显得女性既温柔、娴静又素雅、端庄。母亲竟又创造了出来，她选的是一块暗紫色小方格呢子布料，穿在身上又漂亮又暖和，整个冬天我都穿着它，外面套上羽绒服。没过多久，惠芳服风靡全国。

流行的东西一定是短暂易逝的，无论是衣服还是文学现象、畅销小说，风头一过立即销声匿迹，否则实在对不住流行的本质、畅销的特色。没过多久，又流行起中山装来，就连国家领导人出席重要外交场合也要穿中山装。

中山装是小方领，也有立领，胸前和下摆处各有两个四四方方的口袋，衣襟处有五个圆圆的大扣子从领口平均排列下去，双肩有海绵做的垫肩支撑，使得肩膀形成笔直的一条线，袖口处各有三颗扣子。

中山装像极了中国风格：堂堂正正、坦坦荡荡生活，又像方块汉字一样中规中矩、顶天立地。据说，这件衣服还有许多诠释：前身四个口袋表示国之四维——礼、义、廉、耻；门禁五粒纽扣代表区别于西方三权分立的五权分立制度——行政、立法、司法、考试、监察；袖口三粒纽扣表示三民主义——民族、民权、民生；后背不破缝，表示国家和平统一之大义。

母亲也为我做了一件，用深蓝色布料，女孩儿穿上中山装显得刚柔并济、英姿飒爽，将女孩的温婉与男孩儿的硬朗结合在一起，比男孩穿起来更添一种风味。使我这个原本不像女孩的女孩，变得更男孩了。

守着母亲这个服装设计师，我的衣服虽不多但异常特别。

奋 斗

父亲找到了一项新生意。

房东是一对六十多岁的老夫妻，与普通老人的肥胖身材相反，两个人都很瘦弱，像芦柴棒一样，他们显然没有那样的好命被迫去做包身工，不过，老太太一辈子是老头儿的包身工。

他们家有一个大车库，却不见有车，那个车库的门十分巨大，是留给大货车出入的。车库里有两个小房间，中间的房间里有一口小锅，里面的房间有一条长长的炕，炕头上有一扇小窗户，窗户正对头的墙上也有一扇窗。

这个车库可真是神奇，冬凉夏暖，白天像黑夜一样，关上大门，里面虽说不是伸手不见五指，走路也得当心门槛儿，健康、舒适丝毫谈不上，顶多能遮风挡雨，还不能遮飓风、挡暴雨——这是给车住的，不是给人住的，如今有人强行入住，是人的问题。确切地说是人的经济问题，但凡有几个钱的人家是不会与车抢卧室的。

我们刚搬来时，是住在人住的卧室的，那是老奶奶的西厢房，没住几天，小儿子就要结婚，收了回去。儿子、媳妇还没住几天，就打得不可开交，一定要分家单过。老奶奶一伤心，干脆锁上门，拉上窗帘，让它连同与它有关的不快记忆一起发霉。

李奶奶很慈祥，慈祥得像一个真正的奶奶。无家的感觉与生在一个贫困之家完全不同。李奶奶家的房子照例是坐北朝南，我们家的车库是坐西朝东，南面有一片菜园子，我很少进去，那不属于我。想念菜园子时就回姥娘家，和姥娘两个人把菜园子折腾个够，我是连吃带揪，连玩带踩，姥娘是连耕耘带锄草。

李奶奶家住在密山南郊，再往南就是条小河，河上有座小桥，过了小桥就是一片宽广的田地，一到夏天就长满了绿色的农作物，在那一片茂盛的玉米杆旁边有一座水房，专供菜农们浇地灌溉使用，但却成了孩子们的天然水上乐园。我们每到星期天便一拥而上，洗澡的洗澡，玩水的玩水，在里面扑腾够了，直玩到落日缓缓西垂、天边浮现一抹玫瑰色的晚霞才肯放过它。

水房里的水是水泵抽出来的，水房里总是发出吃人的可怕声响，我们谁都不敢进去看水是从哪儿来的，单就听到声音就觉得里面藏匿了不止一个魔鬼，我们只顾寻欢作乐，不关心水的来源情况。只可惜旁边没有我家的地，否则从地里摘个香瓜、黄瓜、西红柿或西瓜，在水里泡上一会儿，就跟青年的黄瓜一样了。

邻居秀秀家就有地，夏天时她爸妈总是在橙红色的晚霞之中走出来，在水里清洗手脚和镰刀。冬天时，地里空无一物，远远地望过去，地的尽头还有村庄。在青年时，我总想知道山那边的世界与世界之外的世界，没人能准确地向我描述。现在我生活在山那边了，不再对远方向往，而且，认为远方没什么特别之处，只比青年大，却不如青年好。

李奶奶对我们一家很好，包了饺子、炖了鸡肉总要盛上一碗送过来，我们总是说不尽的感激。我们开荤的时刻便是奶奶家厨房飘香的时刻。我们家没有电视机，我又是那么爱看电视连续剧，所以，每天一做完作业就穿过有我三人高的大门进入奶奶的卧室看电视。奶奶从不厌烦我们，也不与我们抢着看，好在那时候也就三个频道，没什么可抢的，演什么看什么。

一个仲夏的傍晚，吃完饭我就跑到奶奶房里看日本电视连续剧《阿信》，奶奶为我和哥哥切了几块西瓜，我一边捧着吃一边为阿信流泪。她的命运太凄凉了，但她总是那么善良、那么乐观，总是用微笑来面对生活的诘难和人为的虐待，其坚忍不拔的品性丝毫不亚于中国传统妇女。我虽然死也不舍得让自己做传统妇女，但无法不为她们的毅力和坚忍感叹。我喜欢阿信，每天晚上都早早地守在电视机前，等着那个比我还可怜的丫头出来，以慰藉心中的悬念，打发萧索的时光。阿信不仅吸引了父亲，还让母亲一放下抹布就跑过来看。

看完之后，李奶奶对父亲提了个建议，说她有两个女儿和一个儿子，都在农贸市场卖货，让我的父亲母亲也跟着卖货。

　　"市场"是什么？这是我们全家人的第一个反应。连父亲都不知道，我当然有理由不了解它的存在。

　　"就是……一帮人……聚在那儿各摆各的摊儿，各卖各的货。"

　　"卖什么货？"父亲问。

　　"嗯……锅碗瓢盆……铁锹纱窗……"

　　"大李和小李他们卖什么？"父亲接着问。

　　"塑料布、塑料薄膜……都是农民种地用的，卖给农民的。"

　　父亲陷入沉思。良久，吐出一句："我……没有本钱。"

　　"你可以先从我儿子那儿赊货卖，我跟他说。卖完了再给本钱，卖不掉再拿回来。"

　　父亲极其感动，决心不辜负李奶奶的好心指点，立即开始行动。

　　从此，父亲在农贸市场里扎下了根，一待就是十八年。

　　我那时当然不知道市场的模样，总觉得那是一个奇怪的称呼、异样的集合。在1988年前后的东北小城懂得市场及市场妙用的人也不太多。人们只知道在此以前都是集体经济，吃大锅饭，端铁饭碗，没人敢出来卖东西，那是资本主义行径，是要被批判的。

　　突然之间，好像冥冥之中扼紧经济发展的手松开了，人们可以自由经商了，甚至可以以个人的名义做生意，美其名曰"个体户"。

　　父亲采用李奶奶的建议，先是一捆一捆地卖塑料布，本钱多了之后就多拿几捆，渐渐地，父亲也有了自己的摊位，卖的产品越来越多，他还办了一个营业执照，我平生第一次知道这个"个体户"名词就是从这上面。

　　自从父亲开始走入市场之后，我们家的生活似乎越来越好了，不像从前那么拮据了，我开始有新衣服穿了，还可以订课间餐了。我觉得城里有许多东西与农村不一样，学校里的规矩也不一样，一个年级有好几个班，一个班有四五十个学生，学校是三层楼房。比青年的平房学校好多了，要求也多。

学校每天要上早自习，第二节课下课后要做眼保健操，做完眼保健操后还要发课间餐，吃完课间餐还要去做广播体操。这些倒没什么，奇怪的是做眼保健操和广播体操时还有人检查，是那些我所羡慕的渴望有一天能成为他们的学生——胳膊上戴着红色杠杠的学生，一个白色小方块儿布——兴许是布做的——上面用红色的线画着抑或是缝着一个长条，有一条、二条，最多三条，民间称呼它们为"一道杠""二道杠"和"三道杠"。

吃课间餐时是没人检查的，戴杠的同学也是会饿的，也是要吃东西的。老师给每个学生发一块蛋糕、月饼、桃酥、饼干之类的点心，一个月才三块钱，但我上四年级之前却订不起课间餐，能交得起林林总总的费用：课外复习资料，歌咏比赛演出服、全市运动会运动服……就不错了，点心就不吃了吧。

别人吃时，我只能看着，我会没出息地想流口水，尽管拼命下咽，它却总是像趵突泉一样往上涌。我装作闭目养神，装作看教科书，装作做练习题，能装的都装了，能表演的都表演了，还是不停地咽口水，我可以闭上眼睛，但不能堵住鼻孔。那会暴露我承受不住诱惑的窘相，太香了，简直太香了，满屋子都是蛋糕香味儿。后来咽得口水都干了还咽，以至于成了习惯，星期天在家时，一到这个时间，也要咽几下。

尽管我倔强、自尊，但并不无理取闹，我明白家里的窘境，知道父母的不易，但凡他们能有一点儿办法也不至于这样考验一个八岁孩子的毅力，但我从没跟父亲提起过这种窘迫，直到他有能力让我像城里孩子一样生活。

谢天谢地，我上四年级时，家里就没那么难过了，五年级时吃的、用的都和城里孩子一样了。我美美地享受着课间餐，享受的不是食物，是重新衣食丰足的感觉。

父母在为美好的生活奋斗，我要配合他们的奋斗，成绩如风筝一般扶摇直上。若哪次没考好，不用别人说，我自己先就郁闷起来，暗暗发誓下次考试一定补回来。我唯一的奋斗就是学习，我要这个奋斗的成果必须丰满圆润。

理　想

父亲的生意越做越大、越来越忙，母亲就不给别人做衣服了，做衣服又累又不赚钱，母亲就和父亲一起摆摊儿卖货。

每天晚上，父亲母亲都把客车售票员专用的那种小皮包头朝下，立即有成堆的零钱从里面滚落下来，掉在炕上：一毛、五毛、一元、二元，偶然会有五十元和一百元的钞票，我却不认得。

"爸，这是啥？"

父亲呵呵笑了，黝黑的脸庞上露出只有父爱才能显现的微笑："这是钱。"

"啥钱？多大勒钱？我咋没见过？"

"不光你没见过，爸以前也很少见。这是五十块，那是一百块。"

"噢，那很多吧？"我眨眨眼，紧接着补上一句："能买多少糖块？"

我对钱是没概念的，但对于能买到多少糖块却是心里有数的。

"能买很多，多勒能装下整个炕。"

"啊！真多啊！爸，还有更多勒钱吧？五百块勒有不？一千也比五百大。"

父亲捏了一下我的小胖脸蛋儿："没有啦，最大勒就是一百块。"

父亲母亲开始数钱，将它们一张张摊平叠在一起，我觉得那个包包很神奇，每天都装着那么多零钱，因而未免觉得市场也很神奇，每天都让这个包包满载而归。

"我长大了和你一起去卖货。"

我看着花红柳绿的、可以买许多点心和糖块的钞票，小心脏开始"怦怦"乱跳。

"不中！"父亲头也不抬，一边数钱一边说："你得考大学！卖货被人瞧不起。"

"噢……大学是啥？"我小心翼翼地问。小心灵立即不再做赚钱的美梦，我天性如此自尊、傲慢，一定要做一项受人尊重的工作，无论多难。

"大学就是……你高中毕业后考的那个就是大学。"

"可是，高中……是啥？"

"初中之后升高中。"

"那……初中……是啥？"

"十五、十六……去，一边玩去！哪那么多问题？你就一直上下去吧，再上十年差不多了。"

我勒老天爷！敢情那是遥遥无期的事情。不如乐在当下吧，我从炕头上一骨碌爬下来，穿上白色布鞋，就踮了出去，找我的新伙伴们去了。

但是，多年以来，我一直在求索那样一个职业：让所有人都尊重，还得是我内心激动、安宁，愿意付出一生去做、并能做得了的。

我找到了。并为此在努力。用整个人生去努力！

青春期

初中时代是母系氏族社会：成绩排在前面的是女生，个头儿长得高的是女生，班级干部是女生，在各种活动中出类拔萃的大多是女生。我们还不懂得享受这一人生中最后的辉煌时刻，就将永远进入父系氏族时代。

教师包括女教师们，不断地用这样的话鼓励男生隐忍："高中以后，女生们事儿多了（你懂的），智力、体力都会下降，成绩也会下降。"

"哼！"我和同桌许心平总是不屑一顾，鼓足了劲儿要向固有观念宣战。我们拥有足够的资本，她是班长，成绩总是在前五名之内，我是物理课和数学课代表，成绩紧随其后，我们绝不相信这些蛊惑人心的混话。

虽然高一的生活随即证明这些荒谬绝伦的话竟是不可动摇的真理，先享受完这最后的黄金时代，之后的黑铁时代必将到来，无论我们多么不情愿，无论我们多么想把黑铁时代重新铸造成黄金时代。

是的，初中是女孩儿们的黄金时代，我们美丽、聪明、热情、活泼、敢想敢做，在成绩上名列前茅，在各种活动中也占尽先机，无论是文艺演出还是运动会，都少不了女生们的歌舞表演及团体操方队。这世界若缺少女孩，将缺少一半的美丽。

相形之下，男生们个头又小又懦弱、言语钝化、两眼无光，像是早衰的小老头一样，加上正处于变声阶段，头脑本不太灵活的男生们一张开嘴用公鸭嗓子说话，立即让他们自己都觉得矮女生一头。而女生们正褪却幼稚的孩子的外衣，披上少女的金光灿灿的羽毛，即使是在阴暗沉寂的教室里也掩盖不住她们的光芒，连校长和教师们都对女生们高看一眼。

初中时代，男生们想与女生叫板，声音是微弱而沙哑的。

初中时代属于女生。是的，女生。

一提起初中时代，能够想起的女生是那么多，男生却凤毛麟角。初一时的郭冬梅和夏兰，这是两个颇有姿色、性情贤淑的女生，顺理成章成为调皮捣蛋的男生们的"调戏"对象，一到自习课上就缠住她们两个说说笑笑、打打闹闹，有时会惹得这两个未来的贤妻良母也十分不耐烦，拿起教科书做出要打他们的状态，但也只是举起来，又放下。

每一天下午自习课，都会上演这样的西绪福斯式的闹剧：一个逗，一个笑；一个惹，一个恼；一个得意，一个无奈；一个得寸进尺，一个退避三舍。

夏兰的个子很高，大约有一米七，人很瘦弱，显得她更加亭亭玉立，一张瓜子儿脸，五官小巧精致得像江南水乡一样，皮肤很白，又时常涂抹一点粉，更显得风姿无限。冬天时，她时常穿一件长及膝盖的苹果绿色呢子大衣，背后有一排巨大的扣子，更显得她窈窕婀娜，吸引众多男生追随的目光。她的脾气好极了，简直没有脾气，最多皱皱眉头，拿起书威胁一下"挑逗"她的男生："起开！我要温习功课了，快走开！"这时，男生们就大声说："你看，你看，夏兰，夏兰，一吓脸都'蓝'了。"她被迫笑起来，笑得灿烂的让人看不出被迫，却以为她很喜欢这种调笑，给了男生得寸进尺的勇气和借口。

我每天都可以看到他们之间在进行这种你来我往的较量，我实在想不明白，为什么男生们都去逗她，为什么她真的不生气？若是惹我，我准会一个巴掌让他们永远不敢再来！"噢，原来是这样。"我拄着下巴，呆呆地看着教科书，我明白他们为什么不敢和我说话，偏偏喜欢她们两个了，因为她们温柔、宽容，而我倔强、刚硬，没男生轻易敢惹，更何况惹一次再没有第二次。人们都喜欢选择没有风险的生意投资，选择与没有阻碍的女人嬉戏。蜜蜂和蝴蝶永远盯着没有危险的、最美的花朵，至于带刺儿的异苑奇葩就拉倒吧。我用笔敲着桌子，其实是欢喜他们能来和我说说话，教科书好无聊，不比听几声鸭子叫来得舒服。

郭冬梅的个头儿稍微矮一些，也有一米六七左右，身体稍微结实一些，脸像银盘一样，牙齿像雪一样洁白、像梳子齿儿一样整齐。她总是扎一个不太长的马尾辫子，长长的刘海儿梳到一边，但一低头就掉下来，她总是用手去拢，那一举手投足间，女性韵味儿就流露出来。

她招来的蜜蜂比夏兰引来的蝴蝶还要厉害。有一次她被逗弄哭了，之后的几天，男生们不敢造次，但是一看到她露出笑容就立即原形毕露，围到她身边。

她的舞跳得很好，在班级元旦晚会上，她跳了一支二十四步，惊艳了许多人，尤其是男生。

她是我后桌，连我也爱同她讲话，但是一有男生像苍蝇一样围过来，我就得转过身来，独自做作业。好生郁闷。我也很想与男生交流，又绝不肯主动低下高贵的头颅。所以只能看着这些男生女生们天天上演各种闹剧，充当免费观众。

小秘密

那本《青春期知识手册》我记得，至今都记得。

书刚发到手里时，这几个字就吸引了我，恍惚中时常听人提起"青春期"这三个字，但丝毫不懂它的标志是什么，年限有多长，从几岁到几岁，有什么具体反应，需不需要吃药。

我立即打开书，仅是目录就立即让我面红耳赤："女生为什么会来月经？经期女生的身体会有什么变化？经期是否应该参加体育活动？男生为什么会变声？男生为什么会遗精？青春期为什么渴望同异性交往？"我马上翻到那一页，想知道为什么渴望同异性交往，那么，现在，我一定处于青春期了。

可是，书上说的很理论，我看不明白，我想了解生命的起源和奥秘，人的本能，生育的原因及过程，书中根本没有提及。我偷偷地阅读，将书摊在桌子上，靠近墙壁，双手紧紧捂住书页四周，仅留下几行字给自己。

正在这时，书突然被同桌猛地抢过去，我低声怒斥："李英杰，快还给我！"

"不给。"

"你……"

我也真够愚蠢的，这本书人人都有，人人都会看，人人——处于青春期的人都想了解我所想知道的问题，并没有什么可值得掩饰的，根本不应该感到羞涩。无论你是祈盼还是厌恶，青春期一定会到来，在每一个生命的成长过程中都会如期而至，有什么可耻辱的呢？

但在当时，我就觉得是一种耻辱，我正在偷看为什么想要与异性交往时竟然被异性抢去了书，恼怒也在情理之中。我一把揪住了李英杰的衣领，死死地拽住他，将他往椅子后面拖，"你给不给我？"他的椅子两条腿儿着地，整个人悬空，赶忙用一只手抓住桌沿："给，给，我的天哪！"

我就是这么对待男生的，所以，根本没有男生敢和我开玩笑，更别提表达好感了，除非他具有恺撒和屋大维的勇气，才敢认为自己能够征服像埃及艳后一样的厉害女人。遗憾的是：我全无一丁点儿埃及艳后的姿色，却像她一样强硬蛮横。

因而，我的青春期过得安然无恙。当然，也毫无色彩。

美与智

初一第一次期中考试后的一天下午，夏兰与郭冬梅正被男生们搅扰着，班主任康老师走进教室到处视察。我们都吓得大气不敢出，我琢磨着康老师一定知道她们两个时常与男生说话，想积蓄力量狠狠地教训他们一番，我则认为适当的警醒也不是没有好处，免得我吃不着葡萄总嫌葡萄酸。

"……"康老师响亮地叫了我的名字，我的血液立即凝固成冰，冻成了一根冰柱，心想："老师真是有眼无珠，不是我，是她，是她们……"康老师站在李英杰身边，我紧挨着墙，以防自己随时倒在地上，双腿瞬间被冰封，又瞬间恢复知觉，不由自主地在桌子底下颤抖。"进步很快。代数得了一百分。你刚升学时成绩排在全班第二十名，这一次考了第二名，努力啊。"我的肉体一下子被灵魂放逐，从僵硬变为松软的自然状态，怯怯地抬头望了康老师一眼，不好意思地笑了一下，重重地点头。

康老师离开教室后，我立即被他们包围，就像皇帝被臣子们包围一样，心里甭提多骄傲了。但是成绩并没有增长个人魅力，男生们除了找我问数学题之外绝不肯多调侃几句。其实，我想，只是，不说，我过于自尊，别人必须乖乖朝贡，还要三顾茅庐，我才会宣布接见他们。可是，没人肯向我称臣。

对着镜子，照着身材的每个角落，无论从哪个角度看上去都称不上美，皮肤过黑，身材浑圆，称不上胖，但也绝对不苗条，脸庞过宽，眼睛不算小，但是眼皮前单后双，双得并不明显，鼻子不低，但也不俏，嘴巴过大，嘴唇过厚，与传说中的樱桃小口毫无关系，如果不用血盆大口来吓唬别人，至少也得用苹果大嘴来嘲笑自己。我郁闷极了。

看来，依靠美丽来吸引男生关注是不可能了，那么，唯有一个办法：依靠智力。只要我的成绩遥遥领先，我就有资格与漂亮女生们平起平坐，甚至高于她们，毕竟这是学校。我并不想利用漂亮这个资本去吸引男生，但是，我希望拥有漂亮本身，至少，可以让自己赏心悦目。我没有，是的，作为女孩，没有众人所一致推崇的最重要的东西是一种遗憾，但不是不可以弥补。成绩就是最好的证明，康老师在全班同学面前夸奖我了，而她永远不会夸奖漂亮女生的姿色，在众人面前。

可是，不漂亮的女人确实有诸多烦恼，比如康老师就不漂亮，所以婚事成了她最大的烦恼。她的人生按照传统模式已进行到大学毕业，拥有了一份稳定、受人尊重的工作，接下来就应该结婚、生子了，却因为年龄与容貌屡屡不成功。在那时，二十五六岁的女人年龄不算小了，她一定被众亲友们逼婚逼得失去了理智，以至于有一次正在讲正、负数时冒出了"结婚"两个字，她的脸"刷"地一下子涨红了，像猴子忘记自己的短处转过来对着人一样，本来不好看的脸更加没法子观赏了。她很快镇静一下情绪，接着讲平方与平方根，学生们也没敢起哄。

我上高中时，她终于结婚了，与高一时的劳动老师，那位老师有一种难能可贵的艺术气质，却去教了无足轻重的劳动课。我们都不明白学校为什么开这个课，既无用又无趣儿。

我曾在一中的校园里遇到过康老师，当时我正趴在窗台上向操场外张望，看到康老师正离开教学楼往大门走去，她的肚子隆起了很高。望着她离去，她的人生任务完成了。

小魔鬼

初一下半学期，我和张艳丽特别要好，好得如胶似漆，简直不分你我，恨不得能搬到一起，日夜厮守才好。不知是什么原因，我们开始要好，也不知是什么原因，我们渐渐疏离。我特别容易与别人结交，但总是交往不长，就被人疏远。我开朗、外向、耿直，心地单纯善良，很吸引朋友；但我又倔强、蛮横、自卑又骄傲，情绪变化无常，因而让所有接近我的人又迅速离开我，就像一片容易诱人进入的风景，一走进来却陷入沼泽，远远望去是美的，脚下却处处是泥坑。

我与人交往的长短取决于那人的忍耐力的大小，我不肯为任何人改变，从不会两面三刀、见风使舵，也不会顾及场合及他人的喜

怒哀乐，想说什么就用原原本本地表达出来，弄得别人尴尬下不
来台自己却全然不知。我不过是实话实说，没想惹他不高兴，最
终，与我交往的人总是被我抛入无常的境界，游离于天上人间。
我快乐健康时，他们就像身处天堂，反之，就得在地狱里受苦。
而我又有那样一种魔力让他们受苦时甘心情愿，但次数多了，就
没人能受得了，所以，我的朋友来来往往有许多，像烟花一样瞬
间绽放又很快消失。

　　我很羡慕张艳丽，许是青春期自卑又自负的女孩儿的通病，极
容易羡慕别人的长处，却看不到自己的优势。话又说回来，我的优
点是那么少，简直找不出一点来，所以，总是羡慕别人也不为过，
羡慕过了头就变成了嫉妒，嫉妒过了头就给她白眼，继而是冷言冷
语，然后就成功地把她连同她的友谊推到别人身边去了。

　　这仅限于女生，因为我只跟女生交往，女生们大都小心眼，忍
受不了别人比自己强，也接受不了别人的嫉妒，更加不可能允许
别人因为嫉妒而对她态度冷淡，尽管起因是她比那个犯了嫉妒的
原罪的人聪明、优秀、美丽，那也不行。她需要像女王一样接受
别人跪拜式的赞扬，绝不能像一个倍受小人攻击和诽谤的文臣一
样忍气吞声。

　　一开始，我很羡慕张艳丽，她出生在城里，个子很高，比夏兰
还高，身材很瘦，比夏兰还瘦，皮肤很白，比夏兰还白，人长得很
漂亮，门牙旁长了一颗可爱的恰到好处的小虎牙，腮边有两个深深
的酒窝，所以一笑起来特别美。她的父亲是老师，母亲是学校教工，

父母端的都是光灿灿的金饭碗。

寒冷的冬天中午放学后，我总是不愿意回家，踩着没膝高的雪走回家要一个小时，家里还很冷，父母都在市场做生意，中午没人做饭、烧炉子，只能吃早晨或前天的剩饭。我时常直接到市场找父母一起吃饭或者偶尔带两个月饼、桃酥之类的点心打发午饭。

她家就在学校后面一趟房子里。

自从搬离青年之日起，我就自始至终存在着一种好奇心理：渴望了解别人的家，尤其是那些老是挤兑乡下人的城里人的家，更尤其是住楼房的人的家，我还从没住过楼房。我很想知道城里人的家究竟是什么模样，他们是怎样生活的，跟我们——这些从农村搬到城市里的人有什么不一样。我们还保留了许多在农村养成的生活习惯，而他们没有，他们自始至终都生活在城市，若是没有农村亲戚，他们无法真正明白农村是什么模样。所以，搬到城里后，我尤其喜欢去城里同学的家，喜欢窥探他们的生活方式。

那天中午，张艳丽非要带我去她家吃饭，一再盛情邀请。张艳丽家也是平房，但一走进去就跟我们家不一样，完全不一样。它很温暖、很厚重，有一种特别的味道，嗯，是的，味道。我喜欢每一户人家的独特的味道，同时也厌恶这种味道，每一家都有一种独特的味道，也许是家里的人造就了这种味道，也许是这个家本身存在的味道，总之，这个家及这个家中的人身上都是这同一种味道。有时我会奇怪某个同学身上的味道，但一到他家我就明白，他的味道来自于他的家庭，同时，他也使他的家庭获得了这种味道。

张艳丽家就有这种独特的味儿，是我喜欢的那种，带着一种书香气息，家里有书架，书架上摆放的都是与教学有关的书籍。

张艳丽一进门就直着脖子喊："爸，我饿啦！"

她父亲从卧室里走了出来，戴着一副眼镜，很有书卷气质。"喊啥？一回来就要吃！饭在锅里。"

张艳丽带我直奔厨房，一边走一边说："爸，这是我同学，我俩可好了。"

"叔叔好！"

我喜欢按城里的方式跟城里人打招呼，唯有用普通话才能叫得出"叔叔"来，在青年，与人打招呼，不仅要用山东话，而且大都叫"大爷、大娘"。农村很注重长幼关系，比父亲大的叫"大爷"，比父亲小的才叫"叔叔"，若是不知道年龄差异，一般都叫"大爷、大娘"，以示尊重。而且，叫"叔叔"时只取一个字搭配上他的名字最末尾的一个字，并且发"福（fú）"的音，比如，这个人叫赵杰，就叫他"杰叔（福音）"，那个人叫钱华，就叫他"华叔（福音）"。只有使用普通话或与说普通话的人交流时才叫叔叔，若是一个地道的闯关东人的后代在山东人聚集的村子里，在课堂之外用普通话交流是会让人笑话的。

张叔叔说："快去吃吧，饭菜多着呢。这位同学别客气，多吃点。"

"哎。"我爽快地答应着，根本也不打算亏待自己的嘴，有多少就消灭多少，除了吃和学习之外我不具备别的才能了。张艳丽揭开锅——与我家一样的大铁锅，尺码要小很多，篦子上热着米饭和一小盆鸡肉炖粉条。

我们将菜吃了个底儿朝天，我一边吃一边不忘发表真诚感言：
"好吃，太好吃了，你妈做的菜真好吃。"

"那当然了，我妈可厉害了，连我爸都夸，我爸吃饭可挑了。"
就是这样一个好朋友、好女孩，我竟忍心对她发脾气，致使她与我
断交。唉，想想我那个时候的臭脾气及没来由的傲气，真想乘时间
机器回去调教自己一番，让我明白自己一无是处、一无所知就别拥
有什么都是、什么都知道的人的脾气和秉性。

若说我没有自知之明，恐又委屈了我，我太明白自己的缺憾了，
只能用表面上的强硬、高傲来掩示自己的无知与愚蠢、浅薄与丑陋。
我如果不在性情上采取铁腕政策，那就没有出头之日了，准被人踩
在脚底下却一点儿也不心疼，就像踩着既无姿色、也不能成长为参
天大树的小草一样，除了供人践踏和打滚之外没有更多用处。我是
小草，我很早就知道，但我不愿意成为被践踏的小草。

我的罪孽很深，作为女孩儿，既不美丽也不温柔，既无才华又
无背景，自幼出生在农村，还妄想掌控自己的命运，简直是大逆不
道。所以，我必须倔强，必须做出盛气凌人、不可一世的样子，防
止被人踩，即使被踩着了，也要硌了那人的脚，让他知道小草的存
在，让他明白踩这根草是要付出代价的。遗憾的是，我抗争的结果，
总是让自己和别人受伤。

不知为什么，张艳丽成了学校舞蹈队里的一员，我们同样从全
市八所小学考入这所唯一的重点中学，刚入校不久，也没见什么选
拔、考核，她就进了舞蹈队。我从羡慕变成了嫉妒，非常嫉妒。我

从小就喜欢唱歌、跳舞、讲故事、听故事，却从来没有机会亲近这些最爱。于是，对拥有这些才能的人非常钦佩。如果这个人是我的朋友，又是同性，钦佩很容易转为嫉妒。若是异性嘛……到了懂得爱的年纪估计大般会转化为爱情，但这个男人的审美观点是否这么低就很难说了。

我们被关在屋子里上自习课，她却可以跑出去跳舞，我别提多羡慕了，这是一种至高无上的荣耀。我的思想在和她一起跳舞，连钢笔尖都在不停地抖动。

全市举行文艺会演，在临近演出的那几天，她甚至连上午的语文课和政治课都有权利不上，出去跳舞，还有资格在上课期间就冲回教室，跑到书桌里拿道具。她身上散发出一股刺鼻的香粉味儿，脸上化了妆，就差穿演出服了。我羡慕她的自由，可以不上这闷得使人发疯的课，真想和她一起去，哪怕逃上一整天的课我也乐意。

放学后，我下楼梯时，看到她们仍在一楼大厅里排练。张艳丽看到了我，冲我做了个鬼脸，被音乐老师一巴掌拍到她脑袋上："笑什么？不专心排练？"张艳丽伸了伸舌头，不高兴当众出丑，脸色立即变得很难看。看到她虽然拥有荣耀却没有自由，心里舒服多了。

文艺会演结束了，张艳丽总算变回了普通同学，跟我一样，每天要在教室里坐上八节课，真让我开心。我不希望有特立独行的人和现象存在，如果有，我要成为那个特立独行。如果人生是一场戏，我一定要当演员，绝不当观众。

一天放学，我在座位上磨磨蹭蹭，我生气了，不知什么原因，我时常没来由就生气或者自己编造了一非生气不可的理由让自己生气，越气越觉得有理由生气，简直太让我生气了！张艳丽等得不耐烦，一边把教室的门开来开去，一边喊："你快点，等你半天了！"我的火一下子冒上来了，难道比我漂亮、出身好、有才华就有资格对我呼来喝去吗？难道我贫穷、不美、没出生在城市就比别人矮一头吗？我没好气地说了一句至今也不能原谅自己的话："我没让你等我。"就这么几个字让张艳丽默默地背起书包回家，从此不再理我。

我通常惹怒别人的手段高明又简洁，我从不骂人，从不说脏话，但我的语言总是像刀子一样，要么不出刀，出刀必见血封喉，望刀者必抱头鼠窜，不敢再与我过招。从那以后，张艳丽在我的生命中像风一样刮过。

她也许早已忘记，然而我记得，记得并热爱她与她的存在，如风般的存在。

韶华易逝，记忆无价。

四美图

沉　鱼

　　每个新班级一成立，民间选美比赛就在暗中进行，所有学生既是选手又是评委，如果所有女生都姿色平平、不相上下，评委会的存在兴许还有划时代的历史意义，一旦有某个女生艳惊四座，也就不用拿出蹩脚的评判，而心甘情愿退居舞台之下做一个流着口水的观众。

　　初一班级就属于前一种情况，大家都差不多，没有容貌特别突出的女生，况且我们刚刚到实验中学，还没摸清情况，得积蓄力量、暗中打探情况然后再行动。到了初二该放开就得放开。

初一时，听说某班级的某个女生沉鱼落雁、闭月羞花，也只是隔靴搔痒。到了初二，戏剧高潮出现了：全学年最著名的美人儿都在我们班级。

她们的美都是相同的，却又各有各的不同。

第一美人儿首推宋昕明，啊，天哪，她真是漂亮，美得像智慧女神雅典娜，又像汉朝美女王昭君一样，拥有绝对让人痴迷的古典式瓜子儿脸、柳叶眉，眼睛像一池碧水晶莹剔透，望一眼就让人魂飞魄散。鼻子精致适中，嘴唇也是传说中的古人最迷恋的樱桃小口儿，唇不描自红，眉不画自翠，难得的是唇边还有两个浅浅的酒窝儿，笑起来，唇红齿白，让人像喝了一整瓶高粱酒。她身材纤细、苗条，个头不算高。

谢天谢地，她总有一样比不上我，要感谢这个时代以高为美，不至于让我外表中唯一的优点也荡然无存，否则，我是否会自杀，很难说。但是，宋昕明太美了，美得可以让人为她自杀。

我极少有机会与她接触，生活圈子不同，座位又离得那么远，学生们的交往大都以座位的前后左右和生活中的左邻右舍为中心。所以我总是远远地看着她美丽的后脑勺儿没命地欣赏，暗暗感叹自己生不逢貌。

偶然有一次，竟得了一个机会面对面地与宋昕明聊了几句，想不起因为什么，但总归有那么一次，以至于我一回想起初中生活总能想起我坐到她后座，她转过身来，用她那张精致的脸庞对着我，我痴痴地望着那乌黑的眸子、像石榴一样红的脸颊、像樱桃一样莹润的嘴唇及微笑时唇边那两个迷人的浅浅的酒窝儿。没什么可辩解的，我一定是绞尽脑汁儿寻了个貌似光明的借口去一亲芳泽。我哪还有心思说话？看脸都来不及。我正看着，班级里一个捣蛋鬼经过她身边，揪了一下她的头发，她气愤极了，猛地转头，一句粗俗的国骂从这个天堂落到凡间的精灵嘴里传出来。

我惊讶极了，她在我心中是那样完美无缺，我简直不能想象那个美得令人发狂的小脑袋瓜里还储存了这样污秽的词语。她本该让自己的一生都远离粗俗和鄙陋，生就这样的美貌，就有义务不让它受到任何侵犯，而她在抵御外辱时也应该保持自己绝无仅有的美丽及高傲珍贵的尊严。失望已经来不及了，她让我前所未有的震惊，我敏感的心快要承受不住这样的打击了，仿佛觉得维纳斯不只手臂断了，还瞎了一只眼。

我快快不乐地回到座位上，勉强上了第一堂课，然后到操场上上课间操。我们正在队伍里中规中矩地做着第七套广播体操，他走来了，像一个醉汉，蹒跚着走来，纤细的双腿支撑不住身体的重量，使他看上去像狂风中的幼苗一样，让人忍不住想去搀扶他一把。如若他不是宋昕明的狂热追求者，我真想这么干。我在队伍里盯着他，他变得孱弱而又苍白，他原本是个风流倜傥、英俊潇洒的男孩儿，此刻却像一个八十岁的老者吃力地前行，又像一个刚学习走路的婴孩一样走一步歇两步。

我是一个普通的不能再普通的女生，没有资格和机会与这些全校顶尖儿的曼妙男生女生交往，我对宋昕明和毕云涛了解不多，不过是道听途说。我只是在最后面的角落里，远远地欣赏上苍赋予宋昕明的天资绝色和毕云涛的天性风流。听别的同学说他们恋爱了，也有说是毕云涛单相思，毕云涛的靓丽外形使他很快在众多追求者中脱颖而出，迅速赢得美人芳心。

毕云涛个子颀长，长脸阔额，皮肤十分光洁，呈现出诱人的肉黄色，一双眼睛明媚亮丽，嘴唇薄厚恰到好处。唯一缺憾是牙齿，既不太整齐又不像牛奶一样白，是人们俗称的四环素牙。他不笑的时候十分完美，一笑倒证明了上天的公平，使别的男生也总算得些安慰，不至于恨他恨得咬牙切齿。只要不开口，他就像太阳神一样矫健，像潘安一样让人赏心悦目。

他不但帅气，还富有才情。有那么一天下午，自习课间，他大概独得美人，内心欢喜，竟在讲台上跳了支简短的舞蹈，那可不是一般的舞蹈，是当时正在热播的《戏说乾隆》中风流皇帝乾隆与赵雅芝扮演的金无箴双双起舞、联袂齐飞的动作，尽管只是几个简单的动作，他却模仿得惟妙惟肖，活脱脱风流皇帝的少年版本。在场的同学没有不呆的。呆时还不忘记胡思乱想：若能与这样的男孩长厢厮守，此生足矣！还上什么学呀，立即去花前月下、吟诗作赋、赏花品茶、抚琴对弈，享尽人间欢乐。

最绿的叶子总要映衬最美的鲜花，他爱上宋昕明天经地义、理所应当，人人都觉得他们是天生一对、地配一双。

偏偏有一根无情棍棒硬要冲散这对苦命鸳鸯。不知宋昕明的父母中了什么邪，愣是不肯接纳这么英俊的未来准女婿。我巴不得他能做我的恋人，为此，心甘情愿洗衣做饭，上养老下养小，在家务琐事中沉沦一生。去它的反抗，去它的命运，只要能与这样的佳人为伴，还反什么抗？为他，我愿意回归传统。

我知道这是妄想，比起宋昕明，我还没生孩子就已是黄脸婆，毕云涛若是知道我将成为他的妻子，他准得多次自杀直至真正杀死自己看不见我这张脸为止。

毕云涛自杀了。

吃了很多安眠药。

那天——我看到他摇晃着来上课间操时，他刚从医院出来，身体十分虚弱。

毕云涛为宋昕明自杀，是他自己的选择。他当然有许多理由和途径不需要这样做，但是他这样做了，人们就没必要片面地去责怪某一方。

"他真勇敢，为了爱情宁愿放弃生命。"有的同学说。

"他真窝囊，男子汉大丈夫，还没建功立业、保家卫国就为情而死，不可思议。"

这件事情震惊全校。最终他没有白死，后来他们幸福地生活在一起。幸不幸福不知道，反正是成功进入婚姻生活。

落　雁

第二美人要数宋若晴。大家都很艳羡宋氏家族总是容易生出绝美的女孩儿来。远的宋氏家族几乎改变了中国近代史，近处的宋氏家族差点改变了整个实验中学。

　　宋若晴个子很高，与我一样高，却只有我一半瘦，瘦得只有骨头，没有皮肉，想在她身上找出一平方微米叫做脂肪的东西是不可能的，以至于让人觉得她的青春期的发育比别人推迟了几年。本是标准的古典式瓜子脸，由于过瘦没把握好度，委屈了她，只能算做长脸儿了。眼睛，天哪，最美的要数她的眼睛及眼睛上的窗帘，她的睫毛是那样浓密、细长又自然上翘，以至于常常让人忽略了眼睛的存在，眼眸清澈得像圣湖玛旁雍错的水一样，牙齿洁白得像冈仁波齐峰山上的雪一样，嘴唇精致得像雪莲花一样，连女老师都忍不住多看上她几眼。

　　二宋不仅美，而且住在市中心，家境殷实，是从实验小学考进来的。像我这种住在城郊、由农转非、姿色平平的女孩很难有机会接触，所以，我与她们并无交往，只是遥望她们的美，近观她们的色，听着各种传奇。

　　只要看到宋若晴笑了，我立即放下手头的一切，完整地观瞻和欣赏。她笑时，整个世界都开花了，虽是隆冬时节，冰山般洁白的牙齿，配上腮边的小酒窝，真是迷人。我一边假笑，一边捅自己的两腮，除了肉还是肉，找个坑只有嘴了。

　　工作五年之后，我决定辞职，为理想打拼，隆重回家过年，隆重经停北京。为了长城，像我这种"好汉"，怎么能不登长城呢？在长城上接到宋若晴的电话："听说你来北京了？"

　　这比登长城还让我激动，"是的，你怎么知道？你在北京？"

　　"是，我们有不少同学在北京，晚上有空吗？我安排一次，在江南小镇，地址是……"

"嗯！没空也有空。晚上见！"她哪里知道我的"单恋"之苦，中学时不得亲近，现在有机会，那还有啥说的？

下了长城，直奔江南，餐厅的豪华优雅，自不必说，也不想说，只想说这个美人，十年之后，更美了。一切都没变，变的是女人味儿和稍微圆润的身材。对别的女人来说，发福是悲剧，对她来说，发福是完美。她的笑容仍甜美一如当年，她的消息是我珍藏的依恋，美美地盯着她。

在座的还有许嫣梅，我高三时的同桌，传奇褚英的死党胡琴，一个当年的男生，现在的男人。当年，我只关注漂亮女生，现在，依然如此。这个男生，当年，被称为"葛优"，无论长相、身材都像葛优，现在，却像腌酸菜的大水缸，比俄罗斯少女变成少妇之后的状态还惨烈。那时才知，女人在生产之后，有个生理性的肥胖；男人在结婚之后，也有，比爆米花都膨胀得夸张。

宋若晴在北京读大学，毕业后留在北京。晚上，我与许嫣梅就住在她的新房子里，好像四环的一幢别墅样的房子，大得可以开舞会。客房很多，我们先是一人一间，觉得不过瘾，床上乱窜，聊一阵儿笑一阵儿，喝一阵儿。

"若晴，你家太美，这样大的房子，这样的地段，在北京，可不得了。"

若晴甜美地一笑："我不管价格，只管房子是不是我心怡的，装修都是我亲自弄的，我们原来那套地段更好，光这套橱柜就五万……"

三年之后，我在拉萨开民宿，朋友们都知道了，都信誓旦旦来拉萨旅行，最终，只有宋若晴来了。

"你需要我带什么？"

"不必，你来就是好的，如果一定要带……我想看书了。"

结果她只带了一本书《在路上》，却带了四只全聚德烤鸭——二只新鲜的，二只塑封的。

她比从前更见风致了，从平板电脑出落得像苹果台式机了。"啊！"一顿惊喜狂叫之后，隆重地把她介绍给众人，众人极尽赞美，却赞不尽真实的美，我美得不行，仿佛那美是在我身上似的。当然骄傲啦，上帝也不一定有这么美的中学同学。嗯，上帝好像没上过学……

"委屈你和我一起睡这个小屋了。现在是旺季，实在腾不出房间。"

"瞧你，把我看成阔太太了。"

"在我眼里，你就是。明天想去哪儿？"

"到八角街转转吧。"

在八角街上的店铺里，宋若晴挑选着送朋友们的礼物，一打一打的。我跟在她身边像个保姆，身材像个女保镖。

"这是什么做的？"

"黑曜石。"

"黑腰石是什么石？"我俩同时问。

老板娘没好气地说："黑曜石不是石头。是黑曜石……反正外国进口的。"

"多少钱?"宋若晴问。

"5800。"

打劫!拽了拽宋若晴的衣襟,她没什么反应,反倒拿起那串漂亮的项链,戴在细长而白皙的脖颈上,像瀑布一样挂在那儿,真是漂亮,不过,是黑瀑布。

"能刷卡吗?"宋若晴一边看镜子一边问。

"能。到旁边来。"藏族老板娘也懂得功利规则,口气立即变得柔情似水、充满母性。眼睁睁地看着宋若晴跟着她去刷了卡,钱来得不容易啊,还是容易啊?5800是客栈近半年的房租,是整个客栈装修的费用,眼见她把客栈戴在脖子上,心里异常揪心。

随手拎了串项链,"这个多少钱?"

"80。这串很好的,都是碎石头穿的。"

碎石头还要这么贵,但是一与5800比较,不想买也必须买下来。人家买5000多,几十块还嫌贵,贫富差距忒大了吧!再说,对自己不能只搜刮不慰劳啊,总有造反的时候。

又到旁边的店里转,许多假头和假脖子,挂着不知是真是假、各种稀奇材质的项链。

"这串多少钱?"拎着一串和若晴刚买的那串差不多的项链。

"2800。"差别那么大!

若晴很大度,"买了就买了。这串多少钱?"

"600。"

"能便宜吗?"

"不能。"店主是个藏族小伙子。

"给我包了吧。这个送给我一个闺密。"

心里这个酸哪，她送人的项链都是我不舍得给自己买的。只是随便酸酸，谁为我的酸买单？如果是自己，那不更酸了！连酸带恨……

一串黑白相间的链子，说不上是什么材料。在西藏，经常能碰到用莫名其妙的材料做的莫名其妙的首饰，价格奇高，但还是有人买！西藏人视金银如粪土，石头为黄金，满大街卖这些稀奇古怪的东西，都是石头、珊瑚、玛瑙……反正有人买，反正我不会买，我不仅视金银如粪土，石头就更是石头了。

"这个……"我怯懦地问。

"300。"

咽了一口唾液，当没听到。

"咦，这串的确不错，好眼光。老板，给我包了吧。"

心里不只是酸了，而是穷酸，因为穷才会酸，难怪有人哭着喊着嫁入豪门，有钱人的媳妇儿和穷人的媳妇儿出手阔气度就是不一样。

咽着各种酸酿的口水，若无其事地护送美女回五星级宾馆，她老公与朋友们开着越野车进藏，她提前一天飞到拉萨等待会师。说完晚安后，刚要骑自行车回客栈，若晴叫住我，将那串黑白相间的项链塞给我。

我像捧了个定时炸弹："不，这……不是送给你闺密的吗？"

"你不是我的闺密？麻烦你一天了，又吃又住，收下吧。"

她可真瞧得起我的客栈，一只全聚德的鸭子就可以抵一天房费了。

"明天我们开车去羊卓雍错，你和我们一起去吧。"

我能说不好吗？拿人的手短，再说，还没去过羊湖呢，客气了一下，立即欢天喜地地骑车回去收拾。

平生第一次去圣湖羊卓雍错，是与黄金时代的美人儿同学一起，兴奋得整晚睡不着，睡着时已经天亮了，而拉萨的天亮得很晚。

去羊卓雍错的路是名副其实的羊肠小路，简直是打了几十个结的羊肠，又弯曲、又狭窄、又陡峭，一路扭捏着开上去，耳朵竟然有耳鸣的现象。

全职阅读三年，受尽世人非议，躲到西藏来，意外决定开民宿，躲久一点，好潜心阅读，为了写作。但整整一个月，没空儿摸书，没空儿出行。多么怀念图书馆的日子！多么怀念路上的日子！书中的日子是安静的、平淡的，路上的日子是神奇的、变幻的，但却让人活在当下，忘记从前的痛苦和未来的迷茫。人生就是一条不可预知的路，人生方式就是行路方式，生命就是从路的起点到路的尽头，但这起点和尽头远远不是路的起点和尽头。幸福在路上，梦想在路上，希望在路上，追寻在路上。可总有迷茫、脆弱的时候，那必是无所归依，想家的时候。

离开故乡已八年有余，此刻，故乡的伙伴就坐在我身边，悄悄瞄着这张儿时的脸，再悄悄转向窗外，泪水无声无息地下落。

想家了！

　　心里一阵悲凉，更悲凉的是，该想哪个家呢？我没家啊！尽管一路上天如洗，山如画，水如玉，但这是拉萨，拉萨不属于我，我也不属于拉萨。我不属于任何一座城市，不属于任何一个家。可是，我多么想要一个家！没有家，就一直在路上，一直在漂移，心像悬空寺一直悬在那里，掉不下来也上不去，就卡在人生的悬崖边，由着重力百般勾引。尽管试图使它下落，可到头来它还必须悬在那里，无处可落，没有它的位置。悬着吧。

　　我是暂时无处可落，可是，我有来处，我落在这个地球上时，是在故乡，此刻，来自故乡的面孔，使我遥想故乡。即使我漂泊一生，也还有故乡，有故乡的家，有故乡人。

　　想家。想故乡。

　　在离天空最近的地方，想念遥远的大地。

闭　月

　　第三位美人，远在天边，近在眼前，有道是近水楼台先得月，可这绝美的月亮闪耀在我身边，那是真的闭月，完全把我整个初中时代给关闭了，本来就没脸儿，这下子更看不到了。

　　同桌许嫣梅不仅长得美，而且画画得特别好，她经常出去学画，一去好长时间。我身边的位置总是空着的，作为艺术考生，她有这个权利。她一回来，我们就叽叽喳喳个不停。

　　下午自习课，那天我心情不好。话又说回来，黄金时代，我没心情好过，一个少女，长成这样，无人理睬，换你你心情好啊？

　　许嫣梅问我了几道数理化题目之后，善解人意地说：“桌儿，我给你唱首歌儿吧。”

　　“哇。美人儿，你还会唱歌？”

　　她淘气地用手刮了一下我的鼻子：“淘气。”

　　我用手拄着头歪着脑袋看着她。

　　让青春吹动了你的长发让它牵引你的梦，

　　不知不觉这红尘的历史已记取了你的笑容。

　　红红心中蓝蓝的天是个生命的开始，

　　春雨不眠隔夜的你曾空独无眠的日子。

　　让青春娇艳的花朵绽开了深藏地红颜，

　　飞去飞来的满天的飞絮是幻想你的笑颜。

　　秋来春去红尘中谁在宿命里安排，

　　冰雪不语寒夜的你那难隐藏的光彩。

　　看我看一眼吧，莫让红颜守空枕，

　　青春无悔不死永远的爱人。

　　让流浪的足迹在荒漠里写下永久的回忆，

　　飘去飘来的笔迹是深藏激情你的心语。

　　前尘后世轮回中谁在宿命里徘徊，

　　痴情笑我凡俗的人世终难解的关怀。

　　在她动人的歌声中，我盯着她那张诱人的脸庞看，那么美，精致得像景德镇瓷器作坊手工制作的小盖碗茶盅。她个头儿很小，我搂着她，她的脑袋刚好枕在我胸前，长了一张圆圆的嫩脸，眼睛很亮，像镜子一般，嘴唇小巧圆润，与脸一样圆，一笑起来喜欢用牙齿咬着下唇，特别像羽西娃娃。

我特别喜欢她，但凡美的事物，我都喜欢。我喜欢听她说话，喜欢看她笑，喜欢她的一招一势，举手投足都很优雅巧媚。现在，喜欢听她唱歌。

她特别喜欢吃烤羊肉串儿，一次能吃几十串，就那种一毛钱一串的小肉串，她带我吃了一次，那是我生平第一次吃烤串儿。她一下子要了五十串，我们吃得昏天黑地，觉得还不过瘾，又要了二十串。

她一边吃一边说："噢，好吃。嗯，太好吃了。你知道吗？我吃烤羊肉串儿都吃得胃穿孔了。"

"啊！啥叫胃穿孔？"

"我也不知道，可能是胃里出现了个小洞洞，疼死了，疼起来我都满地打滚儿。"

"啊，那你还不少吃点？"

"不！就是胃没了也得吃。"

我笑她无知："胃没了，吃的东西放哪儿呀？"

我们一起大笑，连烤羊肉串儿的人都被我们逗得前仰后合。

许嫣梅唱完歌，闪着黑珍珠般的眼睛四下里望望，凑近我小声说："桌儿，你知道女人最怕的是什么？"

作为女孩儿，最忌讳的就是被人称作"女人"，总觉得女孩一变成女人，青春和快乐就没有了。现在见她用了"女人"这个字眼，想必她要和我说的不是一般的事情，我谨慎起来，装模作样想了半天，摇摇头。

"是结婚。"

"嗯？为什么？"

她又东张西望了一阵，伸手示意我再靠近点儿，"女人最怕的是结婚头天晚上的大劫难。"

"啊！"我犹如五雷轰顶，"那……干吗要结婚？"

"我不知道，反正女孩长成女人之后都得结婚，结婚就有这个劫难。"

"不能避免？"

她摇摇头，"除非不结婚。"

"嘻，"我长舒一口气，"那不得了，就不结呗。"

"那哪儿成呀？女人都得结婚。不结婚干吗去？你见过不结婚的女人吗？"

"有啊，咱们贾老师呀！"

贾老师长了一个圆圆的娃娃脸，梳了一个蘑菇头，看上去很可爱，小于她实际年龄，只是她的脾气很古怪，比我古怪多了。她的情绪变化也比我剧烈得多，讲着讲着课，就突然生起气来，发了一通火后立马就忘了，又笑着接着讲，而且停在哪儿，记得非常清楚。

"她是特例，但你没见她脾气多坏，说翻脸就翻脸，就跟雷雨天儿似的。多吓人呀。"

"那倒是，不过，那是因为不结婚吗？"

"我听别的老师唠嗑儿好像是的，她都三十八了，还没正经恋爱过。那些老师背地里都叫她老处女。"

"噢……那个劫难很惨吗？"

"也就头天晚上惨，第二天就好了。"

"那还叫劫难！桌儿，你听谁说的？"

"我表姐，她上个月刚结婚，偷偷告诉我的，她都晕过去了。"

"啊！算了吧，还是当一辈子老处女好，不就脾气变化无常吗，有什么呀？我现在就挺变幻无常的，自己都控制不了，不定什么时候就生气了，想乐时一个人对着镜子都能乐出来。我看我挺适合做老处女的。"

"瞧你，傻了吧叽的，你这是青春期综合征。我长你两岁，我知道，前两年我也这样，等你上了高中就好了。再说，'老处女'好听啊？哪有往自个儿身上用的？"

"噢……也是……"难怪青年的女孩子们从结婚第二天开始就像变了一个人似的，原来是被这次劫难折磨的，可是她们越来越老，越来越邋遢，越来越唠叨是怎么回事？难道劫难一直在进行？

"桌儿，"我凑近许嫣梅，"那个劫难究竟是什么？"

"就是……就……能让女人生孩子的那个……其实……我也不知道。"

整个黄金时代，唯一一个与我聊过如此私密话题的，只有闭月一人，但也没聊出什么，聊完之后还是迷茫，反倒多了个恐惧。

初三分班后，我俩就分开了，直到二十年后，我们才在北京再聚首。

当时，我的处女作《特立独行》在北京一家出版社出版发行，我到社里见责任编辑。她在北京一家著名设计公司做设计师，生活富足，人更美了，更有女人味儿了，原来稚嫩的小花长成了茂盛、丰泽的花园。能够让女孩变成女人的是"劫难"，能让女人风姿绰约的，也是"劫难"。

晚上我们一起搂着睡，提起初中时的故事，提起"劫难"的话题，两个闭月羞花的女人笑得闭月羞花，直呼：黄金时代难再，当女孩真可爱。

羞　花

范丽丽是四大美女中唯一一个单眼皮女生，因为单眼皮，她屈居四大美女之末。也因为单眼皮，能够进入美女行列，实在要命。虽是单眼皮，但是单得特别有情，特别妩媚，恰到好处，若是双眼皮反而不如现在更美，若她是明星，她的粉丝们也会将双眼皮做成单眼皮。

圆圆的脸蛋，多情的眼睛，甜蜜的小嘴儿，俏丽的鼻子，醉人的酒窝儿，笑起来露出一排洁白整齐的牙齿，男生不喝就醉了。

范丽丽的魅力在于穿着得体、韵味十足，仿佛时尚风向标，她若穿了件什么衣服，不出三天，满校园都是。

传说中，她与姚若臣一见钟情。又一个漂亮男生被独占了，这个漂亮男生又是我的同桌，距离如此亲近也摘不到月亮，实在扫兴。写戏文都没法这么精彩，从初一到初三，我的同桌要么是美人儿，要么是美男，这是上天提醒我不美吗？逼迫我去追寻才华，靠脸是活不下去了……

　　班级里疯狂流行言情小说和武侠小说，男生迷武侠，女生看言情。不仅只是看，还反映到现实生活中，引起一阵改名狂潮，女生们把原来极为普通大众化的名字都改成琼瑶味十足的名字。在此次潮流中，宋雪飞改为宋若晴，范丽丽改为范雯丽，因为我永远不可能成为言情小说中的女主人公，所以也就省去改名的麻烦，即使改了也不可能获得一场惊世骇俗、刻骨铭心、催人泪下、肝肠寸断、摧眉折腰、抓心挠肝、寻死觅活和死去活来的爱情，不如不多此一举。更何况，我家从不认识任何有权势的人，口头改名户口本上也没法改，也就作罢。

　　一开始同学们还觉得很别扭，叫久了也就惯了，就仿佛我们一认识她们就叫这个名字似的。

　　姚若臣的母亲一定是看言情小说长大的，直接就为他取了男主人公的名字，免去了改名的麻烦。这名字怎么叫怎么浪漫："若臣""阿臣""小臣""臣儿""姚姚""小姚"……连姓都是浪漫的，真没办法。

　　冬天，雪下得特别大，积雪非常厚时，体育课就得停上，有时候老师会组织大家在教室里学习体育知识，有时候就上自习。若是上自习，爱玩的学生就一窝蜂地跑出去，到雪地里去撒野，打雪仗、堆雪人。

　　大家都穿着厚厚的大衣、羽绒服，家境富裕的学生穿着皮大衣，戴着厚厚的帽子、围巾、脖套儿和手套，雪团打在身上也不疼。我们在雪地里奔跑，随手从地上、树枝上抓起一把雪，揉成团儿就向对方砸去，大家一边狂叫，一边大笑，一边互相穷追猛打。玩到后来，许多人累了，就自动退场，或到教室里暖身子，或当观众，剩下的也就不管是不是同伙，乱打起来。再后来，男生专打漂亮女生，谁挨的"枪子儿"多，肯定就是那个长得漂亮的女生。

　　宋昕明生就淑女性格，从不参加这种"野蛮游戏"；宋若晴过于单薄，轻易不敢狠打；许嫣梅老是到省城学习绘画，难得碰上一次；范雯丽性格温婉，身量丰满，挨的雪团儿最多，男生不舍得打她头部，就往她身上扔。有一个歹毒的不懂得怜香惜玉的男生竟把一个雪团塞进她的脖子，她竟然也不生气，其后果没让男生偃旗息鼓，反而招来更多的雪团。

　　我是非常安全的，只能抓住雪团往自己脖子里塞。

　　2015 年，本来想去心怡的欧洲旅行三月，因得知范雯丽定居新西兰而改道大洋洲。仅等签证就等候一个月，等我到达时，新西兰已从夏入秋，十分凉爽了。离开深圳时，深圳刚刚开始夏天，一到达奥克兰机场，秋风萧瑟，感觉微冷。范雯丽开车来接我，我还没认出她，她先认出了我，一个热烈结实的拥抱，使我回到夏天。

　　"多少年不见了？"我们数着手指头算，发觉不够用，算了，"你怎么没变呀？"她说，"你变了。变得更美了，更媚了。"

　　我们一路笑着，开到北岸。

"好像十二年前，有次在 QQ 上，聊你在新西兰留学，那时候，新西兰还不为人所知呢。"

"是啊，那时候很多人都奇怪我会选择新西兰留学。《指环王》让它火了。"

"是啊，可我来新西兰，不是因为《指环王》，是因为你。不然，我直飞巴黎，周游三个月。"

"法国签证有那么久吗？"

"没，是申根签。想去欧洲都想了十五年了……你的魅力大过欧洲。"

范雯丽甜甜地笑着，太阳镜腿儿上的链子垂在耳边，风光无限。背后是新西兰湛蓝如洗的天空。

爱美的哥哥

自从我上初中以来，哥哥像变了一个人似的，变得前所未有的爱美，对自己的外表关注得简直超越了他的性别。哥哥的个头一天比一天高，我们本来差不多，结果他现在高出我一头多。他不再穿那些幼稚可笑的衣服，而穿起了笔挺的西装，最要命的还打起了领带，也不知道从哪个旮旯里淘来的像红领巾一样的领带，根本不用系，往脖子里一套，像给马套缰绳一样，往上一拉就行了，一边拉还一边告诉我这叫"易拉得"。我的态度从来都是不屑一顾地撇撇嘴："切！当心被坏人逮住，拿你的'红领巾'当绳子勒死你。"

这些我都可以忍受，最不可思议的是他竟弄来一些稀奇古怪的玩艺折腾他的头发和脸。先是吹风机，他对着小虎队的画像把头发吹成了霹雳虎的模样，还拿起一个瓶子，上下摇晃几下，一捏，就出来一团像雪球一样的白沫，小心翼翼地涂抹在头发上，以防弄乱了发型。后来，他的武器更先进了，直接拿着瓶子对着头发喷，就像拿药瓶对着苍蝇喷一样，只看到雨丝样的物质粘在头发上，头发就硬得像马鬃毛一样了。

还有他的脸，他也不肯放过。前两年，他的脸上长满了青春痘，他弄来一些药膏，没黑天白日地抹，这两年痘痘少了，又开始抹雪花膏了，后来觉得连雪花膏也不能满足脸皮的营养，弄来一个个瓶瓶罐罐装着什么乳液。弄完了头发、脸，他就换上衣服，在镜子前照了又照，照得我都打着哈欠睡着了，他才出门。我不知别人的哥哥是否也这样臭美，我哥爱美爱得简直让我崩溃。

他的变化本该是我有的，我要是花这么多心思在自己的脸和头发上，还能没男生追求？可我就是不喜欢侍候自己的外表。

我没法不同意爸妈的说法：我和哥哥投错了胎。他像女孩一样温顺、贤良，爱好装扮；我则像男孩一样调皮、倔强、桀骜不驯，还一心想要骑马打天下、保家卫国。我一看打仗片就士气高涨、激动万分，学着小兵张嘎和潘冬子拿着手枪到处"啪，呼，啊！"还不停地围着父亲问："爸，什么时候还打仗？打的时候告诉我，我要参军，我要打鬼子，当英雄！"当英雄不需要漂亮的外表，只要奋不顾身炸碉堡、堵枪眼、面对铡刀不退缩，就是英雄。

父亲乐得简直不知从何答起，就差为了成全我的英雄梦想而去发动第三次世界大战了。好在他是个平凡人，若是希特勒，世界将重新陷入硝烟，我就成了导火索。想想也不赖，世界战争史上极少有父亲为了女儿挑起战争，为了女人倒屡见不鲜。本来我可以创造历史，只叹父亲过于平凡，使得我只能安于平凡，兴许比他还平凡。我怎么受得了？我的一切都是那么平凡，若不追求点不平凡的东西，活着简直没有一点儿乐趣。

哥哥一梳妆打扮我就嘲笑他，但他过于执着，天天打扮，我就没有同样的执着天天嘲笑他了。哥哥的"作案工具"我一样儿也没有，连雪花膏也懒得抹，我讨厌那股刺鼻的香味儿，闻到了就立即捂着鼻子溜走。哥哥的房间我都不敢进，一进去就气味冲天，各种香味混合在一起，我倒宁可去闻相反的味道。

他的房间弄得跟闺房似的，除了墙上贴的画儿是男人外，用的东西都是女人才用的。而我这个未来的女人都不稀得看一眼。

墙上的港台明星的头发吹得都跟哥哥似的，穿着时尚笔挺，想必脸上也抹了不少雪花膏，好像还扑了粉儿，一个个大老爷们弄得皮肤光洁如玉。

为了与哥哥抗衡，证明我也有点小爱好，就用我喜欢的明星照占据客厅的墙，贴上赵雅芝、胡慧中、温碧霞的照片。偶尔还会因为经期冲动，拿着胡慧中的明信片到发廊里让理发师照着样儿理，满怀期待能像她一样漂亮，至少头发像她那样。结果理完之后，看看镜子中的我，再看看明信片中的胡慧中，差别岂止是天上地下？她的头发乌黑油亮、俯首贴耳，我的头发棕黄微卷、趾高气扬。

"是按这个剪的？"

"没错。"

"我看哪都是错，没一点儿一样的地方。"

"每个人的气质、发质都不一样，你的头发天生微卷，又极其强硬，很难弄成那样。"

我噘着嘴付了钱，带着一脸惆怅离开。没指望了，先天长得不美，后天也更改不了。真是郁闷透了，什么都不如别人，远的明星比不上，近的同学也比不上。气死我了。简直气疯了！

哥哥也不是一味打扮外表，还装扮才华。哥哥的毛笔字写得非常好，小号也吹得很棒，还会弹吉他。都不知道他什么时候偷偷学的，想必他学习成绩不好，心思都用在这些上面了。偶尔听到他在家边弹边唱，我崇拜极了，像看明星一样看着他，很快他就征服了我的骄傲与自负，使我成为他的追星族中的一员。那两年，特别流行"追星族"这个名词，谁要不追个星，迷恋某个演员、歌手，简直就不是青春少年。全国的孩子都追，我没人可追，没有特别喜欢的，就追哥哥。

哥哥总是会引来许多女孩听他弹吉他、唱歌，看他写毛笔字。我真是气不打一处来，在我眼皮子底下张扬、卖弄。

"什么时候我能像哥哥一样才华横溢、风流倜傥？上天啊，给我一样吧，你怎么对我那么吝啬，又那么卑鄙，什么也不赋予我，让我普通得只能做墙角的小草。"

哥哥在客厅里接待诸多来访者时，我就在东屋做作业，不由自主哼起了周华健的《让我欢喜让我忧》："爱到尽头，覆水难收，爱悠悠恨悠悠，为何要到无法挽留，才又想起你的温柔……"哥哥跑进来拿墨汁："怎么唱得那么难听？"我立即戛然而止，像汽车突然遇到横冲直撞的行人一样，我连唱歌的资格都没有了？我活着还干什么？气愤，气愤极了，连造反都不能，家中连只狗都没有，否则，心情抑郁时还可以踹它两脚。

我提议养狗，立即招致全家人反对，尤其是母亲："啥？拉倒吧，谁侍候它？我和恁爸一天到晚在市场里忙勒脚打后脑勺，侍候恁俩吃饭、穿衣就够忙了，再加条狗，还让我活不活了？谁喂它？"

"我喂。"我从炕沿上一蹦而起，振振有辞。

"得了吧，我还不知道你，新鲜两天儿就不管了，再说它到处撒尿怎么办？你收拾？"

我不吱声了，我考虑养狗时根本没考虑它吃饭撒尿的事儿，养它是为了撒气，为了发泄一腔怨恨，为此还得像老妈子一样侍候它，拉倒吧。结果连朝动物发泄的路都断了。

不漂亮，性情不好，没有才华，没有倾慕者也就罢了，我还一天到晚疯疯癫癫，做事风风火火，缺乏耐心，没长性，老被父母批判，父母却很少批评哥哥。他们一说我，我就梗着脖子："为啥老说我？不说俺哥？"

"你有恁哥省心吗？啊，你有他老实吗？"

"老实就好啊。"我小声嘟囔着。

"我勒老天爷，你一个小姑娘家老是跟张巴得疯似勒，看将来有谁敢要你？"

"我不让人要！我又不是东西，干吗要别人要？"

母亲正在用搓衣板搓衣服，用沾满泡沫的手拢了一下头发，将额前的几缕头发掖到耳朵后面，"噢，那你一辈子不出嫁，我养活你一辈子？"

"我养活自己！等我大学毕业，我就可以上班，自己赚钱，不让你养，也不让哪个男人养，哼！"

母亲笑了，"你呀，就强吧，啊，看你有本事就自己养活自己吧，没本事就嫁人。"

我恨恨地放下钢笔，停止了正在练习的小楷，拿来哥哥的毛笔和白纸，练起毛笔字来。

父亲走进来，看到我跟看到小鬼一样叫起来："哟，今天太阳从西边儿出来啦？就俺闺女，跟个破小子似勒，三分钟板凳都坐不住，还练毛笔字？"

"哼！"我把毛笔扔到地上。父亲压抑嘲讽的传统式教育取得成功，我从此与书法无缘。

大家都对我没信心，难怪我自己也没信心，将来可怎么办好呢？

好脾气的哥哥对我却充满希望，在客厅里喊我："过来帮我绞绞鬓角的头发。"

"哎，来了。"我欢天喜地地奔到客厅，哥哥已经端端正正地坐在椅子上，头发梳得油光水滑，他指着耳朵上面支出来的几根头发，"长出来这些剪掉，顺着耳朵的弧形剪。"

"嗯！"我倍加小心地剪，觉得自己总算还有些用处，得意之时一下子呆住了，我愣在那儿，一手捂着嘴，一手拿开剪子，浑身直颤。

"怎么不剪了？"

"啊！血！"

"啥？哪儿？"

"你疼吗？"

"不疼啊。"

"我心疼！"我心疼是主观的，不是客观的，是病态的，不是情感的，我天生晕血，一看到血心就瑟瑟发抖，脸色苍白，严重的会晕过去。

"我不是故意的。"我扔下剪子就跑，边跑边喊："你耳朵冒血了，快去擦擦。"然后一头扎到炕头上，抚慰自己像兔子一样乱蹦的心，迎接必然到来的晕眩。

自　卑

　　我是那么可怜，从来没人真正喜欢过我，我希望有男生喜欢，我需要男生喜欢。至于为什么，我并不知道，反正，看着那些漂亮女生被男生包围着，心里痒痒的，像有一窝小燕子在心里扎了根儿一样。

　　我希望有男生亲口对我说"我喜欢你"，或者给我递纸条、写信，我不在乎这个男生我是不是喜欢，一点儿也不在乎，我只在乎喜欢本身，只要知道我被人喜欢着，即使是最讨厌的那一个，也很开心，也能满足蠢蠢欲动的虚荣心。

　　可是，没有人，整个小学和初中都没人喜欢过我。

　　不对，哎呀，我想到了一个人，我忘记了他的名字，但还没忘记那张脸。我们上自习课时，眼神时常会碰到一起，说不清是谁先看谁，大概是他先看我，也可能是我感觉到他在看我所以我回看他。

一开始是出于偶然，渐渐变成习惯，尽管一个在第一组，一个在第四组，中间隔了两排桌子，每天若不看上几眼，彼此盯上个把小时，简直没法正常呼吸。我并不喜欢他，我不是因为喜欢他而看他，而是因为他看我而看他，因为他关注我而关注他。

在很长一段时间内，我们对彼此行注目礼，说不清是什么时候开始的，也说不清是什么时候结束的。

总之，就像悄悄地开始一样，悄悄地结束了，什么都没发生过。

我关注了一段时间他的关注，没发现更特别的东西，没收到他的纸条，也没听到他当众求爱，于是也就引不起我的好奇了。

有一次体育课上，自由活动，我们碰到了一起，正好只有两个人，他用在课堂上看我的眼神看我，我望着他发窘的脸，期待他能说出他不好意思说出的我却盼望已久的话来，哪怕是一句结结巴巴的"我……喜……欢……你"，或是"我们……做……朋友吧"。

我看看他，又看看地面，一会儿又看看远方，呼吸有些急促，脸有些发热，"说啊，快说呀！说吧，不要不敢说。真的不说？为什么不说？有什么不能说的？别的男生都对别的女生说了，你怎么不能说？说吧，快点呀，说了只会有好的结果。说不说呀，快点说呀。"

最终，他还是什么也没说。

我很失望，与其说是对他失望，不如说我对自己失望，一定是我不够漂亮，不够吸引人，一定是因为我又黑又胖又丑、头发蜷曲才使得他不敢坚定自己的信念。

我沮丧极了，一回家就站在镜子前生气，为什么我长这个样子？而不是别的样子？为什么我不是美人，为什么我不再白一些，不再瘦一些？上天为什么如此不公平？整个初中时代，青春期横行的时候，我的上天快被我诅咒得生虫子了，结果什么效果也没起到，天也没露，我也没得抑郁症。

"我就那么丑吗？"我一边拄着下巴，一边看着镜子中的自己，那两年我特别喜欢照镜子，一回家就照，温习功课时也要对着镜子，让我时不时能从教科书上抬起头看到自己那张极其普通的脸，然后唉声叹气、无限感慨一番，再垂头丧气地低头做功课。

明星照

　　为了证明我还是有潜力做言情小说的女主人公，即使在现实世界中不可能，也要寻出一个虚幻的世界看看是否有这种可能。我找到了摄影的世界，我开始拼命地拍明星照。

　　每次都鼓足勇气，充满自信，拍摄时想自己选择发型、服装、首饰和姿势，最后总是向摄影师妥协，受她们的摆布。回家后，等待取照片的每一刻都像一年那样漫长。三天后，早早地骑车到照相馆，等着摄影师一开门，就立即冲进去。待她找出我的照片，第一感觉是：不像！第二感觉是：不美！第三感觉是：没指望了！但总不死心，把丑陋归结为拍摄技术不好，服装、头饰不对，然后再换一家照相馆，又重复同样的过程。偶然，当然有偶然，会有那么一张，让我爱不释手，最起码像个小姑娘，拿给别人，别人看了半天愣没认出我来。

最终择定一家我认为拍摄技术最好的照相馆作为御用照相馆，只要我一发疯，自卑得像掉进无底洞一样，就去照几张，然后重新承受一次希望之后的失望之感。

我上中学那两年，密山特别流行拍明星照，每个年轻女孩若不拍几张像港台明星一样的照片简直就不叫女孩。女孩的母亲也丢不起那个人，别人家的女儿拍了明星照，咱们家的女儿怎么能没有呢？我跟母亲说去拍照，母亲并不反对，因为这是时尚，凡是时尚就应该盲从，不过是费几个钱、费点功夫。一开始，拍明星照很便宜，大概六块、八块就可以拍三套服装，最多也就十二块。

开始是彩色的，照相馆里准备了一些奇巧复杂的生活中不能穿、穿了也没法见人的衣服，化了妆——那时候的化妆技术，我的天哪，画完之后女鬼什么样人就什么样儿：脸白的像刚从面袋子里钻出来，嘴红得像刚喝过死人血的女巫，为了追求拍摄之后的效果，嘴唇上描的是唱京剧的油彩。看到这种装扮，才觉得戏曲中的化妆并不夸张，虽然浓墨重彩，但是那是艺术，充满美感。这种装扮怎么看都不像个正常人，粉扑得像冬天堆积的没膝的雪，脸颊上的胭脂像雪地里刚杀完鸡流的一摊血一样，一拍却成了超凡脱俗的人。

总之，拍这种照片就是先做鬼再做明星。

拍摄之后若还像本人那才见了鬼！

但是，女孩儿们就爱追求这种虚幻的感觉，说一千道一万——流行！流行的就是对的，就是好的。我虽不像别的女孩那样爱美、拼命武装外表，说到底还是女孩呀，已经这样不幸了，就不能不正视自己的不幸，我一向敢于直面惨淡的人生，正视淋漓的不幸！

我很好奇，想知道自己被这样折腾一番之后能拍成什么样儿，我想通过摄影的方式来寻找自信，漂亮对我并不重要，自信却相当重要，没有自信没办法执掌未来，创造人生。

后来，流行也在进步，这当然要归功于我们这些无事生非的女孩儿们。承我们关照，屡次光临，多次不在乎变成女鬼，执着地为照相馆捐献银子，使得照相馆搬迁，从一个小平房搬到了市中心的二层小楼里，从里到外装饰一新，并美其名曰："丽人影楼"。同时，从彩色又变回五六十年代的色彩，流行起黑白照片来，有另外一个时尚名字：艺术照——黑白艺术照，体格和价格都涨了几倍。但依然有络绎不绝的女孩前去捧场。我也不例外。

我的床头放着一个相框，里面夹了一张我的捧场力作，这张黑白照片辗转了大江南北，曾被三个男孩抢去过，后来又神奇地回归到我的怀抱，我一得到它就将它放在床头，每天看着她入睡，清晨时看着她醒来，不管我再怎么挑剔，不能否认，这一张是美的，非常美——仅就照片的瞬间来论。

照片中人极其单纯，从那笑容就能看出来，只有一个对世界一无所知的孩子才能笑得那样甜美、纯粹、对未来充满希冀、对人性充满幻想。刘海自然地梳到宽阔的额头两旁，流露出浓浓的女性般的优雅；眉毛浓密漆黑从未修剪过，一双会说话的大眼睛靓丽而炽热，眼神中没有一丝退让、恐惧和烦恼，黑色的眸子善良、纯真而热情，透射出夺人魂魄的魅力的光芒；鼻子高挺而恰到好处，嘴唇稍厚却很容易演变成性感，露出的上半边牙齿整齐而洁白（下半边则像悬而未解的千年谜案一样错综复杂）；双手托住脸颊，使宽阔的两腮受到遮掩，不像现实中那么宽阔——我们历来推崇瓜子脸，而我却是方块脸，太要命了，两腮与额头同宽——分明是基因突变，双臂挂在膝盖上，只到膝盖，肥硕的肚子和大腿没有被暴露出来。

仅就照片来说，这是个漂亮女孩，可惜呀，仅是照片……我对天发誓，这是一张漂亮的照片。

我记得很清楚，为了这张照片，我攒了好久的钱，这次不敢跟母亲说，因为她绝对不会同意，最好的办法就是先斩后奏。五张六寸照片要五十块，那不算少了，够寄宿学生吃一个多星期食堂了。

我攒够了钱，选择了最美好的一天，那一天无论是天气还是身心状况都非常良好。在选择头饰和服装时我坚持按自己喜欢的选，而摄影师总是为我选择她认为适合我的服装，事实证明，我喜欢的总是不适合我。但这张漂亮的黑白艺术照里的衣服，哎哟，上帝，可真够让人恶心的，拿在手里像刚从垃圾堆里拎出来的一样，一股怪味，还黏乎乎的，套在身上，整个后背都是露着的。我要敢穿这样的衣服上学，不被父亲打死才怪。

我要求拍摄得生活化一些，不要太离奇。她答应了。这个摄影师已经为我拍了好几年的照片，她可能不记得我，但我记得她。她变得越来越洋气，越来越漂亮，她的照相馆也越来越大、越来越豪华，成为密山最大、最有名的摄影楼。

她的化妆技术也长进了，画得自然，不像前两年把人变成了鬼，拍出来的挂在墙上的样板照片也较从前自然、生活化了许多。

　　等我上高中时，这家摄影楼又发达了，改成了"夜巴黎婚纱影楼"，已经不屑于为小女孩儿拍艺术照了，而转向为新娘和新郎拍摄婚纱照。流行的风向标又变了，全城人开始拍摄婚纱照，就算婚没结成，婚纱照也得先拍好。

　　关于婚纱照的发展也和艺术照差不多，拍摄手法越来越先进，相机越来越先进，从胶片相机到数码相机，服装越来越丰富多彩，价格也越来越昂贵。初中时是几十块，高中时几百块，大学时就几千块，现在想拍多少钱的都有，只要舍得花钱。

　　流行的时候，逢结婚必拍婚纱照，甚至那些结过婚的没赶上潮流的人也要拉家带口，重新补上这一照。最初是拍给自己看，后来都是拍给别人看。越拍越贵，越拍越美，越拍越自然，越拍越逼真，从室内假景到室外真景。结婚时若不拍婚纱照简直不叫结婚。婚纱照的册子也越做越大、越做越精致，起先是塑料的，后来用木头做，十二寸、十六寸、二十寸。

　　那一次，我捏着偷偷积攒的八十块钱，来到丽人影楼，想再次寻找自信，想看看随着岁月的流逝，丑小鸭是否在蜕变。一进楼道，两边墙上就挂满了婚纱照、艺术照，个个儿都能做明星。

　　我喜欢去照相馆，因为它是制造美、制造艺术的地方，它可以把人变得不一样。那个我熟悉的女摄影师却对此习以为常，并不当这是艺术，而是为她带来财富的手段，从她面无表情地为顾客化妆、试衣就可以看得出来。这一次，她身边多了一个不用拍艺术照就很帅的小伙子，从亲热的程度来看，一定是她的准丈夫，样板照上有几张她们的合照。

照片拿到之后，我花了两天功夫才让自己相信：这是我！然后，又花两天功夫才有勇气曝光，我把哥哥拽进客厅，悄悄拿出日记本，抽出夹着的照片。

哥哥仔细地审视了一下："不错！很不错！啥时候拍的？花了不少钱吧，很漂亮！可以做杂志封面了。也可以印成海报像港台明星一样贴在墙上。"

哥哥有史以来第一次夸我，还夸得这么深刻，怎能不让我内心欢喜？

我的虚荣心刚刚浮上来，还没开始享受，哥哥又补充了一句："这是你吗？"边说还边残忍地看了看我的脸。

"没错，是我！你多看几次，看习惯了就觉得是我了。"

疗妒汤

冰糖炖雪梨好了，我盛出一小碗儿，下次记得放陈皮，若是放些陈皮，就变成了《红楼梦》里的疗妒汤了。

疗妒汤——绝好的名字，嫉妒是人类七宗罪之一，每个人都应该常喝疗妒汤，像我这样死要强、死不服输的家伙更要天天都喝。从一接触人类，会动脑筋起就开始嫉妒了，它像吃奶一样，不需要任何人教导示范，就会使用，并且娴熟得像使用了若干年一样。

我嫉妒的历史很漫长而且发源很早，三四岁时就开始了。起初嫉妒哥哥，嫉妒他是男孩，家里人和外人看他的眼神都和看我不大一样，我就想方设法压制他，与他较劲儿。结果大获全胜，哥哥的性情被压制得像女孩一样温顺，我却蛮横得比男孩还男孩。哥哥自上小学成绩就差，以至于重点初中都考不上。嫉妒的穿透力是那么强悍，简直势不可当。

有了小伙伴后，我的嫉妒原罪就更深重了，觉得她们个个儿都比我强，谁都有让我嫉妒的地方。我最要好的朋友是关秀云，其次是周永萍。关秀云的学习成绩总是比我好，她永远第一，我永远第二。她家的墙上贴满了"三好学生""优秀学生""文明学生"和"优秀班干部"的奖状，我家的墙上纯是原色，啥也没有。真是气得想凿空她家的墙壁。我发誓要考过她。

周永萍的家庭也让我嫉妒，她父亲是小学教师，母亲是村妇女主任，这是我们那儿妇女能担当的最高官职了。所以，她们家既是书香门第，又是官宦人家。怎能让人不嫉妒？

诡异的是，这个书香门第的家风和传统却是：学习差和早婚，三个孩子个个儿念完初中就辍学，二十岁不到就结了婚，总之都未到法定结婚年龄。永萍的母亲在二儿子成功早婚后就"引咎辞职"。

永萍休学两年后，到城里职业中学赖赖巴巴地将就着读了一年，真是不容易，但却成功俘获了一个帅小伙子，成功沿袭了家风。我才上高中，她就出嫁了。真没啥别的事儿好做吗？嫉妒戛然而止。

永萍的姐姐永芳的早婚，按理说并不会对村儿里少女有多大的不好影响，不过是秉承了关里家的早婚传统，玉米杆刚直就得掰玉米，却独独对我有着深远的影响。

我对别人好，也要求别人用同样的好来回馈我，我将秀云视为最好的朋友，高于永萍，自然也要求她这样来对我，原本是这样的。

但是自从周永芳嫁给秀云的姑表哥赵根发之后，情势就发生了巨变，两个人不仅是朋友还变成了亲戚，我的地位一下子就下降了，我感到非常受伤，却毫无办法。我不能指望周永芳和赵根发离婚，重新获得我在关秀云心中至高无上的地位。

红楼梦

他是我前桌，除了上课之外，都把我的书桌当成了他的书桌。而这张神奇的桌子竟能容得下三个人。

我们之间有说不完的话，做不完的游戏。一到下午自习课，做完作业后就铺开方格本，他拿黑色钢笔，我拿红色圆珠笔，他画"×"，我画"○"，玩五子棋。

我是五子棋高手，他是高手中的高手，所以我总是玩不过他，但我总不服输，每次都雄心勃勃地想打败他，他总能有办法接连下出三个"四四"，让我堵之不及。

时常，一堂课都下不完一局棋。

我很不高兴输棋，超级喜欢享受胜利的骄傲与喜悦，当五子棋不能胜他时，就玩"打飞机"。这个要费点事儿，但这不是事儿。

我们耐心地在白纸上画上横竖十排方格，分别在纵坐标上标出"1、2、3……"，在横坐标上标出"一、二、三……"，然后随意画出三架飞机，飞机头只许占一个格子，机翼占横着的五个格儿，机身占竖着的两个格，机尾占横着的三个格。

玩时，彼此随意喊，比如："八8""六6""三7"……另一个则必须告诉他这个格子当中的情况：若什么都没有，则答："空"；若正好放置着机头，则喊"沉了"，若是机头之外的机身部分就告诉对方："中了"。谁先猜出对方的飞机布阵图谁就是赢家。

若我们的世界只有我们两个，那么一切都不是问题；若再多两个也不是问题，问题是多了一个，所有的麻烦都来自这一个。

谁是多余的"这一个"，这个重大问题搅扰了我好多年。

不是他，当然不是他，若没有他的存在，不会涉及"第三个"，那么，我和同桌许心平究竟谁是多余的"那一个"？

就我的个性来讲，是绝不会做多余的那一个，可是，烦恼恰恰在于我似乎就是那一个。

许心平是全能女生，用当时的时尚话来说就是：德、智、体、美、劳全面发展。她不仅成绩好，而且是班长，各种活动都被老师指定参加：演讲比赛、百米赛跑、跳远、铁饼，还是校广播员。

唯一的安慰是，我身为女孩儿，最大的罪过是长得不美，她比我还不美。但她身材比我好，她很苗条，我从头到脚都浑圆，胳膊和腿像复活的哪咤一样，圆圆的像熟透了的藕。

我嫉妒透了她。

我成绩也好，但没她好；我也当"官"，但不如她"官"大；许心平是纯粹的城里人，而我却是一个搬到城里的农村人；她家住的是楼房，我家住的是平房；她家住在市中心，我家住在郊区。

她处处比我优秀，连门第也比我高。

她是他的姐姐，我是他的妹妹。她性情处事像薛宝钗，我像林黛玉，可恨长得不像，性格像，这还得了？没那样的才情与媚惑，却同样的小性儿与嫉妒，谁能容你？

他喜欢的一定是她。一定是她。

我们仨儿，好得像两个人：一起上课，一起回家，一起写作业，一起看电影，一起花前月下。

直到，初恋那件事儿，悄悄萌动，渐渐发芽儿，有序而稳固的平衡开始泛起涟漪，三国鼎立的状况势必要被两国结盟替代，究竟是哪两国呢？

其中一国是中心，另外两国待定。

可恨，我不是中心。

"都道是金玉良缘，俺只念木石前盟。空对著，山中高士晶莹雪；终不忘，世外仙姝寂寞林。"（《红楼梦·终身误》）究竟为何，有了妹妹，还有姐姐？

暗流涌动了大半年，终究是死水微澜，一场误会，瞬间复归平静。谁也没敢捅破的窗户纸，一直在分别时还在糊着。

若说没奇缘，今生偏又遇着他；若说有奇缘，如何心事终虚

化？（《红楼梦·枉凝眉》）

于是，人生中最想要的初恋，被安然无恙地锁在寂寞梧桐深院，剪不断，理还乱，是离愁。别是一番滋味在心头。（《相见欢》）

我们甚至从未单独相处过，从未拉过悄悄伸出无数次的小手儿。从未有勇气试探过：你究竟喜欢谁？

我自然希望是我，却自卑得找不到理由，只能心不甘、情不愿地接受，他喜欢她的荒凉事实。

这个不甘心，非常不甘心。

不甘心的结果，还是不得不甘心。

痛失初恋

本来，那个夜晚，这个不甘心是有一个明确的结果的，这个结果将会影响我的一生，结果却发生了意想不到的结果，那个结果同样影响了我的一生，却用另一种——痛失初恋——方式。

我与父亲进行了前所未有的激烈对抗，我如此强烈地要想一个属于自己的房间，为此，进行了长达三年的斗争。自以为这个要求并不过分，但是我的行为无论从哪个角度来看都很过分。

父亲已经答应将客厅作为租界划归我，并答应为我买一点物品。我想要一张床和一个衣柜，一张睡在上面可以塌进去的床，一个市面上最流行的带着许多大镜子的衣柜和写字台，不要东屋那种从农村带来的山洞一样的大箱子。

我要一间独立的房间，我可是大姑娘了。

父亲已经买了一张折叠钢丝床。啊，那床可真是美妙，美得我整整一个晚上都睡不着——那是我平生第一次睡在床上，只铺一床褥子，它就软得像沙发一样，一躺下，整个人都陷进钢丝里，像豌豆公主被豆荚包裹在里面一样。

父亲原本答应那天晚上把我日思夜想的衣柜买回来，结果他忙得忘记了。尽管他用一只烤鹅来哄我，说到了星期日让我亲自去选，可我说什么也不同意，哭闹着指责父亲说话不算数。

我顶讨厌不守信用的行为，我讨厌！

我把馒头扔在地上，还不好好扔，揪了一块一块地扔。

父亲气急了，瞪着一双布满血丝的眼睛，"叭"地一声放下筷子："不吃，滚到客厅里写作业去！还反了你了，小死妮！"

我"哇"地一声哭出来，"说话不算数，你说话不算数，还那么蛮横。"

我冲出家门，边跑边哭，我要去找莫佑军，告诉他父亲欺负我，然后让他来保护我，至少可以安慰我。

唉，只要是女孩儿，无论她多么倔强和独立，总是将自我拯救的机会交给别人。真让人苦恼。

我原本是可以走大路的，但需要多花半个多小时，我就拐上那条小路，只要穿过几个养鱼池，就可以看到学校，他家距离学校很近，我虽然没去过，但知道大致位置，他带我去过他姐开的发廊。

我一边哭一边跑，一边想象着我冲进他姐的美发厅，他姐一定会问："小姑娘，你要洗头发还是剪头发？"我会用难以控制的情绪颤抖着说："姐，我……我是佑军的同学，我找他有点事儿。"她一定会立即放下吹风筒，"噢，小军的同学呀，我带你去找。"我还想象着找到佑军见到我时惊诧和欢喜的表情，等他姐一离开，我就会在他面前哭，他是那么善解人意，一定会走过来扶着我的肩膀坐下，至少会拉住我的手。我会告诉他我的委屈，还会哭着问他："究竟是喜欢我还是喜欢心平？"

这次，我下定决心要先说出来。我不等了，我等了十五年了。

为了他，我愿意抛弃少女的自尊，只要他喜欢我，只跟我一个人玩儿，我们一起上学、放学、做作业、看电影、吃炒冰，大致是这样。没人的时候，还可以手拉着手，最多就是这样，再多一点还有什么，我还不知道，知道后另做商议。

我美美地琢磨着，似乎幸福就在眼前，爱情唾手可得。幻想消解了烦恼，我拐上养鱼池的堤坝，穿过这条堤坝对面就是公路，脑海中已经浮现出佑军纯美的笑容了。啊，就要见到他了，在学校之外，多美好啊！他的表情、他的眼神、他的语言、他的态度与父亲多么不同啊！

父亲对我总是因心情而论。他心情好时会把我抱在怀里，让我坐在他腿上用手拧我的小胖脸蛋儿，还不忘记代我表白一句："俺闺女多幸福！"可是他情绪烦闷时就会对我瞪眼睛、大声喝斥，弄得我连与他说话都不敢。佑军不一样，永远不会对我发怒，不会呵斥我。

我全神贯注地哭着、跑着、想着，不成想突然有一只手一把掐住我的脖子，将我按到地上，强行吻我。"啊……"他的手越掐越紧，我叫不出声来，魂儿都吓飞了，还好没有完全吓傻，还能够下意识用双脚猛劲儿踢他，并使尽全身力气将头偏向一边，双手拼命往外拽他的手，试图将它从我的脖子上移开，至少也要掐得松一些，好让我喘口气，有力气反抗。

我一边踢、踹，一边张口就咬，不知咬在什么地方——脸上、耳朵上还是肩膀上，他的手放松了，我一拳打过去，一个鲤鱼打滚儿爬起来，踹开他就没命地往家跑去。

我的灵魂已经出窍，没弄明白发生了什么，能发生什么，总之没命地奔跑、嚎叫。哭声一定十分惨烈，以至于迎面走来一个中年妇女惊讶地说："哎呀妈呀！这是谁家的闺女？咋地啦，这是？受谁欺负了？"如果我有回答她的理智那可就太奇怪了，只是一味奔跑，跑得肠子快断了，一头冲进家门，钻到小房间的炕上嚎啕大哭。

母亲立即走进来，"咋啦这是？你跟恁爸，不至于这样吧？明天咱就买。"我一把抱住母亲，趴在她怀里没命地摇头，"不是……是……呜呜……是一个坏蛋……在养鱼池……他掐着我勒脖子……"母亲用颤抖的声音紧张地问："妮，还有……别勒吗？"我只是拼命摇头。

母亲算计了一下时间，由于我来回都是奔跑，回来时比去时还快一倍，时间间隔很短，统共不到半小时，又查看我身上没有血迹，衣服完好无损，什么都没来得及发生。阿弥陀佛，没有发生！

她虽然放心了，但还是"唉"了一声："小妮家……怕勒就是这……记住，以后，晚上尽量不要出门。要出去勒话，一定要走大路，不要走小路。""嗯……"我哭倒在母亲怀里。

哭了整个晚上。直到哭睡着了。

第二天刚好是星期日，不用上学，我睡了个懒觉，一醒来就听到外面人声攒动，几个人正往客厅里抬柜子。

父亲满面欣喜地说："妮，你要勒衣柜爸给你买回来了。"

我木然地点点头，"嗯！"我声音嘶哑了，嗓子里像有火烧一般。

把柜子靠墙放好后，父亲说："妮，好好擦擦，爸去市场卖货了。"

"嗯。"看着梦想许久的柜子，没有一点狂喜的感觉。

柜子是乳白色，两边是两个大衣柜，柜子门是对开的，门上各有两块巨大的椭圆形的镜子，柜子正中间也是一面镜子，镜子上方各有两个对开门的小门，小门上也各有两个小镜子，中间的镜子下面是一个大台子，可以做写字桌，也可以做梳妆台，台子下面分布着四个小柜子，用来放杂物。

感慨地望着它，很显然，与昨天晚上之前得到它的感觉完全不一样。许多梦想变成现实之后，会带着意外的附加品，并不比梦想着时更美。

站在镜子面前看着自己，这是我平生第一个房间，我自己的房间，多好啊！我不用和父母睡在一张炕上，在我的房间里，我想做什么就做什么，里面全放自己的东西，再也没有比这更美好的事情了。

我拥有了自己的一间屋，我独立了！

我是个大人了。

很快，一个意外发现就让欣喜若狂化为子虚乌有：长长的脖颈上面有一条紫黑色的印痕。我倒抽了一口冷气，赶忙去换了一件高领衬衫。

之后的一个月我既不敢照镜子也不敢穿低领子衣服。

莫佑军像是与我有心灵感应似的，他从未到我家来过，每次只送到门外就分开。那天上午，他却不期而至。

他来了，在最不应该来的时候。

"今天星期天，你打算做什么？"莫佑军一进门就笑盈盈地问。

"嗯，不做什么。在家待着。"

"我们到外面逛逛吧，待在家里多闷哪。"

"不去了……下周吧……噢，不……大下周……"我言辞闪烁，他有些疑惑。

"走吧，我们去看电影，然后……去爬石头山，再然后……去吃烤串儿，怎么样？"

我咽下正在往外流的口水和酸楚，"许心平也去吗？"

"不！"他白皙的脸庞上呈现一丝红晕："就我们两个。"

如果放在昨天以前，我该会疯狂到什么程度？从来不懂掩饰的我一定会从沙发上跳起来，大声叫道："太好了！现在就走！"

可此刻，我得说另外的话，表达与本意完全相反的意思，这让我更加难受，却又无可奈何："不……还是你和心平去吧……她又优秀，脾气又好。我今儿……算了……我怕我会发脾气。"

"我已经习惯了，"他的脸更红了，"啊，不是……那个……我本来就打算找你单独去的……你不愿意去？"

天哪！我怎么能不愿意，我的心已经在跳舞，以至于我都能感觉到胸前的衣服在上下起伏："呃……那个……我……下次吧……"

佑军觉得有些失落，他紧紧地靠在沙发的一角，也许没有料到我会拒绝，感到不知所措，但还必须找点什么说才好。

"瞧你，大夏天的怎么穿了件高领衫呀？"说着，下意识地伸出手轻轻地拽了一下我的衣领。

我立即火冒三丈，血往头上涌，从沙发上跳起来，双手捂住脖颈："干什么？你！"我喘着气，像只受伤的鹰一样瞪着他，随时准备啄他的脸。

他的脸立即变成了玫瑰园："对不起……我不是有意的……我……"他为自己的轻佻行为而感到羞愧。

我意识到自己失态，向他传达错了意思，但我不能告诉他真相，我说不出口，也不能说。

莫佑军觉得该离开了，再待下去只能自取其辱，他站起身，结结巴巴地："那我……先走了……"

我低着头看着自己的脚尖，任凭他逃也似地离去。

我跌坐在地上，痛哭不已。

就这样，我们错过了，并带着深深的误会。就像达西先生第一次向伊丽莎白求婚时遭到严重误解，并给予厌恶性的拒绝一样，但达西先生和伊丽莎白小姐仍有机缘发展下去，消除误会，永结秦晋之好。

而，我们，错过了。时间，是，永远。

从未迈出初恋的脚步，初恋便悄然而逝。

之后，很快就进入了紧张的中考复习当中。

初升高时，他落榜，我和许心平在不同的班级，三人各奔东西，四分五裂，三国时代永远消逝，归为大一统。

整个暑假，他没敢再来我家。

之后，再也没来过。

君在长江头，我在长江尾，日日思君不见君，共饮一江水。

撕张梅花帖，粘在疤痕上，眩目而倔强，轻声叹息，人生意外，你又奈何？

同年同月同日生

我的后桌儿比我矮很多，却不知为何，成了我的后桌。

她有两个特点让所有人都能迅速注意到她，一是长发及腰，吊垂着又粗、又黑的辫子，辫完之后仍然及腰；二是爽朗的近似于夜半尖叫的洪荒笑声。

自习课时，即使全班同学都在叽叽喳喳、窃窃私语，哪怕是激烈争论也不抵她突然间放声大笑的功力，其他同学要么羞愧地戛然而止，要么扭转头呆若木鸡地观看。一边看一边还琢磨：这是女孩子的笑声？一个女生的笑声可以穿透教室的每个角落，让所有人的笑声堆积在一起也不抵她一个人的十分之一？她怎么那么开心？她怎么敢那么放肆地开心？真有勇气！

　　每当我正在与她说着话，她突然引颈高笑，我就得立即转过身来，否则我看到的都是一束束聚焦到过来的目光。那时再转身，可就尴尬了。

　　任何奇异都经受不住时光的消磨，没过多久，大家就习以为常，一听到《老残游记》中白妞般的声音划破长空，就知道："余晖又笑了。"她的笑声给了我无边的勇气，使我渐渐敢于直面众人注视的目光，并且也敢放声大笑了，但只是小巫见大巫。

　　她是一个特别单纯而直率的女孩儿，一开始我们特别要好，但由于她喜欢同男生来往，后来就渐渐疏远。高中时代，对待异性方面，我依然承袭初中时的风格，尽管内心渴望，却露出不可一世的表象。

　　我的同桌柏小敏是一个性格极其内向、酷爱学习的郊县学生。我们没有共同语言，我不习惯同性格内向的人交朋友，她们一天也说不上三句话，简直能把我憋疯。

　　余晖的同桌薛萍萍是一个比柏小敏还内向的女孩，她有本事几天都不与人交流，我犹恐她会憋坏，担心她语言功能产生障碍，时常逗她说笑，但总是以失败告终。她想说的时候也能和我们聊上几句，不想说时一个星期也难开尊口，真是把我急坏了。

　　两个被内向同桌冷落了的外向女孩儿，一拍即合。

　　同桌，是包办婚姻，择友，是自由恋爱。

　　一个秋高气爽的下午自习，待着没事儿，我随口问："晖儿，你过生日是过阴历还是阳历？"

　　刚开学，各科老师还没上几堂课，没多少需要反复咀嚼的作业，学校从不力倡阅读文学名著，也无从得到，我们十分轻闲，这是整个高中教育当中，我们唯一轻松的时刻。

"过阴历。"

"我也是。你阴历几月？"

"四月。"

"是吗？太巧了，我也是！几号？"

"十九号。"

"啊！不会吧。别告诉我你属马！"

"我是属马。"

"天哪！不可思议！"我找不出别的方式表达自己的激动之情，对着桌椅拍了好几下。

薛萍萍与柏小敏依然头不抬眼不睁地做练习题，尽管没多少题可做。无法忍受她们的无动于衷，我高声尖叫着，唯恐她们听不见："咱俩同年同月同日生！"

"啊！真的！"接着，余晖式的笑声又一次充满整个教室，好在大家已经见怪不怪，没惊扰到他们敏感的神经，我们自己敏感得不能自已，神经着激动的神经，整整神经了一堂课。

实在太神奇了。

一下课，我俩就手拉手跑出去，买了两根冰砖，一边吃一边为这份千古奇缘神经得不知所以，幸福得无处宣泄。

空气中飘着一个隐形的共同遗憾：如果分属两种性别，那该多么美好！两个人的初恋问题立即解决——为此罕见的情缘，不产生爱情万万不行。

既然同为女生，成为知己势在必行，义结金兰刻不容缓，就差歃血为盟了。抚摸着白嫩的手臂，还是算了吧。吃块冰砖就好。

从此，两个同年同月同日生的人，就好得像一个人似的。

本来就是一个人，有可能。

余晖长得不算美丽，但十分可爱，圆圆的脸蛋儿，浓浓的眉毛，虽是单眼皮，但眼睛很大、很明亮，高高的鼻子，充满遐想的小嘴儿及俏皮可爱的小虎牙儿，五官非常和谐，一切都很好，糟糕的是满口四环素牙。好在她有一头乌黑诱人的长发，完全掩盖了这一缺陷。

不过，我总觉得她的母亲太辛苦了，每天早晨得花多少时间，为她编麻花辫子，还要先扎一个高高的马尾，然后分成两股，各编两个辫子；心情好时，会编四个；极偶尔的时刻，会编许多辫子，像维吾尔族小女孩一样；没时间时就一个都不编，让瀑布一般的头发自然垂及腰间。她的母亲哪天睡了懒觉，从她头发的状态一眼就可以辨别出来。

这头长发足以迷倒男生，羡煞女生，只要她不开口。

她一开口，总让人遗憾这样的笑声竟是从留着一头传统的淑女长发的女孩口中发出来的。

同年同月同日生人就应该有相似之处，只要我不发脾气不瞪眼，外表温柔似水，初见我时总觉得我是个温柔的小女生，可叹此生与温柔无缘。无论谁招惹了我脆弱的自尊，我立即放出小李飞刀似的冷言冷语，眼里射出猛虎一般犀利的光芒。时常让人感叹，这么凌厉的语言和眼神，修炼时间很难少于八年，需知：冰冻三尺非一日之寒。

虽然，我才十六岁。

十六岁的花只开一季，我这一季不巧开的是带刺儿的铿锵野玫瑰。

我爱你

　　所有的目光像镁光灯一样射向我，如果这是舞台，我会享受这种追捧，扭捏作态。但这是人生的舞台，会出现什么嘉宾，发生什么意外，没人通知你。若出现了，看你能不能压住，压不住时看你是否能采取理智的措施。

　　而我才十六岁，这种事情未免来得太早，恐怕二十六也承受不住。

　　唯一的选择是离开教室。听闻三十六计走为上策。

　　还好，故乡是单纯的，人也是单纯的。我们才十六岁，传统的劣根性还没来得及污染我们，面对一个从未与任何男生有过绯闻的正经女生，被无端泼了一盆脏水，没人把水的脏引申为人的脏。同学们立即知道，这只是一个卑劣的赌，一个青春期荷尔蒙爆棚的恶作剧，与受害者的品行无关，只与容貌有关。

这挨千刀的脸蛋儿，我站在操场的风口吹风，恨得咬牙切齿。男生干吗只看脸蛋。才离开初中，这张又黑又胖又丑的脸就变得相反了吗？

但是，被人这样稀里糊涂地"爱"了一把，很难受，也很侮辱我的爱。因为我还没有爱过。

"大家静一下！"

这句话像鱼雷在安静的水中迅速前进，早自习是整个班级最简洁的时刻，大家刚刚苏醒，作怪的神经尚未成熟。

"我有件事情要说！"冯云涛站起来，他个子极高，突然间站立，不仅打破了氛围的宁静，而且使空间拥挤不堪。

所有人在面对突如其来的惊扰时所采取的态度无非是被迫从自己所关注的内容中走出来，转而去关注希冀他们关注的人和事。冯云涛见成功地吸引了大家的关注，突然朝向我，大声叫着我的名字，然后直勾勾地望着我，使我也被迫望着他，他望着我的眼睛说："我爱你！"然后从容不迫地坐下，将一百块钱拍在余晖的桌子上："这件事情到此为止。大家当什么事也没发生过。"

一个晴天霹雳炸在头顶，笑容在脸上僵硬，一时半会儿收不回来，脸一直侧着，难以扶正，眼球还是灵活的，左右一转，发现班级里没有一个人不望着我，就连平日最没好奇心、整月整月不说一句话的薛萍萍之类的内向学生都望着我。这种关注非同小可。

可谁要这种关注？

我似乎被魔法棒点过，或正在玩"不许动"的游戏，所有人都不动，我也不动，似乎空气都静止了。表象似乎相当镇静，却没法阻止呼吸急促、鲜血直往头上涌。

荒唐，太荒唐！过分，相当过分！脑子里一团乱线互相撕扯，拼命想找出头绪来，最终，我决定到教室外去寻找。

我选择离开这个令我尴尬和屈辱的场所。

我用惯常的步法和速度从容不迫地推开教室的门，又轻轻关上。

门一关，撒腿就跑，实在太气愤了！

我站在操场上，让风吹着变成浆糊的脑袋，心里被强行压了一块好大的石头，喘不过气来。

冯云涛集团的老大张猛追出来，"回去吧，要上课了。"

"怎么回事？你们到底想干吗？！"

"只是一个赌，你别当回事儿。"

"我当然不想当回事儿，可是，别人当回事儿怎么办？"

"丢脸的人不是你，是我三弟。"

"但所有同学盯着的是我，他们会以为我做了什么不当的言行，才招致这样的对待。"

"不会，所有的寄宿生都知道这只是一个赌博。昨天晚上大家都热烈地讨论谁敢在全班同学面前对一个女生说'我爱你'。我三弟傻乎乎的，可能还有别的，我不太清楚。反正，大家都知道跟你没关系，只是一个……受害者。"

"为什么是我！"

"选择的范围自然是班级里的漂亮女生，最终选定三个，一个是薛萍萍，一个是褚英，另一个是你。薛萍萍不仅是我七妹余晖的同桌，性格又极其内向，我们怕她承受不住打击。褚英……一向孤高气傲，独来独往，况且……是官宦子弟。只有你……"

"只有我是好欺负的，没有脾气的，没有显赫的家世报复你们？"

"不是，你别那么认真，不过是因为你很坚强，我们认为你没那么容易被人打倒。"

"当然不会！不过，我也不希望没来由的被泼一身污水。"

上课铃声响了。

"回去吧，要不然大家想的更多。"从打开教室门到回到座位的路上，我始终承受着众人瞩目的目光。

分不清置疑的人多还是同情的人多，当时。后来，知道全是后者。

高中时代的人还是善良的，尚会明辨是非，他们还没有学会胡搅蛮缠、捕风捉影、一叶障目和助纣为虐的坏习气和本领。

这件事情不了了之，只能如此，我从没想到过去告诉老师。

怎么向老师证明我的言行没有任何可指摘之处，既未对男生做过任何暗示也未试图引诱他们向我发起进攻？又如何取证我事先对此事一无所知，完全是他们的卑鄙密谋中的一个无辜的牺牲品？怎么让老师对我寄予真正的道义上的劝导和同情而不会因为此事对我"刮目相看"，以至于认为我一颦一笑都是一种招蜂引蝶的下意识举动？

　　一个少女在情爱及欲望这两个禁区中遭到索然无辜的攻击和侵害时，只能打落牙齿咽到肚子里，没有任何一种法律及伦理可以完全将当事人撇清而只讨论罪犯及犯罪行为本身。其他人绕来绕去总能将罪恶的根源绕到少女身上，说到底，少女清纯而奇异的存在就是原罪，她们散发的馨香与光芒总是会引起异性的入侵、占有及迫害的欲望。

　　我也只是难受几天，这点小事儿，这个小人，不值得我痛苦和抑郁，热情的天性可以化解任何逆境和苦难。这算什么？

　　很快，我就快乐如昨，云淡风轻。

　　这是他们选择我当赌注的原因：与生俱来的坚强和宽容，不会出现任何不可控的悲惨局面。没有一个十六岁女孩，能同时拥有美丽与坚强，开朗与大度。坚强反而引来"灾难"，找谁说理去？

　　生活是不讲理的，生活就是生活，生下来，学着活。

特立独行

褚英是一道独特的风景，她从不与班级任何同学来往。

褚英虽然个子很高，却神奇地坐在第一排，她在班级里的活动范围从来没有超越过第一排以后，从开门回到她的座位的距离就是高一一整年的生活足迹。

她也极少和同桌说话，到班级就是听课，下了课就走，找她两个最要好的伙伴邓瑶和刘琴说笑。她在班级同学面前永远是一副不苟言笑的大家闺秀模样，茕茕孑立，谁都不敢与她多说一句话。而在与两个好友相处时则完全更换了另外一副面具，她竟会放声大笑、手舞足蹈。

更可气的是，如果她门里门外总是一副行头和面具也就罢了，让人无法呼吸的是她一走出教室，立即笑逐颜开，这不能不让人觉得她是有意疏远本班同学，因为蔑视而疏远。

对于无事生非的淘气学生和拉帮结派的小集团来说，疏远已是极大的挑战。这实在太过分了！

如果她天性寡言少语也就罢了，没人觉得不与同学交流有什么不妥，但是她有开朗外向的一面，甚至，有可能，她的性格本就属于开朗的一类，只是在同学面前罩上内向的袍子而已，这怎么行？

简直不可忍受！

他们怎么能接受她这种特立独行的另类"歧视"法？

褚英身材颀长，一米七开外，平原丘壑，错落有致，面容娇好，生就一双罕见的古代仕女图上才能见到的丹凤眼和柳叶弯眉，可恨鼻梁照常高，嘴唇依然如樱桃般小。家境又过分好，整个夏天，每天都换一件裙子，竟然一个月不重样儿！而且，那些裙子绝不是全城流行的、大街小巷可见的那类，每一件都令同学们大开眼界、赏心悦目。

男生们背后纷纷戏言她是免费的时装模特儿，褚英走路时后背挺得笔直以至于有些向后倾斜，这不能不让多年伏案做题，养成佝偻腰走路习惯的他们更加难以接受，实在难以接受！

而且，褚英学习成绩极好，每次考试都在前五名之内。就是这样一个完美女孩儿，唯一的不完美之处，就是不跟同学接触。

不能样样都好，根本不能，怎么能呢？总得找出些软肋，以证明她是不完美的，可恨在她身上竟找不出。太可恨了！

最终，男生们找出她最大的缺陷是遗世独立、拒人于千里之外，使得男生只能远观而不能亵玩焉，弄得他们十分心痒。就像我这样一个满身缺点的普通倔强女生，他们都能琢磨出那样违背伦理、不讲人权的点子来整治。而像褚英这样一个九全九美的完美女生绝对不能让她好过。

一天下午，午饭回来，褚英竟又换了一条崭新的裙子。最近她好像心情特别好，她父母也可能赚了不少钱，去过不少大城市，竟然开始一天穿两件裙子了。还好东北夏天极短，若是像江南一样能穿大半年的裙子，这也是笔不小的支出。

那条裙子，我大概还能记得一些，白色手工绣暗花图案连接在一起，从脖颈一直到膝盖处，有些旗袍的风韵，但又不是旗袍。裙子里面虽然有一层薄纱以防止暴露，但由于过于轻薄，跟没有一样，反倒看上去影影绰绰，让人对裙子里面的风景浮想联翩。这条裙子将她的曼妙身材衬托得更加诱人，将所有少女姿色展露无遗。

那帮人开始在后面展开了严肃而热烈的讨论，由于过于认真和激动竟然将声音从最后几排传到了第一排。

褚英拿起墨镜，对了，还有万恶的墨镜，在那时也是稀少的。她不仅拥有，而且还有好几个，并且个个儿时尚、与众不同。

那时，我们还不认识国际大牌，没准儿可能是香奈儿、古驰之类。褚英拿起墨镜，一边戴一边摔门而去，就这一摔门证实了他们的判断，她并非骨子里贤淑文静，也是一个有脾气的女孩儿，怎么就不和大家打成一片呢?

当褚英再次回来时,换了一条十分保守的裙子,仍然直接回到座位上,摘下与裙子相配的另一个太阳镜,闷头温习功课。

后面的人懊悔不迭,觉得议论声音过大、用词稍微有点过分,否则,也不至于耽误他们欣赏和遥想美丽的景致。

就这样一个让男生垂涎三尺却不敢轻易招惹的少女,在我的高中时代涂抹了一条独特的色彩。几千人的学校,她绝对特立独行。

二十年后,我到深圳创办公司,联系到南华。得知我来,她组织了深圳同学聚会,问及有谁,她说了几个人的名字。

"还有褚英!她在深圳!"

印象中浮现一个特立独行的霸道女总裁,冰冷如霜、说一不二。

"褚英是外企 CEO,还是自己公司的老板?"

"全职太太,两个宝贝的妈。"

"啊?"

生活可以不这么开玩笑吗?

在酒楼豪华包房,我一进门就打量所有人的变化,都从丑小鸭变成了白天鹅,比从前更美、更有女人味儿、更见风致了。反倒是男生变成了男人,掩饰不住的疲惫与沧桑。他们也感慨着时光不再,女生们的逆生长。

"你们,怎么,哎,当年怎么没下手?"

"你没有眼光。"

"可是了,谁料到你们一个个造反了,留下的都是大妈,出来的都是美少女战士，与生活战斗了这么多年，越战越美。"

大家说笑着，觥筹交错。透过红色的液体，仔细观察着褚英，她也是反的，虽与老无关，但美得过早，又是全职太太，究竟还是比独立女性萧条些，气质已不比当年，骄傲已然不见。

生活是一幅长足的生命画卷，不到终点，无法看到全图。我在拼命亲自描绘自己这幅生命长河图，希冀其中的色彩与风景完全由自己主宰，必须特立独行。

歪打正着

"同桌，"柏小敏竟然有心情主动讲话，我立即受宠若惊，赶忙回应，"哎！"

"你听说没？校文艺队需要两个会翻跟头的学生，要不，我们去试试看？"她一定看出来我热衷于参加各种各样的活动，难得她竟有心思也到教室外面疯狂一下，我焉有不陪伴之理？

"你怎么知道？"

"刚才，你不在班级的时候，音乐课代表宣布的。我看你特别有魄力，什么都敢试，不如一起去。"

她真有眼光，不过："呃……这个……桌儿……什么是翻跟头？"

"就是……"她做了个动作,"两手撑地,一翻就过去了。"

"噢,简单,走!我们去蹚蹚混水。"

我是蹚浑水蹚习惯了,没浑水也得把清水弄浑了蹚两下。

一上晚自习,我俩就悄悄溜出来——其实,就是正大光明地离开座位,不跟任何人说去干吗。我们从正门出去:教室只有一道门,窗户太高——再说,众目睽睽下爬窗户也十分不雅。虽然寒冬腊月的,没穿裙子,不必担心风光乍泄,但我们的性别还是被要求文静些——要溜、要逃都从门口。

我们来到学校小礼堂,看到校文艺演出队正在操练。我惊奇地发现故人颇多,音乐老师是实验中学敲张艳丽脑袋的那个老师,竟然还有褚英及她的三人小集团成员——邓瑶和胡琴。

"这个魔鬼少女,简直是全才!"不嫉妒她天理难容,那就让我天经地义的嫉妒她吧。除了嫉妒我还能做什么?

十分理解那些流着口水想亲近而不得的男生的心情了。

"好啦,大家休息一下。"音乐老师宣布。

"哎呀,累坏了。"姑娘们一边收起扇子、绸子一边淡淡地抱怨着,虽知抱怨无益。

"好像在转圈儿的部分应该加点什么,比如花心儿处让一个女生站到中央去……"音乐老师自言自语。

"英雄所见略同。我早就想提了。"胡琴笑着说。

她留着五号头,我们都叫小子头,身材很瘦弱,从后面看确实像个男孩,但她容貌异常秀丽出众,一双眼睛清澈得像龙之眼,若是留一头长发，穿身连衣裙，应该比褚英还要漂亮。唯一令人遗憾的是她的个头不如褚英那么高，大约一米六二。

音乐老师用扇子轻轻敲了下她的脑袋："小滑头，我不说你也不说。"

"花的心藏在蕊中，空把花期都错过。你的心忘了季节，从不轻易让人懂。为何不牵我的手，共听日月唱首歌。黑夜又白昼，黑夜又白昼，人生为欢有几何……"

一个女孩儿唱起了时下最流行的港台流行歌曲《花心》，她丝绸一般滑润的嗓音吸引了大家的注意。

"郦金荣，你有这才华不早露出来？这次节目满了，下次一定让你独唱或者领唱。"

音乐老师又敲了下郦金荣的脑袋说。

看来，音乐老师喜欢敲人脑袋。这是什么心理……

这个世界很奇妙真奇妙，比起那个只有桌椅和书本的世界。音乐、歌声、舞蹈、彩绸、折扇，还有欢声笑语，富有文艺天赋的漂亮女生，我不禁陶醉其中，忘记身在何方。

"你们两个……"音乐老师终于看到了两个姿色平平、毫不出奇的女生。

"我们……不是缺两个翻跟头的吗？"我嗫嚅着。

"啊……噢……来！翻两个给我看看。"音乐老师做了个手势，示意大家靠墙站着，给我俩腾出场地。

柏小敏很轻松地就连翻两个跟头。

"很好。你。"

我从来就没翻过跟头，我弯下身子，双手着地，想让双腿灵活地随着胳膊的撑力，在空中划一个漂亮的圆弧翻过去，像柏小敏那样。谁知，不仅翻不过去，双腿连离开地面都不能。急得我像热锅上的蚂蚁，涨红了脸，本来头朝下，血液就直往头上涌，这一脸红让我呼吸困难，最终坐到地上。

所有的人都笑了。不笑才怪。没有金刚钻儿偏揽瓷器活儿，只有像我这么无知却不知道无知、又死大胆的人才会干。

"哈哈，没关系。我们现在不缺翻跟头的了。来！"音乐老师递给我和柏小敏两把带绸边的扇子，"跟我学，来，打开扇子，一手背后，一只手平伸，挺直腰板儿，头向左后面仰，双脚小碎步移动，缓缓打开扇子……微笑……对……"

我和柏小敏跟随着音乐老师的动作做起来，"哎，她感觉很好！"音乐老师示范完毕，回身看我们的动作完成情况，指着我说。

凭良心起誓，我此前从未跳过舞，尽管一直很向往，却没有机会。我喜欢与文学、艺术有关的一切，却生在一个与文艺毫无瓜葛的村子。于是，扇子一拿在手中，立即有了翩翩起舞的激情，心底油然而生一种前所未有的柔情蜜意与快乐，这种快乐是那么多，以至于溢出了杯壁，不经意间浮现在脸上。

这个在我看来极其简单的动作，柏小敏做起来却十分生硬，不是碎步移动过大，就是身体过直，再就是抖动扇子时像得了疟疾。

还有她的微笑，上帝，让人看着想哭，难过的想皱眉头。

看样子，果真各有所长，每个少女都有其为人所喜爱的某些优势，实在没必要像我一样总是羡慕别人所有，纠缠住自己的缺陷不放、还不改，把缺陷放大成一无是处的地步。

"行！你们两个就留下吧。叫什么名？"我们俩小声报了号，小得以至于音乐老师得歪着头侧耳倾听。"好，你们今天先跟大家熟悉一下这个舞蹈，跟不上没关系，多看看。柏小敏，你的姓很少见，你得多练习下，你的乐感不太好，身体太硬。跟你同学交流下，她感觉很好，给她一段音乐，她就能跳，感觉很对。"

竟然意外收获一件向往已久的宝贝，真开心！

那天晚上，我是跳着回教室的，当然，打开教室门的那一刹那，立即文静下来，从容地走到座位上，收拾书包回家。一出校门，就又唱又跳，但没法好好跳，一得知我考上重点高中，父亲母亲开心极了，当即为我买了一辆刚流行的精致小巧的女式二四自行车，我一边骑一边唱。

生活是那么美好，月亮是那么迷人，我跳舞了！我可以跳舞了！我竟然能够跳舞了！哈哈！跳舞时的感觉是那么美丽，身体像云彩一样飘荡，像雪花儿一样轻盈，思想像柳絮一样飞舞，飞到湖边，飞向大海，飞到想飞的任何地方。

我是如此高兴，只记得加入了校文艺队，而忘记只得了二十七分的立体几何——千万别忘记了，朋友们，满分是一百五十分。

不过，这一切，在我眼里已经不重要了，只要能唱歌、跳舞、写文章，让学习和考试见鬼去吧！我讨厌那枯燥乏味、一成不变的一切，简直让人烦透了。考试题目死气沉沉，只考记忆，不注重联想，不讲究合纵连横，实在无趣。

我愉快地回家，到自己房间睡觉，将鞋子放在火墙子边，钻进暖乎乎的被窝里，期待着明天晚自习的排练。

我宁可整天不上课，跳一天舞！那该有多幸福！

不管怎么说，没有艺术天赋、从未学习过舞蹈的我，竟然歪打正着进入校文艺队，实在不能不令人感到生活有时很会开玩笑。其他的暂抛一边，为舞台疯狂是我打心眼儿里喜欢的。每次训练总是第一个到场，最后一个退场，就这样，依然意犹未尽。

过了几日，发现原来不只是舞蹈，还有领唱。先前排练时只是用磁带放歌曲，这一次，同学郑悦来领唱，我们就是为她伴舞。

"啊——百灵鸟——在蓝天中飞过，啊——"

这个"啊"是如此漫长而高亢，我怀疑她一亮嗓子，还会不会有人看我们在台上比画。

"我爱你，中国！"

此时，我们会从舞台两边手摇绸扇碎步向前出场，就是音乐老师考我和柏小敏的那个动作。

"我爱你春天蓬勃的秧苗，我爱你秋日金黄的硕果。我爱你青松气质，我爱你红梅品格，我爱你家乡的甜蔗，好像乳汁滋润着我的心窝。"

郑悦的声音像百灵鸟一样响亮，眼睛也像百灵鸟的颈一样灵活，白皙的脸庞上可爱的小南瓜鼻子和小虎牙。她身体微胖，这更有助于她把气息发出来，像一个成熟女人一样。流行歌曲谁都会哼唱几句，但是美声唱法能唱得这么好可就太罕见了。

所以，这个会唱美声的胖女孩，很快取代琼瑶成为我的新偶像。跳舞和唱歌也成为我的新爱好。

哪个老师更帅

"哎，"余晖碰碰我的胳膊。

"嗯？"

"你觉得地理老师帅，还是化学老师帅？"

"嗯……这个……"我立即在心里拿着幼稚但绝对公正的审美标准掂量了一下："地理老师帅。"

"再想想。"

我转了转眼珠儿，故作深沉地思考，艰难地选择着："化学老师帅。"但恐又委屈了地理老师，"地理老师也帅。"

这跟没说没什么两样。

余晖开始发表她的一己之见，"我觉得地理老师帅，你看他多健

壮，多有阳刚之气呀！"她一边说一边回味着地理老师在课堂上的
飒爽英姿。

"化学老师也不错呀，"我本来心中也倾向于地理老师，但见余
晖站在他那一边，我就不能不为化学老师呐喊助威了，"化学老师更
年轻，长得更精致。"

"那倒也是，不过，他太娘娘腔了，整个一个小白脸儿，多腻
呀。高大健壮，才像男子汉。"

"啊？不高大健壮就不是男子汉了？化学老师也属于男性。"

"废话，当然属于男性，但属于柔弱的男性，个子不够高，皮
肤又过白。哪像地理老师：高大的身躯，黝黑的皮肤，厚厚的嘴唇，
讲起课来声音嘹亮，富有磁性，多男人哪！"

化学老师身高一米七四，皮肤并不算太白，但比起北方人常有
的肉黄色和黝黑色，是稍微白了些。

"那倒是，不过，化学老师的五官长得更好看一些，小国字脸，
浓眉大眼，高鼻梁，嘴唇薄厚适中，一口洁白整齐的牙齿可真让
人……你不觉得地理老师的嘴唇太厚了吗？"

"你懂啥？厚一点性感，吻着舒服。"

"啊！你想干啥？"

"我能干啥？不过这么一说。若是他肯吻我，我断然不会反对。"

"哈哈哈哈……"我们以余晖式笑声作为这次学术探讨的尾声，
争论无果而终。

两个情窦初开的少女若能在异性审美方面互相达成一致那就奇

怪了，最终我们谁也不愿意妥协：她依然喜欢地理老师，我表面上喜欢化学老师，但在心里，为了一碗水端平，同时喜欢两个。

一到他们的课，我就出神地比较他俩谁更帅气。比较的结果还是各有千秋，一时难有定论。

很快，就不需要与余晖探讨这个难分伯仲的问题了，因为她开始转移目标，喜欢上了同班同学顾颜。

余晖并不掩饰对顾颜的爱慕之情，经常一边同我说话一边斜眼望着坐在最后一排的顾颜。没过多久，全班同学都知道余晖暗恋顾颜。余晖大义凛然，全然不在乎。这让我极其惊诧，虽然我从小就强烈地想执掌自己的命运，却从未想过同样执掌爱情。一个女孩儿主动出击、率先追求男生，而且无视众人非议，真是太有魄力了，简直是个女英雄。只有具有雄才大略的人在实现伟业时才不考虑别人的存在和感受，目标就是全部。

余晖正是这样。

她是如此执着地爱着、并表现着她的爱，以至于没过几天全校学生不管认不认识她的都知道了这码事。也不能怪同学们太八卦，过于关注绯闻野史，实在是余晖太爱顾颜，想不起来掩饰，或者说，她认为这是太阳底下最光辉的事情，没必要东躲西藏。

余晖"围剿"顾颜的过程是极讲究战略战策的，不仅有事没事儿接近他，还接近他身边的人。没过几个星期，顾颜的前后左右桌全被余晖轻易攻陷，成为她的殖民地和加油基地。然后，余晖源源不断地输入资金、设备，准备一举歼灭心上人。

在文艺会演到来之前的一次彩排上，我发现了惊艳的事情：化学老师严凯也有节目！他和正在发生"绯闻"的女教师一起唱歌。在学校里，会有人热衷于制造两类人的绯闻：一是刚分配来的年轻老师，二是长相俊俏的男生、女生。

化学老师还没张口，就令我倾倒，他一张口，我的魂儿就飞到天外，立即快要晕倒了。

太有才华了！太完美了！立即，马上，地理老师退出了我的小心田，在我"暗恋"的舞台上，只剩下严凯独自一人寂寞舒广袖了。没说的，最帅的老师就是他，不只是全年级，而且全校，甚至是全中国！

我一回到班级，立即跑回座位，告诉余晖严凯老师最帅，他不仅帅而且富有才情。

"最帅的人……"余晖慢条斯理、激情满怀地说："当然是我颜哥了。"边说还边望着顾颜，真让人受不了。一个女孩儿家，难道不应该含蓄些，等待男孩儿追求吗？恍惚间，我竟成了传统的卫道士，这比余晖追求男生还让我受不了。于是，她的"不自重"也就无关紧要了。

我问柏小敏："哎，同桌，你觉得化学老师帅还是地理老师帅？"

她正在演算化学方程式，没听到，我又重复了一遍，她才抬起头："啊？老师……管他帅不帅，只要教得好就行。"

"什么叫教得好？怎么才算好？"

柏小敏转动一下生涩的眼珠子，"嗯……理科老师要讲得明白，讲完了我们得会做题。文科老师得会突出重点，让我们在考试之前知道该背诵哪些。总之，能让我们得高分的老师就是好老师。"

"你可真是好老师们的好学生！和他们一样，除了分数什么都不关心。"

"关心别的有用吗？"

"可……"我的兴致立即消失，疑心她可能长出我们四五岁，已经情窦初开过，过了青春骚动期。

反正学习之外的事情她一概不关心，练习舞蹈时极不情愿。"本来是去翻跟头的，我怕别人不会翻……结果却变成拿扇子扭腰了，真是……"

哎，没有共同语言哪，这简直是一个外星人，让人赏心悦目、精神飘逸的事情一概不爱；相反，让人思维麻木、丧失灵性的事情却十分热衷。

真是一个可怜虫！

文艺会演上，化学老师的歌使我如痴如醉，自此，我的心中有、而且只有化学老师了。

当天晚上，我做梦了，梦见了严凯，梦见他年轻了七八岁，成了我的同学，还是同桌。我乐得什么都听不下去，只想和他说话。谁知班主任一定要将我们调开，我不愿意，哭喊着："老师，你不能棒打鸳鸯……"

"天哪！"女老师尖叫起来："你晓得什么叫棒打鸳鸯？"

"不知道，反正我喜欢和他在一起，喜欢他。我一毕业就嫁给他。"

女教师推了推鼻梁上厚厚的眼镜，眼珠子快要瞪出来了："毕业？哪个毕业？"

"大学毕业……"

"小姑娘家，一天到晚不想学习，把七年后的婚事都安排好了，你羞不羞？换座！立即！马上！"说着来抢我的书包，我哭着不松手，哭醒了。

醒之后惊了一身冷汗，咦！还没开创事业呢，毕业就结婚？真是疯子！男人可真是祸水！

幸好严凯是教师，不是学生，否则我真要被其所惑、玩物丧志了。感谢上帝！赶忙洗把脸，捏个馒头就骑车往学校奔去，距离早自习只有十分钟。

石头山

　　父母经过几年的艰苦奋斗，终于建设了美好的家园。一双儿女正在苗壮成长，除了在学校里受些无关紧要的窝囊气又不敢告诉他们之外，其他一切十分安好，一时半会儿还不会被命运磨折发疯。

　　父母却正在改变，他们并不安然享受来之不易的富足生活，反而处心积虑破坏生活的安然。两个人开始吵架，吵得翻天覆地、无所顾忌。他们争吵时十分忘我，鞠躬尽瘁、累而后已，简直视我为一个没有生命的花瓶，在我面前什么恶毒的话都敢说，什么冷彻心扉的行为都敢做。

　　自从他们爱上吵架之日起，我就很少看电视了，看他们演人生闹剧就足够了。他们的台词拿捏得十分熟练而冗长，胸有成竹，张口就来，以至于我有时都听累了，他们仍不厌倦，熄灯上炕、钻进被窝继续吵，直至困倦得不小心睡着了为止。

吵架可以如此上瘾，我第一次领教。

他们也逐渐配合命运来折磨我的意志，消解我的快乐。一个正处于青春期、似乎越长越漂亮的小女儿引不起他们的在意和关注，对于吵架却十分激动和兴奋，一吵起来动力十足，白天的奔波劳累全不放在眼中，你来我往、箭拔弩张，好不热闹。而我处处为难、无处躲藏，管也不是，不管也不是，管又管不了，不管又不成体统。

而且，他们不惜发生战争。

从前只是蜻蜓点水，现在却是家常便饭；战事时常升级，从前只是步枪、土炮，现在却是坦克、炸弹；发生地点也不只是家中，而是东线、西线全方位做战。他们让我奇异夫妻间会对战争如此痴迷与贪恋，导火索无处不在，生活中一点小摩擦，甚至只是一件小事儿都会成为二人情绪全面爆发的起点。

爸开始不愿意回家，即使回了家也像外面有根绳索拴着他的腿似的，匆匆吃了饭骑上自行车就走了。我不晓得爸去了哪里，只晓得我做完了所有的作业他也没回来。

妈开始用各种办法阻止爸外出，但收效甚微。爸只要一放下筷子，妈就会像法官审问犯人一样："你又去哪儿？"

爸总是不作声，默默地准备着与外出有关的事宜，被问急了就一瞪眼，反感地厉声道："用你管？"说着就开门到院子里推自行车。

"快去拉住你爸的车，不让他走！"

　　我不知道爸出去是办公事还是私事，也不知道妈为什么不让爸走，更不知道爸留在家里除了吵嘴、看电视之外还能做什么。

　　但我不能违抗妈的命令，我像是中了符咒的人一样无法主宰双腿，机械地走到外面。

　　"你出来干吗？回去做作业！我一会儿就回来。"

　　"妈不让你走。"我的声音比蚊子声稍微大了一点儿。

　　"她的话你也听？！"

　　我无功而返。

　　"你真没用！连你爸都留不住。"

　　我委屈地张开口，却什么也说不出来。妈以前不是这样，自从和爸争吵以来，她就变了，变得不可理喻。他们都忘记了自己的身份和职责，沉浸于本不应该开始的战争之中。

　　我打开作业本和化学书，但一点儿也看不进去，盯着书中的化学反应方程式，琢磨着爸妈是否也因原子裂变产生了剧烈的排斥反应。

　　我始终想不通：留不住爸的到底是什么？吸引爸的又是什么？

　　教室里有不可预料的麻烦，家中又有不断滋长的噪音，我寻找不到一处安静的地方。

　　没命读言情小说是首选，一口气读完琼瑶所写的四十六本小说，并且每部小说都赋上读后感言。看多了就想写，编造了几个不可能发生的言情故事，主人公的名字绝对是在生活中不常用的人名——非如此不可，这才显得不食人间烟火，只有非凡的名字才能造就非凡的人生——没有烦恼、没有忧愁、没有压抑，他们的世界中只有爱情、阳光、温暖、和谐。嗯，他们生活在天堂。

我按照言情小说风格为我的主人公们取了些这样的名字：紫竹、忆乔、如烟、诗婷、若寒、海孤鸿、柳初忆、司徒筝琪……既觉得十分得意又非常遗憾——这些名字多美丽啊！只是我没法拥有。

我开始胡编乱造。沉浸于文学的世界是逃避现实的一种十分有力的手段。尽管是通俗乱编"文学"，甚至与文学根本不沾边儿。

放下钢笔，出去乱逛，走过红卫街，走过日本鬼子入侵时建设的百货大楼，然后走到一所职业中学后面的空地，发现了一座石头山。

我攀登上去，站在最高的一块石头上，俯视着整座小城。张开双臂，闭上双眼，将头仰向太阳，头顶蓝天，脚踩石头，想象着自己面对的是一片海，一片一望无际、从未见过的蓝色的碧海。我想跳下去，如果这是一片海。

幸好及时睁眼，才发现眼前不仅没有海，连一洼水都没有，只是一片乱石岗，跳下去不仅死不了而且活着很难受。

我获得了极其宝贵的稍纵即逝的心灵安宁——十年之后我才明白，活着，最珍贵的就是这个。

我感受到了自己，发现了自己，悄悄明白了自己作为人的存在，这是一种让人幸福、自由如风的感觉。总是被要求着、被管制着、被期望着、被漠视着、被挤压着、被伤害着、被冲撞着、被遗忘着，总之是被动地进行着被某个人或某种力量安排的人生。

没有人问我是否想上学，没有人问我想上哪所学校，没有人问我想学哪类知识，没有人问我在学习、看电视之外是否还想做点别的事情。反正，一到七岁，不，六岁上学前班开始，就得一直上学，上到考不上的那一天为止，据说上到大学毕业还得六年。天哪！六年有多长，六年还能发生多少事？六年后我又变成什么样？还会有多少人用莫名其妙的思维方式和赌博游戏拿我作为生活的调料？为什么呢？我不能独立存在？他们为什么有理由欺辱我，还不允许我反驳？还有，父亲母亲，他们会一直吵下去吗？他们吵到什么地步？最终，他们会离婚吗？他们若是离婚，我还能活下去吗？

一个无知而愚蠢的十六岁少女，联想到这些严峻的人生大事迷茫无助、涕泗横流。

对于一个出生乡村、生活在小城、没有任何人和书籍能够给予精神上的启示和指引的女孩来说，最可怕的就是未来，而更可怕的是被人操纵、制订好的未来：嫁人、生子，为了男人和孩子过一生。我嚎啕大哭。当哭不管用时，就搬出一如既往的方式，埋怨天地万物，命运父母。

帮帮我吧，帮帮一个灵魂无所皈依的可怜的孩子，还是一个女孩。如若我是男孩，就用不着这么痛苦，用不着为既定的未来而苦恼，未来属于我！

救救我吧，中国的菩萨，外国的上帝，让我能拥有决断自己未来的智慧和力量！我不要那样的未来，我要我自己的未来！

我哀嚎了一声，其惨烈程度极为罕见。我有一种被强暴的感觉，被命运强暴，被传统强暴。我不能有自己的人生，不能追求自己的活法，上学只是因为没别的事儿可做，没别的出路可选择，是因为父母没空管我，把我扔在学校里他们可以一门心思去赚钱，口口声声是为了我们，但却从来不问我们究竟想要的是什么。他们只给我们钱却不给我们空间，他们只了解我们身体上的寒暖，却不来关注我们灵魂上的虚空。

学习知识固然必要，但只有上学的方式吗？一想到我在学校里所受过的那些无处宣泄的委屈，想到同学们复杂的目光，我难过到了极点。

安宁，前所未有的安宁。没人的地方，真安宁。

在玫瑰色的日落中，一个深感忧伤的小王子，看着忧伤的日落，平生第一次感受到了自我的存在，触及到被忽略的灵魂。

为了保存这份意外而获的心境，我奋笔疾书一篇《石头山》，并引用了我仅知的当红诗人的名句："抬头看看地，低头望望天"——我当然不明白这是什么意思，但能够发表的应该是好诗。还有一句特别哲学的话："没有比人更高的山，没有比脚更长的路。"

《石头山》出乎意料地被语文老师大加赞扬，并被当作范文在班里朗读，富老师竟然还屈尊到我的座位旁与我交流，最终告诉我，其他都很好，写出了我的真实心境，全文如行云流水一般，看得出是一气呵成，只是引用部分有些矫情。我心中惊诧富老师如何敢这样评价时下名气最响的诗人。

临了，离开我的座位时，富老师又说："这不叫诗。这些所谓的诗肯定只会昙花一现。你喜欢写作，就要读最好的诗词，去读李白、杜甫、苏东坡的诗，李清照、李煜、柳永的词。"

我鼓足勇气问："富老师，那些……不都是古人的诗吗？不都是过时了吗？我们生活在当代，不应该读当代诗人的诗吗？"

富老师笑笑，停住脚步："你说的倒是大部分学生的想法，不算错，但观点狭隘。古人的诗词都是经过千百年来沉淀、精选出来的，若说'过时'，只是指历史久远，而不是指诗词本身。只有经过时间选择的才是真正的好诗，是值得任何一个时代的人都反复品味的。你们现在没有什么生活历练，读不出真正的境界、人生、生死，至少，表面上，它们言辞优美、琅琅上口。"

"噢……我明白了。"

因为《石头山》，我入选校刊《山外山》的编辑。

也因为《石头山》，我选择了文科。

元旦联欢

临近元旦，人心惶惶，谁都盼着早开联欢晚会，放假，回家，撒野。

十二月三十一号上午，全校基本停课，开始布置教室。窗外是白雪世界，除了通往教室、食堂和厕所的路是平的，其他地方都堆积了厚厚的雪，跳进去，能没过膝盖。

室内本来温暖如春，兴奋与忙碌让每个人都活力四射，致使燥热如夏，连羊毛衫都穿不住，男生们索性把毛衣脱下来系在脖子上，站在桌子上挂拉花、气球和彩带，然后把桌子排成一个圆。

我们已算历尽风霜了，在学校里度过九个元旦，开过九次元旦晚会，但这次不一样，这是高中时代的第一次晚会，因而，大家对于这富有重大意义的夜晚寄予厚望。

晚上六点半，晚会准时开始。

照例是班长导演，团支书主持，班主任讲话，学生表演节目，校长带领主任及重要教师挨个儿到每个班级拜年。临近午夜时，班长带领七八个男生到外面的馆子端来了热气腾腾、香喷喷的饺子。

饺子刚分到各个桌子上，化学老师来拜年，他进来时，就站在我的桌子前面。

"给同学们拜年了！元旦快乐！"

"严老师，元旦快乐！吃饺子。"

"不了，不了，刚刚在六班吃过了。"他是六班的班主任。

"不行，那是你们班级的饺子，四班的一定要吃！"

我想我一定是受了魔鬼的引诱，加上众人的鼓动，不知哪来的勇气，我右手夹了一个饺子，左手在下面接着，从桌子后面绕到前面，说时迟，那时快，塞到严老师嘴里。

"哎哟……嗯……香，谢谢……比我们班的饺子香，哪家馆子包的？"众人大笑。

"严老师，听说您歌唱得特别好。来一曲！"

"这……"

"不唱不许走！"

"来一个，来一个！"张猛带领"四人帮"起哄。

"好吧，唱一首周华健的《刀剑如梦》吧。"

"噢，哈，好！"

一阵震耳欲聋的掌声开启了惊心动魄的歌声。

　　大家实在太开心了，以至于晚会结束后许多人不想回家睡觉，反正也睡不着。爱热闹的学生自发组织起来游街，这是绝佳的正统放纵机会。

　　这其中不可能没有"四人帮"，有顾颜的地方，也绝不可能没有余晖。鉴于我在众目睽睽之下平生第一次喂饺子吃的人竟然是全中国最帅、最有才情的男老师，我也就完全有理由通宵达旦不睡觉，以延续这份荣幸和激动。

　　但是，我发觉，除了我，没人记得这回事儿。我敢说，严凯只记住了饺子的味道，不记得让他尝到这种味道的人。

　　我们一行二十几人浩浩荡荡在街上边走边唱。说是走，类似于跳；说是唱，类似于嚎。一月份的北方，夜晚极冷，呵气成冰，我们纵然热情再高，也抵不过零下四十多度的严寒，得找个容身之所。

　　敲录像厅的门，节日严查，不敢开门。好歹找到一家台球厅，男生打台球，女生看男生打台球。不会打、不爱看的就打扑克、聊天。

　　至于余晖，是个特别的女生，总是和男生混在一起。现在，她只想跟一个男生厮守，顾颜到哪，她就到哪，一刻也不离开，一点也不掩饰。众人都被她的诚心、热心、真心、爱心所感动，只有顾颜长吁短叹，觉得余晖不算漂亮，个头儿太矮，可爱倒是可爱，但这不能掩盖一切。

　　爱情不能强求，很显然，这个勇敢的小女生打定主意要强求了，强求的力度让被求的人心中像长了草一般。

　　此时，顾颜的同桌徐爱国心中也长了草，为避免草过于茂盛堵塞心血管，于是，大胆向余晖表露爱意。既是顾颜的同桌，身高不会低到哪里，一米八二，长形脸，双目明朗，唇齿分明，五官格局相当有情调并且十分合理，暂时找不出错位之处。

　　在我看来，徐爱国姿色要比顾颜更上一层，而且，他是主动追求。

　　无奈余晖过于执着，坚持只爱顾颜一个。"对不起……我……他……颜哥……"余晖深感意外，觉得世间亦有像她这样痴情的男生，明知她心有所属。

　　"你不必说了……我理解……总之，我在这里……你随时可以……找我。"徐爱国眼睛湿润着说。

　　简直太感人了！

　　这个傻余晖，资源过盛时，可以照顾一下朋友嘛，尤其是同年同月同日生的朋友。

　　可她深深陷入爱里，自顾不暇……

　　整个晚上，三个人都很苦恼：一个，深爱我的人我不爱，她又很可爱，很值得爱，爱还是不爱？一个，爱我的人为我付出一切，我却为我爱的人流泪狂乱心碎，爱与不爱为何同样受罪？一个，我爱的人不爱我，她爱的人却是我的同桌，究竟是谁的错？

　　结果苦恼了我，排山倒海的苦恼：都十六岁了……不，元旦了，又是一年，十七岁了，竟然没人明明白白地告诉我他爱我，哪怕是一个自己不爱的人也好。爱与不爱总是要通过爱或被爱来表达，可没人向我表达——那个打赌的家伙为了赌注瞎说的不算数。

从小到大，我最好的女性朋友总是深得男生喜爱和追捧，却没人眷顾到她身旁的那一个，真苦恼啊！

苦恼归苦恼，忧伤归忧伤，日子还要平淡地过下去。

元旦潇洒后，很快是最不潇洒的期末考试。考试后是寒假，寒假后我照例回乡下外婆家。

一年又过去了。上学的时光过得很快，一年被分割成四段：两个学期及寒、暑假。暑假过后就可以升级，寒假过后就是春节，春节过后又长一岁，离成年越来越近，苦恼成串儿地喷涌，汇聚成海。

四个苦恼的人依然苦恼着。但此后一生，恐怕再难找到一段时光比那时的苦恼更少、更浅、更单纯了。

当时，我们苦恼的全天下似乎只有这一个苦恼——活着，真是苦恼啊。

文艺女生

高一下学期最值得追忆的是同桌兰雅琳。

不记得为什么又更换了同桌，不知道为什么总是更换同桌，就像戏剧分为几场几幕一样，一个同桌，一种风格，一场大戏。戏剧导演不是我，而且不知是谁……

这是一个个头矮小、其貌不扬、温文尔雅的女生，我们一起去食堂打饭时，她只有我肩头那么高。她话不多，属于与熟悉的人在一起便说起来没完没了的那类人。

她爱好文学，写得一手好字和好文章，她时常遐思迩想。我第一次感受一个沉思着的女孩儿的力量——不可小觑。

　　兰雅琳最爱的是唐诗、宋词，时常写着 abcd，背着英文单词，就突然写上几句："凤凰台上凤凰游，凤去台空江自流。""十年一觉扬州梦，赢得青楼薄幸名"。"世事漫随流水，算来梦里浮生。醉乡路稳宜频倒，此外不堪行。""唯有楼前流水，应念我终日凝眸，凝眸处，从今更添一段新愁。"

　　她觉得纸上抒情还远远不够，就写到了白色的墙上："天尽头，何处有香丘？""悠悠生死别经年，魂魄不曾来入梦。"

　　啊，多么美的诗词啊！可惜我从未听说过。也不知道能上哪里听说……

　　可恨她诗词好，数理化也没耽误，更郁闷的是，她延续了我最好的女性朋友的风格：拥有无限丰盛的男生缘！

　　兰雅琳着实有几个仰慕者，其中就有全班第一帅哥柳勇。啊，那可真叫帅，从学十年来可从没见过这么完美的男孩儿，之前的帅气男生都被比了下去。怨不得都说人比人气死人，人与人之间的容貌、家世、财富都是比不得的，除非你不想好好生活。

　　柳勇身高约一米七八，既不会显得过于突兀，又不会让人觉得身材矮小，传统国字脸，又稍圆一些，不会觉得过方。那双眼睛，噢，上帝，那双眼睛即使女孩也会自惭形秽，太阳神阿波罗也会自叹不如："呀！这是哪个民族的男孩，竟然美过本王！"他的眼睛大而且明亮，像深海珍珠一样；鼻梁像蓬莱仙岛一样恰到好处地矗立海面上；嘴唇不厚不薄，正好适合与爱人香吻；牙齿整齐而洁白，一笑起来，我的天哪！千万别轻易笑，一笑会倾倒全校师生。他本有九分美丽，这笑容为他又增加至十分，确实是一个人见人夸的小潘安。

虽然我没见过潘安，想来也就这样了。

若说他有什么缺点的话，就是他在笑时眼角有挤在一起的纹路。如果非要再安个缺点的话，就是出身农村。想再找出点别的什么，只有从性格中鸡蛋里挑骨头了。就是这样一个男孩儿。

长得帅不要紧，他偏偏不爱美女爱才女，特别喜欢与兰雅琳谈话，两个人一谈起来就没完没了，简直是目中无人。我就坐在兰雅琳的旁边，柳勇连看都不看我一眼，而我却总是偷偷看他。愤怒，不得不产生的愤怒。我再不济，无论从容貌还是身材，都要优于兰雅琳，至于才华……那还是拉倒吧。他眼中却没有别人，只有兰雅琳。

他们聊的我听不懂，从乐府诗到唐诗，从宋词到元曲、杂剧，从唐传奇到明清小说，两个人在我面前口述着中国古代文学史，却不邀请我加入。

话又说回来，我加入的后果是张口结舌、无话可说，但也要假模假样地邀请一下才是正理儿。

有时候，兰雅琳还会为柳勇讲数学题，这让我及时发现了柳勇的又一缺点，我都听明白了，他还是不懂，很显然：智力欠缺，空有一个好皮囊，原来腹内草莽。作为学生，成绩不好就没法赢得老师喜爱，也没法考上大学，即使通晓整个世界史、中国上下五千年文学史也没有用。

没过多久，两个人开始兄妹相称，哎呀，这个苗头可不好，离恋爱又近了一步，哥哥妹妹叫起来还能有什么好事儿。看到双方你情我浓、如胶似漆，我也就不跟着凑热闹了，问题是哪方面都凑不上。

跟兰雅琳混完了整个春天，也没捞着与柳勇谈话超过五分钟的机会。

高二分文理科时，可叹两人双双被迫选择理科，原因是好找工作。我是个不怕流浪和清贫的人，毅然决然选择了文科。我压根儿没有思考过选文还是选理的问题，在我看来，这不是问题，不存在选择的问题，不管理科多么霸道，走遍全天下也好，周游世界也好，与我无关。

余晖用在爱情上的执着和专一我都用在文学上了。

我是那么热爱文学，尽管不懂什么是文学，绝不会为了功利的前途放弃与生俱来的兴趣。尽管绝不敢想在文学上有所发展，但这并不妨碍我亲近她，只要让我看着她，能够允许我默默爱着她，就心满意足了，就像一个正直坦荡的人错过最爱之人，他所要做的只是看着心爱的女人幸福、平静地生活，真心祈祷。

我成不了作家，但可以作文；写不了文章，可以写日记。表达自我是人的本能需求之一，也是一种难能可贵的才华。只要能够学会表达的能力，即使冒着考不上大学、找不到工作的危险也在所不惜。

孩子的想法就是单纯而幼稚的，别说文科班不存在提供这种文学表达的能力，就连中文系也不提供。

一切靠天赋和奋斗。

还有执着和用心。

那是一种只要活着就要写的劲头，不求名利，但求写尽我心，生活不下去了，赚钱，养活写作，就像单身母亲拼死拼活赚钱养活孩子一样。

在考分及录取方面，老师们有着超乎寻常的预测力，早就警告过我们：理科班的学生有大半可以考入大学，而文科班的学生只有尖子生才能考上名牌大学及本科院校，其他学生——大约第十名之外的人能考上师范学院已经不错了。

这直接导致的后果是高二分科时，理科班有七个班级，而文科班只有一个。还好，有我们这些坚定不移、向死而生的学生们迎难而上。如果所有学生都选择理科，不晓得历史和政治老师会不会下岗。为了他们的生活，我们愿意搭上我们未来的生活。

兴凯湖是不大的，熟悉的人总能在街头巷尾碰面，学生们也是如此。

经过高一的分离之后，那些曾经深深热爱文学的中学同学们又重新聚首在高二文科班，曾经十分熟悉的优秀女生们又成为同班同学。

很难说我是该庆幸还是悲哀，总之，在整个中学时代，我是最没有色彩的一个，以至于十年之后，大家的生活、事业稳定后纷纷上了同学录，建了朋友圈儿，很少有人记得我是谁。

最终只得认命：今生今世，我只是一个普通女孩儿。想出类拔萃，等来世吧。

来世的事情来世再说，今生的问题今生解决。

二十年后，据反馈，全校上下十届的文艺青年中，执着而愿意成为不合时宜的作家的人，只有我一个。

文科班的故事

一

必须说说这个全校独一无二的文科班，它由原七个理科班中自愿选择学习文科的学生组成。七比一使得文科班卓尔不群，也是多余的那一个。

因为七拼八凑，团结和集体荣誉感就成了大问题。或者说，文科班几乎没有什么集体意识，其心仍系原来的集体，没几个像我这样受了那一个的磨折、死心塌地只认这一个的。

头半学期，大家都回自己原来的班级去找原来的同学玩。下半学期，大家都幡然悔悟：这才是真正属于我的班级，这才是我的地盘，这才肯乖乖地留在教室里。就像新嫁娘最初总想回娘家，对婆家生活习惯之后就极少抽得出时间回娘家了——婆家终究重要于娘家。

我的新同桌竟然是褚英的死党胡琴，这让我倍感意外，实指望她能多透露点女神秘史。怎奈她口风过紧，延误时机，这一拖沓，倒让我对褚英失去了兴趣，觉得那是陈芝麻烂谷子的旧事，也不再提。

我的后桌，一个是从小学时就同校同班的牛志军，这么难得的缘分，可叹竟没有机会过多交流，我为家事所累，他则一味地沉溺于学习。后来，我们又加上一层亲戚关系：他的亲二姐嫁给了我姑妈家的亲二表哥，但我们二人却未由此亲近多少。

二表哥的婚礼，姑妈没有通知我们，我们全家都没参加。

这是因为姑妈嫁了个一无是处、只会喝酒的姑夫。我们搬到密山时，是投奔了姑妈而来。但这两口子都小气到了一定境界，不仅没帮任何忙，还帮倒忙。

父母勤劳肯干，没两年就盖起新房子。他嫉妒，他竟然嫉妒，盖房子时，父亲从林场买了几根木头，好像是违规的，他偷偷去派出所告状，罚了我们不少钱。父母善良，不跟他们计较。

新房盖好后，他竟派三儿子拿石头砸我们家玻璃。你说这个姑夫是不是神经病，他也配当姑夫！

我嫉妒的历史那么漫长，却赶不上这个男人的千分之一。我嫉妒，不伤人，只伤己，他却把嫉妒付之行动，损人不利己。

　　从此以后，不再来往。

　　后来，我们家的日子越过越好，好过他们这个坐地户百倍。大表哥结婚时，他们通知了爸妈。我也去了，爸妈宽容，给的红包是当时所有人中最高的。这仍没能挽回他们嫉妒、自私的本性，之后仍不来往，之后的三个儿子的婚礼都没通知爸妈。省钱了。去也没用。改变不了他们的生活和本性。

　　就是有这样一种人，不在他人身上学习长处，却在自己身上张扬短处。不跟生活要成长变化，却在自己肉身的成长变化中侮辱着生活。也侮辱了自己。但他们并不自知。

　　这是我的亲姑。是唯一一个与父亲同父同母、被后母从关里家撵到东北的姑。亲弟弟这样有能耐，她若是好的——这么说吧，不用多好，但凡正常不作恶，弟媳妇又宽容大度，她能捞到多少好处。可是，她嫁的那个男人，使她变得更糟糕，两口子合计了算计弟弟的招术，自己一点好处没捞着，图啥？这类人，此生不会成为我的朋友，但我很稀奇他们的存在，可以成为长篇小说中暗处的角色，发生一些阴凉、可笑又可悲的故事。他的想法古怪到了什么地步，不是真实发生过，以我这种敞亮、单纯的天性，绞尽脑汁也想不出来。

　　搬新家前的最后一个家，是从车库搬到姑家前院儿。我们买不起电视，我又那么爱看电视，便天天晚上去姑家看。那晚演的是《海灯法师》，正看到法师最心爱的女子被强娶的时刻，停电了。只得快快不乐地回家，回家后却发现有电。全城都有电，只有姑夫家没有。一会儿又有电了，原来姑夫拉了电闸。搞笑死了，我看电视没浪费他们家半毛钱，不过坐了个凳子，要收费啊？原来的房东奶奶很欢迎我去看电视，我一去，她又是西瓜又是水的。在亲姑家，啥都不要，就要看电视，这都不行，还想咋地……

牛志军请了一天假，说姐姐出嫁。等他回来，跟他聊天，他说嫁的是前院老歪家的二小子，我才猛然惊醒，原来是嫁到那对古怪小气、嫉妒成性的夫妇家中了，心中还为他姐婉惜。这么好的孩子——牛志军老实、内向的让人长不出坏处来，他姐姐想必也差不哪去——竟然选择了这样的人家，以后有得苦吃了。但是嫁都嫁了，想必牛志军家不了解老歪家的歪史，而且，这些歪人，只歪外人，不歪自己人。

真是两个笨蛋，歪久了，正不过来：我爸可是自己人，亲弟弟呀。活该他们捞不到我们家好处，他们把能给的坏处都给了。生了四个儿子，两口子也就种个口粮地，卖个菜过活，还一天到晚歪别人。爸妈只会凭本事干活、吃饭，早早成为当时难能可贵的万元户，但凡我们吃剩的漏点儿给他们，也够他们吃的，再给点小费，也够孩子上学的。这样的父母养出来的孩子，自然没一个能上到高中。他们自掘围城，还把门用自私、小气的木框钉死了，怨不着别人。

心术不正的人，不会有好日子过的。

只可惜了牛志军的姐姐。

那次放学时，我们一起回家，路过他家时，我进去坐了一会儿，可巧他姐姐从前院回娘家拿东西，挺不错的女人，就是眼光……

我是挺八卦的，他姐姐结婚后，我不停地问她过得怎么样，他腼腆地说："不知道啊。中秋节时，姐和姐夫回家吃饭，挺好。"

想想也是，才结婚半年，不好也看不出来。

二

牛志军的同桌是蒋希骥，这个人可是大有来头。他是市委书记的亲侄子，我快毕业了才知道，可是语文老师刘福祥打一开始就知道。于是，每次语文课后，他必然亲临我身旁，坐在我同桌——胡琴一定去找褚英玩去了——的空座上，转过身去，背对着我，对蒋希骥嘘寒问暖，其关心程度可感动天地，就是没感动蒋希骥。

每次刘老师一走，蒋希骥就撇撇嘴，冲他的背影做鬼脸，努努嘴："烦死了。"一开始我深为刘老师关心同学的行为感动，认为蒋希骥实乃纨绔子弟，感情淡漠，后来发觉刘老师只关心蒋希骥一个同学，也就没什么可夸耀的了。

蒋希骥戴副眼镜，文质彬彬，性格极其内向，属于几个月不说一句话的类型。这位出身高官世家的大公子从未体恤一下民情，屈尊与我说上两句，了解一下城郊人民的生活水平，是否有难言的苦衷，家庭聚会时告诉一下做市委书记的大伯和副市长的父亲。他从没问过，可恨我年纪太小，不谙世事，不关心民间疾苦，也不知道主动出击上诉，像刘老师一样与市长公子拉拉关系。唉，真是丝毫没有政治天赋。

蒋希骥最大的爱好就是听歌、背歌词。他自己写不写歌词我不知道，总之他的日记本中记满了歌词，空闲时就听随身听。他也极少与别的同学交流，偶尔会与同桌说笑一下，再没有别的。穿着从来都是名牌正品、干净得体，一看就出身于官宦人家。

我悄悄问牛志军："刘老师干吗总是与蒋希骥搭腔？"

"哼，他呀，想高升呗。他有野心，想到市政府去当秘书，不想在讲台上窝囊下辈子。"

"男人也可以当秘书？"

"男人当男秘书，女人当女秘书。男人当秘书有好处，省得惹是非。"

"女秘书就有是非吗？"

"谁知道，大人的事很复杂……只是听说。"

"噢，原以为秘书都是女的，男的也可以当啊。那干吗找蒋希骥，找他爸不就得了？"

"谁知道？蒋希骥都烦死他了，碍于情面，不好当面给他难堪。他有事没事儿总去他家。"

真够处心积虑的。

不过，刘福祥老师是有点小才华的，他讲课不像别的语文老师那样糟蹋课文，总是想些小招术来活跃课堂气氛，不至于让学生太过于厌恶语文课。

比如每次上课前一刻钟留给学生做才艺展示，按学号排列，干啥都行：朗诵、演讲、唱歌、跳舞、说相声、讲笑话……那一刻钟是我们最轻松的时刻。

讲课文时会分角色朗读。学习《雷雨》时，他让同学们分角色排演戏剧。

刘老师将班级分为两组，各推选一名导演，具体角色由导演安排，然后，下堂课——学习《雷雨》的方法就是看戏，看我们自己演的戏。

为了这部戏剧，同学们处心积虑，把班级的漂亮女生都用上了，到头来，也只有三个漂亮名额，鲁侍萍还不能太漂亮，毕竟是老妈子身份。哎呀，真是美人无用美之地。

但是，最难把握的角色是鲁大海。老爷、少爷，小姐、太太，在电视上看过很多，没吃猪肉也见过猪跑。同学们拿来父亲的西装、领带、烟斗，母亲的假耳环、披肩、高跟鞋，简直以假乱真。

工人是没见过的，还是工运领袖。密山是一座农业小城，就没一座正经工厂，只有一座日日冒着浓烟的水泥厂和啤酒厂，听说都快倒闭了。工人的孩子不上学吗？十年学业中，反正没听说过谁家父母是工人。

有一位同学，来自下面农村，却长得特别工人，那肤色，不用化妆，就是水泥色。本来一部悲剧，他一上场，脖子里再系条白毛巾，简直就是天生的工人坯子，顿时全场哄堂大笑。见着他，就知道工人长啥样了。

一部《雷雨》，让刘老师名声大噪。

最终，刘老师目的达成，在我们毕业那一年，他如愿离开学校，进入政府机关任职，成功由老师转变为秘书。就名声而言，真没觉得秘书比老师好哪儿去……

　　但愿他进入觊觎已久的围城之后能够如愿以偿。老实说，我对此不抱太大希望，少有在城外徘徊许久、想进城想疯了、进了城之后不失望的人，只是失望程度不同而已。

　　没有一座围城符合人们想象，人们却热衷于围城人生，不断进城、出城、攻城、弃城，最终都悄无声息地淹没在围城中。

三

　　文科班什么都是一反常态的，班长是女生，团支书是男生。有史以来，班长都是男生，团支书是女生。

　　这特别符合我的小女权思想，凭什么一族之长、一家之长乃至一班之长，都是男生？我虽然没能力成为这个"长"，总有女生有能力。我悄悄为她写赞歌就好。

　　我特别喜欢南华，大大的眼睛，圆圆的蘑菇头下扣着圆圆的脸蛋儿，她的圆与众不同，两只脸蛋儿鼓得高高的，很想让人亲上一口。

　　我们不仅是中学同学，而且还是不远的邻居，每次走到她家，便要向右拐，骑向学校，一骑就是六年。

　　南华的母亲是老师。老师家的孩子总有些与众不同，她们更知性、更淡雅，还透着骨子里些许的骄傲，使我们这些平民家的孩子只能远观而不敢亲近。

　　南华从小就品学兼优，一直是班干部，日积月累，竟然积聚出了干部气质，就像一个官当久了，你一眼就能看出来一样。那种气质使我们这种平民学生觉得高不可攀。我攀了整个黄金时代都没攀上去，直到有一天，不小心走进她家。

我对别人的家原本就好奇，对老师家更好奇，一种独特的书香气息，外加教师的严谨，以及上、下铺，她们三姐妹睡上下铺。

那个下午因为走入南华家而有了非同凡响的意义，但因时日太久，不记得家中更多的印记。但我却深深地记得她的圆脸蛋儿，和想亲一口圆脸蛋儿的欲望。

高中一别就是十八春。

我们相聚在一座意想不到的城市——深圳。

南华得知我到深圳创业，便组织了一场同学会。她延续了当年的优秀，从审计局刚刚调入一家银行做副行长。那种优秀的气质已经深入骨髓，远远一看，就能懂。

还是那个圆圆的脸蛋儿，流了十八年的口水，可以终结吗？

"我想亲一口。"

她笑着凝望我，指指自己的圆脸蛋儿：来吧。我可真不客气，贴上去就"啪"地一下。

亲完后，还痴痴地望着，深深地感慨：那时的我们，想牵一个人的手得酝酿一年，想亲一个人的脸需要等待十八年！

大聚会之后，我们又小聚了几次。母亲从哈尔滨来过年，家里包饺子，我叫上她，吃家乡的味道。她有一个独特的爱好，也叫上我：跑半马。我也信誓旦旦要跑半马，我是那种天生的强壮，不用任何锻炼，一口气可以跑上五千到一万米，如果不限时间，再把自己扔健身房半年，跑半马绝对不是问题。

那晚全马俱乐部聚会，南华叫上我，黑龙江人居多，概是东北人天生体力强健吧。他们不只是能够坚持到底，而且要跑出花样儿，跑出质感。他们为半马订做了稀奇古怪的服装，其中一位穿着超人服装跑半马，深圳电视台都曝光了。南华用手机找出那篇新闻给我看，并指指对面：他就是那个"超人"。那是真酷。

一项事情，如果很爱，是能爱出花儿来的，尽管是一个游戏、一个爱好。

南华一直坚持跑半马，不仅在深圳跑，后来看朋友圈儿，已经跑出深圳，去了兰州：第一次在这么热的天气跑马；第一次在如此干燥的地方跑马；第一次在海拔 1500 米跑马；第一次离开深圳跑马。奔跑，继续奔跑，加油！

奔跑的人一直在奔跑。人生是一场漫长的马拉松，怎么跑，在哪里跑，用什么状态跑，由你自己抉择。你也可以稀里糊涂地走，别人快跑到终点了，已经看到鲜花与掌声，而你才走了几里路。

当然，你如果愿意，没人奈你何。问题是，你选择过吗？自由奔跑过吗？

四

高二的日子平和静默、有条不紊多了，学生们经过一年的历练，对新学校、新同学及新老师已完全熟悉，摸清了高中生活的脉搏，该玩的玩够了，该荒唐的荒唐够了，也该收下心来想想今后的目标了。

那些想以考大学作为跳板、渴望跳出农门及小城城门的学生全力以赴死啃书本。那些想考而没能力考上的学生，大多也收敛了爱玩的天性，大半时间泡在教室里，小半时间泡在台球厅里。总闹下去不像样，况且在学校的院墙里也闹不出什么名堂，兴许高考会出现奇迹，考个比较热门的专科院校：金融、邮政、铁路什么的，这一生也就交代了。

如果说高一时的好戏主演是学生，高二时的大戏主角则是老师。至于高三嘛，唱主角的一定是考试，没完没了的模拟考试。高考成绩及录取人数意味着学校的名气，教师的奖金以及老婆、孩子，还有房子、奶粉、大米、红肠。

高二时，老师们的好戏开场了。

先是七班班主任——年轻的新女老师挺起了大肚子。这原本一点儿也不新鲜，新鲜的是先孕后婚，那时候既不流行奉子成婚，也不流行笔友成婚，她竟敢占尽二者先机，首开时尚潮流。她的丈夫是笔友，两个人仅凭通信就爱上了对方，一见面就怀孕，一怀孕就结婚，结着结着，就大着肚子举行了婚礼。

她闪电般的罗曼蒂克婚姻震惊了全校师生，无奈木已成舟，最终程序合法，谁也说不出什么，但却在学生中引起了关于爱情的热烈讨论和向往，最终达到一致：向往归向往，还是考大学要紧，一考上大学立马先恋爱，作为这两年被剥夺生活权力的报复。

可爱的小英语老师、沉稳的富老师及帅气的严老师也结婚了，三个人都只从教一年，婚姻大事却一点没耽误，在暗处紧锣密鼓地完成了。

另外，从乡镇中学调来几位农村老师，于他们无疑于是高升中的高升，因而，十分重视人事关系，甚至超过了教学质量，教课之外的所有时间都泡在主任和校长办公室里。

教文科班历史的女老师要调走，估计一切准备停当，只差调查令了。她丈夫在山东任教，夫妻分居两地已有几年，总之，她心急如焚、满心欢喜地等待回老家。真是的，我还不知道山东老家什么样呢，她倒先去了。

虽然是全校乃至全市唯一的文科班，高考升学率特别低，几乎只有前五名才能考上一本，至于名牌大学，想都别想，就看第一名有没有这个运气了。其他人，三名以后，二十名以前的，都会是师范学校，从师范大学到师专，文科生就是当老师的命。

偏我不信这个邪，最终也还是落入"魔爪"，成为师范生。

从高二开学之后，文科班就是踩着钢丝过活，在悬崖峭壁上种树，在高墙之内挖地三尺越狱，能活蹦乱跳地挨完高考就是胜利。我们就是想飞却无法飞翔的无翼鸟。是鸟，却没有翅膀，这事整的……究竟是不是鸟，还能不能飞……

所以，文科班的故事永远没有中文系多。文科生必须全力以赴、鞠躬尽瘁才能成为中文系的一员，才有机会上演故事。

难怪中文系故事多，都是被文科班压抑的。

加油，文科生们！中文系，妙不可言！

王老五

我代替母亲"上班"。

我坐在摊床后面，摆着一捆又一捆塑料布、农用地膜等各种各样我用不到、没见过的东西，我只需要记住它们的价格，小事一桩。

"婶，你家一米二的塑料布还有几捆？匀给我一捆。"一个年轻的声音在我耳边响起，我扭过头去，让他也看到一张年轻的面孔。

"嗯，还有三捆呢，据我爸说。你找我爸吧。"

"噢，是你！"他说这话好像我们似曾相识，可我从未见过他。

"你是……"

他正要回答，有人叫他："老五！又死哪去了？不看床子。"

我认得呵斥他的女孩儿，她时常到家里来玩，跟哥很熟。

我知道他了。

我虽从未涉足过父母的生意圈，但却熟知圈中人，爸妈每天都在聊这些人和事儿。每年春节都要挨家挨户串门子、大吃大喝一通，逢年必喝，逢喝必醉，逢醉必闹，但依然要吃、要喝、要串门儿。

老五的父亲每年也会来我家喝酒。

"噢，那你给我钥匙，我到你家库房拿一捆。有人要货。"

"我去吧，回头四姐又该骂你了。"

"你知道在哪儿吗？"

"据说是在那儿！"

他憨厚地笑了，"你们上学的人说话就是不一样……"他正要转身，又问："婶呢？"

"她……身体不舒服，最近时常不舒服……"

我轻轻叹了一口气，也不晓得父母的病何时能治好，怎么那么爱打架，"我会时常来的……但愿我不要来。"

像是说给他听，其实是说给自己听，最好是说给爸妈听。问题是，父母根本不听，不是赚钱，就是吵打，根本无法安静下来好好沟通。也许，他们根本不知道人世间还有"沟通"这回事儿。

"我希望你来……"王老五脱口而出，瞬间意识到不合适，脸涨得通红。

"你！"我没理会他脸红的原因，却愤怒于这句话，我来必定是因为母亲不来，母亲不肯来必定是因为父亲的毒打。我希望我永远不要来这儿"上课"，而只是路过，只是像值班教师一样视察。

"你很过分！"

"我……"他有点糊涂，也很尴尬，却不知该如何化解。我却觉得他是装糊涂，父母不和市场上人尽皆知，因为他们太恋战了，以至于总是忘记先回家锁上门再进行口舌之争，时常在众人面前就争吵起来，听说也是动过手的。我不相信王老五天天在这里摆摊儿、卖货，竟然不知我来的原因。

"怎么突然生气了？我惹了你了？"他顿时手足无措。他很年轻，个子很高，天生卷发，四方脸，有着王氏家族祖传的小眼睛、南瓜鼻子和厚嘴唇，长得很像他姐姐，他的姐长得也很像她的姐姐，她的姐姐的姐姐长得像他们的母亲。

"没有。我爸来了，你跟他说吧。"

我一直以为市场里都是中老年人，没料到有孩子在这里工作。"你不用上学吗？"我看着父亲远远地走来，问他。

"我……学习不好，就不想上了。"

"上学很难受，没有个性，没有自由。"

"怎么会？你挺有个性。"

"拜托，你说话可以委婉一点儿吗？"

"我……"他又脸红了。

"你总是脸红吗？"

他的脸更红了，"你……说话是不是也可以委婉一点……"

我开心地笑了，对于一个孩子来说，开心就这么容易。"那我们之间扯平了。"

"我……可不可以在收摊后找你玩？"

"找我？我没时间啊！除了寒暑假和星期天，每天都要上课，没课就在教室里上自习，晚上也不例外。"

"那就寒暑假，时间很长。"

"但是我得回农村，回姥姥家。"

"那就星期天。"

"星期天要站摊儿。"

"你比市长还忙。"

我笑了，"兴许他没我忙。"

我们笑得不可开交。

"咦，你们俩这么快就聊上了。"父亲的话不仅让他脸红，也让我脸红了。我将脸扭到一边。

王诗枫的存在于我来说是一种异样的风景，从小到大，十六年来，从未接触过不上学的同龄陌生人。王诗枫很快达到了他的目的，跟父亲说："叔，收摊后我可不可以找你家姑娘出来玩？"

"行啊。"

"啊……"我觉得很郁闷，看着王老五远去，嘀咕着："玩什么？干吗和我玩？不认识我时，你都跟谁玩了？"我正处于烦恼之中，哪有心思去玩。

王诗枫真的来找我，黄昏时分，众人都在忙着收摊回家吃饭。

"早点回来。"父亲嘱咐道。

我像是礼物一样被一个人交到了另一个人手上，不知所措。

他带我去吃烤串儿。吃饭的过程中，他一言不发，只用纸巾把一根根扦子头儿擦干净放在我面前。

"吃冷面吗？"

"好啊。我要冷面热做。"热面上来后，他拿了几串羊肉串儿，用筷子把羊肉捋到碗里。

我惊讶地看着他："还可以这样吃？"

"你试试，很好吃。"肉串儿香与面香混杂在一起，十分可口。

"没这么吃过，独特。"

"你也很独特。"

"那是对你来说。像我这样独特的人在一中有成千上万个。"

"不一样。"

"你对我来说也是独特的。我没和同学之外的人交往过。"

"以后会是常事。我不是别人，是你爸的朋友和生意上的邻居。"

我笑了："我爸有你这样的小朋友？"

他皱皱眉头，"我不小了，至少比你大很多。你多大？"

我瞪大眼睛，"你能不能不这么直接？"

"难。习惯了。你可以不告诉我，我明天问你爸。"

"你敢！那我就拿扦子戳你的脑袋。"

"这么狠！"

"再敢胡言乱语……"

"你要收税？"他笑了，"我是被收税的一类，你倒像是工商局的。"

"我但愿是，那样，我爸见了我准得点头哈腰的。我说什么，他就得听什么。"我们都笑了。

"吃完饭干吗去？"王诗枫问。

"啊？还要干吗？除了上晚自习和看电视我没干过吗，能干吗？"

他笑了："唱卡拉ＯＫ，看录像，打台球，溜旱冰……"

"可干的还挺多，不过，都没试过。"

"那就试试。"

"嗯……还是别了……你说的地方都不适合学生去，尤其是小姑娘。溜旱冰倒可以……"

"那我们去溜旱冰！"

"可惜我一点儿也不会。"

他很沮丧："好吧，那我送你回家。"

"我不认识路？"

"嗯？"

"你为什么要送我回家？"

回家还要人送，是件奇怪的事情。

"这……天太晚了，我答应过你爸……"

"好吧，回家。但愿那是一个无风无雨的地方。"

"嗯？你的思维也太发散了。"

"相当发散。习惯就好了。"

"需要多长时间？"对于他来说，可能一时半会儿很难习惯。

"完全在于你的悟性和忍耐力。"

我们相视而笑，慢慢地走回去，时间——本来需要二十分钟，却走了一个小时二十分钟十六秒。

市场人

就这样，我结识了王老五及市场中一干人等。

这是一个奇异的世界，于我来说，是一个与学校完全迥异的世界。

这里的生活方式、思维方式、作息时间没有一样儿与学校相同。有点像农民们的生活：日出而作、日落而息，没有具体时间限定，不需要打卡、踩着准点儿上班，全凭自觉，下班时间也没有统一规定，顾客多时，就多待会儿，有大买家时，也可以留至傍晚；人少时，或有其他事情，比如身体不适、有朋自远方来时，就早点儿收摊儿。

从来不用任何人发工资，所有都是劳动所得，要时常被工商税务检查，并按时到指定地点交税。这是捧铁饭碗的羡慕个体户之处——自由，相对来说，宽泛很多的自由。但那些人却瞧不起这些人—— 一天到晚与灰尘和农民打交道，弄得"两鬓斑白十指黑"，兜里是鼓的，面子是糠的。

总的来说，每天早晨，这里就有人陆陆续续摆摊；傍晚时分，有人陆陆续续收摊。朝摆夕拾是这里每天都要上演的好戏，就像交响乐的序曲和尾声一样。一条街道两旁都是带顶的铁床子。这就是市场，故乡的市场。

开始时只有十几户，后来越来越多，随着个体经济的发展和私人企业主地位及收益的提升。

这里表面上只是一个商品贸易的小场所，实际上，却是一个精彩纷呈的大世界。

精彩的不是市场，而是市场中的人。

单说王家，故事就不少。

王氏家族可谓是买卖世家，上一辈子的事儿我不了解，这一代全体成员都在市场里供职，他们家又人丁兴旺，时常让人觉得有独霸市场之嫌。他们生了四个女儿依然不言放弃，终于得了一个儿子，戛然而止，没有第六个，可见还是有计划的。

一干子女皆在市场做生意。三个女儿已经出嫁，各做各的生意，小女儿和小儿子仍归父母管辖，虽有两个摊床，但属一家。

四个女儿名曰东、南、西、北，小儿子倒有个雅致的称呼：诗枫，可见连名字的受重视程度也是不同的。王氏夫妇都是辽宁人，说着一口奇怪的辽宁方言。但孩子们倒承袭了黑龙江的口音，说着一口流利的普通话。在市场中，彼此间都称呼小名和辈分，久而久之，大名都被忽略了。

王家小女儿有个可爱的小名：满桌儿。

"为啥叫这名？"我奇怪地问父亲。

"四个女儿不正好凑够一桌儿？无论是吃饭还是打麻将。"

"哈哈哈哈。那得是方桌才行，圆桌就不好确定方向。"也就我，有心思矫情这个。

小儿子大名优雅，小名儿倒俗的很，偏就没人叫他大名，除了我，都称呼他为"王老五"或者"老五"，一下子把他喊老了二十岁。

王家人个子都长得很高，女儿们个个在一米七以上，倒显得老五个头矮了不少，虽然他至少也有一米七八左右。

这个排行最末的独子本应该集三千宠爱于一身，却未养成乖戾、任性的独子脾性。恰恰相反，小女儿倒有此种倾向，他是个性格内向、寡言少语的人，就是坐不住，时常往外面跑，时不时就找不见人，不是去打台球就是看录像，再就是打游戏去了。

这是十六七岁少年的共性，而我却连这个权利也被剥夺了，从早上七点一直被困到晚上九点，除了中午和傍晚回家吃两次饭，其余时间必须乖乖坐在教室里，想像王老五一样说溜就溜绝无可能。为了抵防我们使用这一招，每一科老师都不定期点名，班主任有事儿没事儿就来班级晃荡。

不跑的原因还有一个——无处可去，假如故乡有一座像杭州一样的市民中心图书馆，我从小学就开始逃课了。现在回想起来，只恨自己当时太乖，没跑去尘封的图书馆里淘金。

朱明理，也系山东人，年纪轻轻，品行不端，五毒俱全。可惜了他的老婆英子，本是颇有风姿的一个人，不知怎么修来了这样一个丈夫，竟然坚决遵循嫁鸡随鸡、嫁狗随狗的害人传统，宁可让丈夫胡作非为，把自己委屈死，让儿女们有一个坏榜样的爹，死也不肯离婚。

至于如何减少她丈夫作孽，以他的品行估计只有一个办法：让他停止呼吸。朱明理天性放荡，为人卑劣，断难理性，可叹他父母为他取了这样一个好名字，不知朱家上辈子做了什么孽，养了这样一个好儿郎，为非作歹贻害一方。

无论是哪个群体，只要两个人以上，总要生出些是非，产生些恩怨，发生说不清、道不明、纠缠不完的故事，何况是一个整天与各色人、钱打交道的群体。

这个群体最容易生是非的首选年轻人，比如满桌儿和老五这样正当青春年少的人，其次是朱明理那种正值而立末期还未进入不惑、自己还没老到不能花天酒地的时候，最容易寻些不良嗜好来打发重复空虚、毫无诗意的生活。

白天，是没什么问题的，大家都忙着赚钱，问题出在晚上。漫漫长夜，晚饭后的大把时间如何打发，是个深邃的问题。尽管有电视，也不能天天晚上无时无刻不盯着它，更何况那不过是一个没生命的立方体，里面的花花世界再诱人，也被罩在盒子里。只要一收回目光，看到的仍是看了十几年的家，凹陷进去的沙发，褪了色的窗帘，及像窗帘一样褪了色、并正在褪色的、系着围裙的妻。

因而，不寻些其他节目是枉做一回人的，对于朱明理这类品行不端又不负责任的男人来说，是什么节目都敢上演的。连父亲这样一个老实巴交、谁见了谁都夸的老好人一走进这个圈子，腰包鼓了起来，也忍不住被拖下水，天天往外面跑，不是看二人转就是打麻将，要么就待在家里与老婆吵架。

可见，市场是一个良莠不分的场所，迟迟不敢放开计划之手，也不是没有顾忌和原因的。虽然狠狠心、咬咬牙、跺跺脚，最终放开了，就得让一些没有德行操守、没有原则远见的人浑水摸鱼、一夜暴富，其后果，毫无疑问，当然自负——善有善报、恶有恶报总是灵的。

一切都有因果。只是时间问题。

朱明理的下场很有意思。当他赚够了钱、玩够了、浪够了之后，决定风风光光地搬回老家，启程时，表面是为了心疼老婆、孩子，让他们娘仨儿坐火车，他开车回去，其实是想沿途放荡一下。那时候的火车自然没有开车舒服，但恶人会找借口那是天性。

可能头天晚上睡得太少，第二天跟别人撞了车，他用放纵时的激情和勇敢选择撞了一辆满载货物的大卡车，当场车毁人亡。车与人都变了形，车不像车，人不像人了，虽然本来就不像人。更可笑的是，车里还有一个妓女，本是为了赚钱，却搭上贱命。

英子带着两个孩子又重回市场。

自此，像朱明理一样寻欢作乐的男人少了许多。不是不想，而是怕遭到他那样的报应。人人都说这是报应，只是可惜了那个女人。

有人说，那肯定是妓女，死了一点儿也不可惜。也有人说，妓女也是人哪，只卖身，不卖命。

没过多久，就没人理睬朱明理的死了，他死和不死是一样的，死了倒安静了，整个市场只有他最放荡。只是觉得英子的命很苦。

也有人说，她的好运气来了，正好找一个本分的男人好好过日子。他们的房子、财产绝对够过小康生活。

朱明理泉下应该瞑目了，活着时没给别人带来幸福和典范作用，死了倒反而成了警世恒钟：教导男人一旦有点小钱，千万别找不着北。看在这点好影响的前提下，死前应该给他留口气，让牧师为他祷告一下，在地狱里少受点油煎、刀割、电锯、灼烧的酷刑。

不比学校故事云淡风轻、浓妆淡抹，市场的故事是惊心动魄，关乎生死的。而除了生死，人世间再无别的大事。

言情小说的毒害

整个青春期，无图书馆，无经典名著，又迷茫无助，便只能到书屋去借书。而书屋除了武侠就是言情，我是女生，当仁不让读言情，这方面，我一点也不特立独行。一口气读完琼瑶的全部小说，无形中滋生太多不切实际的恋爱观。令人揪心的是我尚不知危险的存在，更不知如何抵制这种危险。

我想，犯这个错误的人一定不只我一个，像我这把年纪又爱读言情小说的女孩儿全天下不知道有多少，中毒的人肯定比比皆是。

少女认为言情小说中的男主人公随处可见：英俊、潇洒、正直、善良、痴情、专一、富有、浪漫、体贴、温柔、富有男子气概，天生一个情种，活脱脱一个宝玉，不用劳作就有豪宅、名车、仆人，并有一生也用不完的钱。

若说他有什么缺点，只有一条：完美无缺。偏偏这个情种又爱上我们！

只有这个年纪的女孩才会相信这种荒诞不经的幻梦！

神奇的是，言情小说里的人物从不缺钱，更神奇的是，他们根本不用赚钱。他们也没时间生活，谈情说爱就是他们唯一要做的事情，这没法不让年轻女孩儿们认为生活就是这样。谁不知道谈情说爱是浪漫、美妙的，谁又不知道赚钱养家是乏味、艰辛的，选择浪漫而弃乏味是聪明人的自欺欺人之道。

言情小说的作者们会设定各种各样的境遇，让男女主人公以各种各样的巧合相遇，金风玉露一相逢，便胜却人间无数，立即一见钟情，坚决死心塌地相爱，既要两情长久，又要朝朝暮暮，却受到各式各样的阻挠，两个人必须寻死觅活，誓死坚守真爱，真是催人泪下、荡气回肠。

总的来说，言情小说大致具有以下特点：

一、拥有一个极其浪漫的书名。

二、每个角色都拥有一个极其浪漫、极不现实的美丽名字。

三、故事只围绕爱情展开，人物的生活全部是爱情，而且只有爱情。

四、故事中的人物对爱情忠贞不二、从一而终，活着的全部目的就是爱情，而且必须是那个人的爱情，舍他其谁！

五、言情小说家之冠者精通唐诗宋词，书名大部分来源于此（比如：碧云天、月满西楼、烟雨蒙蒙、水云间、心有千千结、几度夕阳红、雁儿在林梢、一帘幽梦、寒烟翠……）；并且每本书中都附上几首由唐诗宋词改编的诗词，帅哥、靓女们以诗传情、以词达意，怎能不让人心动？情节设置巧妙，冲突频繁，让人觉得他们为了追求真爱呼天抢地、寻死觅活理所当然。不这样就不是爱情！爱情就是要让人死去活来！

六、故事绝大多数以大团圆为结尾，读到末尾的少女们总算放下一颗颗"扑通、扑通"乱跳的小心脏，长舒一口稚嫩的小气儿，用小手儿拍拍胸脯："总算……总算如愿以偿……总算，有情人终成眷属。"可见，有情人总是成眷属，而且一定要成眷属，这是人世间共通的法则。一定是这样，不这样不行。

言情小说给少女们的教益是这样的；我的老天，不危险是非常危险的，不担忧是令人担忧的！言情小说之所以比武侠小说更容易误人子弟，是因为他将故事放在现实人生中，还因为言情小说的读者们都是尚未了解生活和世界、本来就容易迷茫和受骗的少女们，读了这种小说之后，更加容易受骗上当。

一个男人只要冒充此类男主公，运用书中所写浪漫手法，轻而易举就能将处于幻想中的少女哄得团团转。少女们本来就处于情窦初开、青春骚动之中，这类小说使她们更加脱离实际、完全跳上云端，试图在空中建立爱情楼阁，将她们从人间拖到天上，误以为天上就是人间。因而，受言情小说毒害的少女，从天上掉落凡间，摔上重重的一跤或 N 跤，是必然。

在西方文学史上，也有类似情形。比如英国哥特式小说，简·奥斯丁写了《诺桑觉寺》一书来讽刺它，让莫兰小姐生活在梦幻与恐怖之中，把生活中遇到的一切，都当作可能发生恐怖事件的契机，把一个只装了几张洗衣单的巨大箱子当作了一个可以藏女巫的场所。

还有骑士小说，塞万提斯写了一本厚厚的、人尽皆知、但少有人真正从头到尾读过的《堂吉诃德》，一针见血、入木三分地描写了骑士小说对人的精神误导。那把瘦马当坐骑、把盆子当头盔、把客栈当城堡、把妓女当贵妇、把农家女当心上人、把风车当巨人、把偶遇者当骑士的堂吉诃德闹了多少笑话，就说明骑士小说对人的危害有多大。自《堂吉诃德》之后，骑士小说渐渐在西班牙绝迹了。

不知道中国有哪位作家写部正统讽刺小说，嘲弄一下像洪水泛滥的言情小说和偶像剧。一个言情小说读多了的女孩儿，每遇到一个男孩儿都把他幻想成言情小说里的男主人公，因而发生一连串的误会、笑话，最终被严重打击。

这些读多了言情小说的少女们要经过很多年才会明白一个客观真理：在现实世界中，这样的男人从来没有存在过。正是因为不存在、不可能存在，最好的办法就是编造一个。

所有的言情小说家，无论是已婚还是未婚，性别无一例外都是：女。哪个男人若是全职编这些无聊的人和故事，不知道要遭到多少人的辱骂和唾弃；至于女人，算了吧，她们本身就爱幻想，并总是生活在幻想之中，自欺欺人是她们的专利。

我读多了这些小说，实在想找一个哪怕接近这种形象的男孩试验一下，问题在于，没有一个不是距离十万八千里的。至于王诗枫，他除了有一个与之类似的名字之外一无所有。在市场里，我就和别人一起叫他王老五，但在我的世界和日记里，坚决叫他王诗枫，这个名字与言情世界是很接近的。

令人遗憾的是，一睁开眼睛，不得不承认这个残酷的事实：这只是一个叫着言情味儿的名字的普通人，一个小名叫王老五、大名叫王诗枫的个体户。

但我还是愿意闭上眼睛，把他幻想成言情小说中的白马王子，而不是站在市场里卖货的王老五。但凡这种欺骗的把戏，起初偶尔也管管用，骗得多了，连自己都不信了。他的职业和生活方式，在小说里只配给白马王子做仆人，甚至连做仆人的资格都没有。

现在，我的白马王子的仆人爱上了我，你说我该怎么办？言情小说没有教我，别人也不敢问。

这个仆人追求我的方式特别不浪漫，只要我在市场，他就凑过来，默默地坐在我身边，抽着烟——上帝啊！言情小说里的男主人公是从来不抽烟的，他们只会琴棋书画、喝咖啡、品红酒。他犯了大忌，自己却不知道！

我上课时，中午回家吃饭，他会从市场步行半个多小时到我家来看我一眼就离开。我真不明白，看这一眼与不看有什么分别，但他这种莫名其妙的热情依然不减。

我没法阻拦，他什么也没说，我也没法拒绝。他的行为说明了一切。

大人们发现了这个秘密，人人都认为这是一门门当户对的婚姻，只期盼我高考落榜后及早嫁过去，成为未来的老板娘。天哪，这简直痴心妄想！——一个老板娘，我不如现在就死掉。

生活，让我们较量较量吧！看谁强硬！

炮制言情小说情节

现实不浪漫，我就去制造浪漫。

我想写，一对青梅竹马的少男少女的故事。一提及青梅竹马就意味着一起长大，一提及长大就想起青年村，可是，青年村及青年人的生活丝毫也谈不上浪漫，简直与浪漫无关，从没人为了爱情死去活来，倒是女人总被男人打得死去活来，或因夫妇、婆媳、姑嫂之间闹得不可开交而自杀。

不对，背景不对，可我拥有过的世界除了青年就是密山。相比较而言，从情感上，我更喜欢青年；从理智上，密山可能更容易产生爱情故事。我选择了情感，但得用理智把它重新组合。

我把青年想成桃花源，可一落笔，就不一样。男女主人公要想谈情说爱就得活着，要想活着就得吃饭，吃什么饭？玉米糊糊、韭菜坨、疙瘩汤、朝鲜拌菜……不行，不能吃这些，要让他们吃面包、咖啡、牛排，还有红酒，可咖啡什么味儿？牛排又长什么样？我编不下去。

一个人陷入情网之后什么样，我自己远远没有亲历，就从王诗枫身上感受到了。他本来就很沉默，现在更沉默了，时常发呆，一个人坐在那儿好久，一动不动。别人叫他，他听不到；好歹听到了，做的事情一定不是别人要他做的，总是不要他做的。

他失眠，翻来覆去总有那么多梦要做，总有那么事可想，总有那么多话想说却说不出口，总有炽热的爱想奉献却不知从何处着手，强烈地思念一个人，渴望时时刻刻与她在一起。他吃饭味同嚼蜡，走路时心从不带在身上，见到心爱的人说不出一句话来，只是呆呆地望着她，愿意陪她做她想做的任何事情。只要与她在一起，哪怕散一个晚上的步、聊一个晚上的天儿也是好的。认为她很完美，说什么做什么都是正确的、可爱的，听不得别人说她半个"不"字。期望家人都和自己一样喜欢她，认为她的存在就是上天对他的恩赐。希望她能尽快知道自己的心意，并且，上帝啊，希望心爱的人也同样爱着自己！

连我这么笨的人都感觉到了他的恍惚不安，只是不知道他的恍惚从何而来。兴许这就是他的性格，反正我什么也没做。上帝啊，这不关我的事，我问心无愧！我俩的上帝肯定不是一个上帝……

我可没想过能在他身上引起什么非凡的情愫，不过，我倒想制造点言情小说里的情节，趁机。虽然我没有成为女主人公的可能和条件，但我有幻想男主人公的资格和权利，这难道很过分？没有天姿国色已经够郁闷了，如果还不能幻想一下白马王子，生活可就太无情了。

既然生活如此平淡无奇，那我就得自己制造误会、纠葛、冲突、隔阂，以期待一场寻死觅活、惊心动魄的爱情大戏，至少是类似的爱情表演。

哈哈，机会来了！

假想白马王子王诗枫约我看电影。

给了我一张买好的电影票，嗯，这还着点调，看电影是件浪漫的事儿，但我可以使它更浪漫，或者说，加点浪漫的调料。

经过冥思苦想，并参照言情圣经，我是这样设置障碍的：找来最好的女朋友小青，花了两个小时苦口婆心乱编了各种理由说服她先去电影院，然后信誓旦旦、海誓山盟一准儿稍后就到，使我滞后的原因（现在怎么也想不起来），总之实在是太重要又太神秘，不能说，也不能与她一同去，必须是她先去我后去。

当然，我是不会去的，而且根本没打算去。

去了，就是生活，不去，就是小说。我要的是把小说变成生活！

起初，我觉得这太浪漫了，太有趣了，太言情了，但小青一走，立即如坐针毡、后悔不迭，又不想首次导演的言情大戏胎死腹中。胶着中……

我等待电影开场，就像等待世界末日一样。

接着，等待电影散场，就像等待诺亚方舟一样。

结果，可想而知，我失去了女性朋友，伤害了男性朋友。并让自己陷入长久的自责与愧疚之中，我试图弥补了无数次，都无法重获女性朋友的信任；说了无数次"对不起"，但不是所有的对不起，都能换来一句真诚而轻松的"没关系"。

失去一个好朋友，浪费了无数青春时光，并在十年中不能正视现实，是言情小说给我的最大贡献。

那天晚上，电影散场后，小青来到我家，哀怨地问我为什么要欺骗她。我结结巴巴说不出来，小说里没写冲突之后女主人公会遭到女二号的置疑，只是冲突，没有后果。

"好玩吗？浪漫吗？"许久，小青又问了一句。

我支支吾吾："不……"

小青走了。

我坐在灯下写日记，在日记中狠狠批评了自己，勒令自己永远不要犯此类错误，并且不许再碰言情小说。幸好都是书屋租来的，如果自己有，也要像莫兰小姐一样把它烧掉。对了，那些该死的书屋，不许再去！

不知为什么，在写日记的时候，总觉得很不安，似乎有人在盯着我，有人在门外徘徊。我起身放下窗帘，窗外有月，月光洒落在庭院当中，银白色的，像雪、像雾、像仙女的眼泪，看上去让人觉得很心碎。

我坐在写字台前，继续写，写我为什么今天做了这件混账事儿，以及作孽前后的心理感受。

还是觉得有人。难怪老话说：不做亏心事不怕鬼敲门。长这么大，只做这一件亏心事，就怕有人敲门。人敲，还是好的，万一是鬼呢……

咳嗽声，没错，确实是咳嗽声。

还好，我热衷的是言情小说，不是武侠小说，否则我会把它想象成是仇家寻仇，来取我的人头，血洗山寨。也没读过哥特小说，否则会以为古城堡中的吸血鬼复活，来喝我的血。

那么，夜半咳嗽声，在言情小说里代表什么？私奔的暗号？示爱的感叹号？私奔也得先有爱情呀，我还不知道爱为何物呢。

我推开门，让月光包围着我，望向大门外，小路上铺了一层银色的光毯。什么也没有。

确实是做了亏心事的表现。

正要往回返，却发现银光中有两个橙红色的亮点。"谁？是谁？"我紧张地问，下意识地攥紧拳头。他出现了。

"我……"他出现在月光中，被银色裹上了一层亮晶晶的披风。啊！太浪漫了！简直浪漫到了极点！对啦，就是这样，这完全符合言情小说里的情节！

"你？"

"你晚上没来，我以为你病了……"

我陶醉了，认为自己是世界上最成功的编剧和导演。简直太成功了！我完全可以做言情小说家了，因为我已经身体力行，亲自上演了一出现实中的言情剧。

于是，得意的我在第二天就着手写了一部言情小说。

大概有二万多字，耗时三天，写完自己都不想看。

在开门的一刹那，王诗枫完全变成了幻想中的白马王子形象。我忘记了他的身份、他的职业、他的外表、他的性格、他的生活方式、他的不浪漫，谁说他不浪漫呢？月夜中，来到心仪的女孩儿的窗下，默默不语地陪伴着她。我敢说他从窗帘中窥视我不少于两个半小时，因为有人在身边的感觉持续了两个半小时。

他能做出这么浪漫的举措，真令我感到欣慰，这番苦心总算没白费，我以为小青的诘问就是剧终，没想到他延续了一个浪漫的尾曲。

我们在月光下散步，相顾两无言。天上，月如钩，地上，人成双。暂时。

他什么都没问，什么也没说。真浪漫。就得这样演。如果他要问，我就得撒谎，撒谎，就会破坏月色，不问，刚刚好。

我也没什么要说的。

我们沿着小路走向小桥，走向那个大车库前面的小桥。秋风很凉，我双手抱着肩。他脱下外套，为我披上，外套上有股男孩儿的味道，还略有一股淡淡的烟草气味。

那一刻，我心狂醉，真成了女主人公。而他，把他当成哪一部小说中的哪一个男主人公呢？反正都差不多，一个模子刻的，都与眼前这个相差很多。姑且自欺欺人一下吧。

接下来，剧情该怎么发展呢？要说"谢谢"吗？要拥抱吗？要亲吻吗？书中是要的，现实中可不行。

但不做点什么，太违背惯常的故事情节以及柔媚的月光。这月光就是为了想要产生并抒发感情的年轻恋人存在的。

那么，我挑拣权衡了一下，就拥抱一下吧，轻轻地，简短地，若即若离地。这不影响原则，后果也不会很严重，至少，现在可以断定：靠一下男生的肩膀不会怀孕。

于是，我慢慢将头靠向他的肩膀，书中就是这样写的，一定要柔情似水，对了，还得叫着对方的名字，"诗枫……"他自然伸出双臂完成这个拥抱。

书中接着会描写两个人的心理活动及对拥吻的反应。

我没什么反应，脸不红，心不跳，更没有进一步的想法，就是觉得很暖和，像靠在火墙上。不过，他的心可是跳得我震耳欲聋，我很快抬起头。

这证明：我不爱他，他十分爱我。这一点，不符合小说情节。有一点，我自始至终都明白：爱情绝对不能勉强。

如果一个女孩需要用爱来回应男孩的求爱的话，做男孩可太便利了，想得到谁的爱也太容易了！

正在我思考着怎么往下导演时，一件更浪漫的不可思议的事情发生了。

远远地，走来两个高大的身影，口中还呼唤着我的名字。

"不好，我爸和我哥来了。"

他比我还慌乱。"你，你快躲到桥下面去。"他瞬间就消失在月色中。

"你们……"

"你在这儿？我和恁哥看到里门和大门都敞开着，你屋里的灯亮着，人却没了，以为出了什么事？"

我在心里笑开了花，享受着空前绝后的自导自演的电影剧情，还有人这样配合默契、友情出演。

"我……有几道立体几何题做不出来，出来透透气、散散步，找找灵感。"

"快回去吧，大半夜的，别出什么事儿。"哥说。

他们走近了，我才发觉两个人的肩膀上都扛着铁锹。这太搞笑了……

我搂着他俩的腰，走在他们中间，"我们回家吧。"我使劲咬着嘴唇，憋住笑，故意大声说给桥底下的人，好让他待会儿自个儿出来溜回家去。

唉，铁锹不对，若是拿着宝剑，也不对，应该……什么也不要拿，言情小说里永远不需要铁锹。这是言情小说教母也编不出来的，因为，这是生活，言情小说不需要生活，教母不懂生活。

我躲在被窝里笑了大半个晚上，回味了小半个晚上，一整个晚上都没睡。实在睡不着啊！

不只一个晚上，这整整让我回味了许多个枯燥无味的晚上。

仅凭这个晚上是不能让我为王诗枫动心的，尤其他在之后的某一天终于鼓足勇气给我写了张小纸条，我就更没什么想法了，说什么也不能干傻事。

星期天下午，我待在家里写日记，他来了。非要看我的日记，我自然非要不给他看，并且花了好半天时间向他解释不能随便看别人的日记，尤其是小女生的。

他似懂非懂，也没心情懂："那，可以借我用一下吗？你打开空白的一页给我。"我只是无辜地盯着他。

"你看着我写字，我不看你的日记。"我照做了。他拿起笔，像模像样地写了几个字，然后合上，用手压在上面，神秘地说："你不许看，一定要等我走了再看。""噢。"

其实我的心已经在跳了，并已预感到他在表白。他站起身要走，我也不留。

破天荒地送他出了院子，撒腿就往屋里跑，打开日记本，疯狂地去找那一页。

然后，异常崩溃。生活就是生活，言情小说完全胡编乱造。

"我发是，今生祇爱你一个人。爱人。"

我激动万分，血液直往头上涌。一时难以分清是接到了第一份求爱信，还是表白之人的艺术修养如此特别的原因。

我极能理解他用"是"代替"誓"，不用数笔画就知道，前者一定比后者少些，以简代繁是一种进步，没理由在有简体字存在的时候，仍然像台湾人一样固执地使用繁体字。

但是用"祇"代替"只"，我就怎么也想不通了，"只"只有五画，而他创造的这个字不仅看上去十分复杂，说实话，连我们这些文化人都不常用，语文书和试卷中都极少用，他竟然用在这里了！他竟然认识，他是怎么认识的？又是怎么想的？用一个最不常用的字，去替代一个最简单、最常用的字！

这是什么派的独门绝技？本帮主看不出来……

　　脑子里翻江倒海，心中打翻了十味瓶。哎，我的男主人公，我的白马王子，会写诗的意中人呢？诗中千万不要有错字啊！退一万步讲，可以错，但不要错得太离奇……

　　他把求爱的字迹留在我的日记中，非常言情，很有创意，但是歪歪扭扭的文字真没法让我兴奋，反而觉得好笑，甚至有一点点耻辱感。不言而喻，与生俱来的虚荣心在作祟，不免认为求爱者的品位同样代表着被爱者的品位，至少不会差得太远。

　　可是，上帝啊！我跟他不是距离太远，而是完全是两个世界的人！据此，我判定：火星上一定有人。他来自火星。

　　我了解他的世界，但他不了解我的世界，而我也绝不想、也不能进入他的世界。怎么办呢？

　　言情小说不是这样写的。

　　我的白马王子究竟在哪儿呢？

白马王子

　　每一个少女，不可能不做这样的美梦：梦中的白马王子乘着金色马车来接她，为她穿上七彩的水晶鞋，牵着她的纤纤玉手，走上红地毯，从此，王子与公主过上了幸福的生活。

　　虽然我在成为少女的妈的年纪才知道这个故事，但是，在少女时代也是希望有一个英俊潇洒的男孩儿来到我身边，不用马车，不用水晶鞋，散步就行。饿了，吃碗面，一起写作业，一起过高考的独木桥，携手同游大学校园，花前月下、卿卿我我。一出校门，就脱下校服，穿上婚纱，开启人生大幕，面对人生挑战，与爱的结晶一起成长。从此，过上了幸福的王子与公主般的生活。

　　啊，多么美妙！多么美妙的美梦！

美得只能是一场梦。

少女有做梦的权力和天赋。少女时，不做梦，这辈子还有机会做梦吗？

也会。

但醒来，一定知道是梦，摇摇头，该上班上班，该喂奶喂奶，只有少女做梦时，并不认为这是梦，以梦为马。

我来到少女时代，天天做梦，做到不以之为梦，从上高一就开始做梦，到高三也没修成正果，然后，就没空做梦了。再然后，就相信梦了。

忙，忙得没时间吃饭睡觉。太忙了，没完没了的考试，无边无际的卷子，鲜血淋漓的倒计时。

高三，不属于梦，属于梦魇。

我的高三，则是人生的梦魇。

与其说少女渴望白马王子，不如说在渴望初恋。

这一生，也许你会爱过很多人，被很多人爱过，但总有一个人让你笑得最灿烂，哭得最伤心，痛得最无极。

无论是谁，总有一次沉溺于一段爱情中，并用漫长的时间缅怀与感伤爱逝。

人生，总有一次，用生命去爱一份爱情，只为了爱情本身。

人，活着，也总有一次，无条件的、无所求地去爱。

那一定是——初恋。

歌德认为：初恋是唯一的恋爱。

初恋，未必是在青春年少时。

初恋时，不懂爱情。

初恋，是神秘的。即使没有被培训过，也隐隐约约明白，有一件如雪般洁白、如雾般朦胧、如日般炽烈、却如风般易逝的大事，即将到来，带着未知的一切。

初恋是羞涩的。大多发生在青涩懵懂的人生季节。地球上所有的人，在那个羞涩的季节，都在渴望一场至纯至真的初恋。

初恋与双方的财富、身份等外在条件无关，是人类在精神上亲近异性的心理需求，带着崇高美好的目的，只是想体验一场与之前拥有的亲情完全不同的感情。

听说，它来自男女之间，就像自己的父亲母亲，可以相守在一起，可以做一些与其他任何异性不能做的事情。

那些事情是什么，并不完全明白，但一定很美丽，很销魂。

只有初恋，可以让人无私无求地奉献。无论是谁。哪怕是天下最阴暗、最自私的人，也曾经无私过，那就是初恋。

只有这样的爱情才是初恋。

初恋时，我们并无经验，没有手段。趁着青春年少，来场纯粹的初恋，不舍得牵手，不忍伤害对方。

若年少无知时，未曾逢遇一场唯美的爱情，老大徒伤悲时，实在难补这一课。经历了伤害、背叛、痛苦、失败的诸多洗礼和磨折，深谙男女之间的爱恨情仇，体验过许多悲欢离合，知道爱情的天性，婚姻的本质，还能无私无求地去爱吗？

人们之所以对初恋感到神秘，是因为不知道有失恋这回事儿，不知道若要进入婚姻，还需诸多条件，多得不像是爱情，像是一场盟约，在这个有诸多规则和监视的践行期内，爱情最终必然转化为亲情。

初恋是用来成长的。

初恋是一个界限。步入了成人的行列。

初恋是一种转机。预示着未来的呈现。

初恋的形式，因国籍、传统、习俗各不相同，但初恋的本质是相同的——那是少男少女渴望，并向世界宣布独立的心灵成人礼：我长到了有资格恋爱的年纪。

初恋，不一定是真正的爱情。但一定是刻骨铭心、至真至纯的。

只要你和他，在对待一段爱情时，日思夜想，魂牵梦绕，一日不见，如隔三秋，因爱而爱，不求回报，便是初恋了。

能够影响人的一生，至少一大段人生的，除了童年，就是初恋。

初恋是一场革命：单调、正规的生活方式刹那间被摧毁和破坏了。

——屠格涅夫

初恋未必是双方的。

收到的初恋也许来自一个你并不爱、而且很难爱上的人。

付出的初恋也许去到一个并不爱你、不想恋爱的人。

我的人生中有三份初恋。

却没有一份无怨无悔、为之生死相随的初恋，至今仍引为憾事。

发生的，是自己不想要的；从未发生的，却是真正的渴望，这算是初恋吗?

发生过的初恋,是单恋,来自一个意想不到的人。

少女们都在渴求白马王子,而他的一切与之相反,是一个黑马将军。

但他出现在我人生中第一个重大逆境当中,我身陷水深火热,对未来濒临绝望,因父母之间的仇怨战争,对婚姻也很失望,便投降于这份奉献与付出。

他带着拯救者的身份出现在我眼前,在我自杀未遂第二次来到人世间,再次初次睁开双眼,打量着这个相同、我却不同了的世界时。

那是我人生中唯一一段沉沦时光。

我一改十五年好学生的身份和面貌,扮演起坏学生:逃学、溜旱冰、打扑克、打台球、睡火车站……其根本宗旨是:把用来学习的时间用来玩乐。没黑天白日地玩,就像没黑天白日地学一样。用这种方式报复父亲的家暴,苦挨人生的逆境。

陪我沉沦的人,就是黑马将军。他用李莲英侍候慈禧太后的虔诚侍候着我,用皇后和宫女侍候皇上的耐心等待着我。

外界盛传我们恋爱了。而我是一个从不畏人言的人。我的耳朵只听自己内心的声音,没空听别人混说。从来如此。

大家忙着考试,只有他忙着侍奉我和我的痛苦。

但是白马王子一出现,打破了这"和谐"的一切。

我再傻,也知道美丑、黑白、高矮,白马还是黑马。他出现之前,还不知道;他出现之后,一站在他身边,就知道了。

　　我瞧着这两个男孩，一个被人言判定为属于我，一个是他领来的哥们儿，属于未知的少女。

　　可他们是怎么做哥们的？男生不管外表吗？如果是女生，美女与丑女几乎不可能做闺密，女生那么肤浅虚荣，这种对比，丑女怎么受得了？

　　男生不靠外表，不照镜子，所以，他们好得跟一个人似的。

　　黑马将军跟我"约会"时，白马王子时常陪同。后来发展成为：三剑客。

　　多年以后，我才知道，女人也是好色的：初见胡哥和黄渤，如果爱黄渤，她就成佛了，四大皆空，色即是空，空即是色……

　　白马王子天天在我面前晃荡，我却没有资格与他谱写童话故事，这是怎样的磨折？

　　我们之间隔着他。后来还有她。后来隔着道义、青涩、苦难。

　　他看着我"恋爱"，我看着他"恋爱"，他的"恋爱"很快结束了。我的"恋爱"结束得艰难曲折。

　　事实证明，婚姻可以培养，爱情是不可以培养的，尤其初恋。

　　你永远打动不了不爱你的人。你也永远不会被你不爱的人打动。

　　打动的只是真情，不是真爱。

　　初恋是一种来自双方灵魂深处基于爱情及异性的最美好的想象与感受。黑马将军破坏了全部美好的想象与感受。

　　初恋，是人类无可掩饰的情感，无法抵制的爱欲，无可言说的美好，魂牵梦绕的沉浸，一切缘自于——心。

　　而心，最经受不了的，就是委屈求全，那是头脑的任务。心的任务，就是自由自在，真实无瑕，如风一般。

我就是风，没有可能，变成石头。

虽然被迫接纳了无私的初恋，却无法付出初恋。假装持续三年，终于有勇气 Say No，在大一下学期。

许多的逆境来自于没有力量拒绝，让不该发生的发生占据了心弦，侵吞了漫长的生命历程。

学会拒绝，需要过程。

学会争取，需要天分。

拒绝，是一种成长。

舍弃，是一种强大。

因为不会拒绝，不敢争取，所以错过。

各忙各的学业、事业、婚姻……当年没有手机、网络。

一旦错过，就是二十年。

回故乡时，我一定见他。当年的白马王子。

他一切都好，只是性格懦弱，内向含蓄，只有我主动。事先微信："好久不见。有空见吗？此次不见，此生难再。"

我没想到，这句话对他产生了翻天覆地的影响，在他心里。

"无论你何时回来。我都在。一定见你。"

到达故乡的当晚，约见的第一个同学，是他。

他在微信里说："我没变。你会认出我。"

心里嘲笑了他好一阵，二十年不见，还敢说不变。中年男人什么模样，我不是不知道，尤其是东北的中年男人：酗酒吃肉、常年没有运动、挺着孕妇般即将分娩的肚子……都会像我的师哥同桌一样，把自己活成自己的爹。

夜色中，我走向他，他站在路边。一如当年，玉树临风。

我走近他，在昏黄的路灯下，看不出脸上的沧桑时，他和当年一模一样。

"你……还真是没变！"

"你也一样……若说变了。就是更美了。"

"咱们这里，现在有咖啡厅吗？茶馆也行。只说话，不喝酒。"

他想了一圈儿，找了一圈儿，一个只能是不算包饭馆儿的地方，没有酒瓶，没有酒气，其他一切谈不上。

点了壶陈年普洱，一套朴拙的功夫茶具。泡茶。

二十年之后，我亲自为我的白马王子，泡茶。

梦中的，当年的，想象中的，未恋爱的。

他依然是白马王子，依然是别人的。

我不是白雪公主，从来不是，因我从来不是别人的，我是自己的，永远。

我不再期待任何一个白马王子来开启我的人生，我已成为执掌自己命运的女王，是自己人生唯一的自由女神。

自然说起当年。

自然只有当年可说。

不说时，说尽时，就说这二十年的沧桑。

都是我在说。却只说了冰山一角。

他听呆了。

他没有故事，大学毕业之后，一份工作至今，一份爱情至今，一种生活方式至今，一座小城至今。

以茶当酒，边喝边聊。

岂是一个晚上可以聊完？哪怕我现在停滞不前，如他一般，生活在一个角落，这前半生的故事，也够讲整个后半生了。本没想这样，却不小心成了这样。

他已经呆了。我也讲累了。讲到茶无味。换了新茶。他不懂喝茶，只会喝酒，但陪我喝茶，洗耳恭听。

其实，自从我用文字的方式讲自己的故事之后，就不再跟别人讲什么了。但却，对他，讲个没完。

连讲了三个晚上。

白天，中饭、晚饭两场应酬，他便等在外面，接我。到茶馆，继续讲故事。我们并不知道，可以这样言无尽、意无穷。

当年，他内向，我惆怅；他被动，我忧愁。

当下，他含蓄，我宽阔；他沉稳，我激扬。

真正没变的是他。而我，从里到外，从身到心，都变了。内在的系统更换了，脑中的硬盘也重启了。灵魂重置。

他在适应。

也没必要……终要分开，而且很快。

"你知道我喜欢你吗？"他问我，我问他。我们摇摇头。

我们都不知道。

不敢知道。

没来得及知道。

沉默。

现在知道了吗?

当作不知道。

知道了又能如何?

八点后,他要准时回家,十六年来日日如此。他没有任何借口不回,没有想过找借口,也不会找借口。

我走时的清晨,他送我。站在路边。等车。

一个历尽千帆,踏遍世界,四海为家,看透红尘,书写生活,经历无数逆境、并正在经受苦难的人,竟然会流下一滴眼泪。

这是女神的眼泪……

自由女神,竟然会在人前流泪!

为了,从未发生过的初恋。为了,从未属于过我的白马王子。

白马王子,是童话里令人艳羡的存在。

却是我人生中最美的错过,笔下最辛酸的遗憾。

除了流泪,什么也做不了。即使是自由女神。

这不是童话,是人生……

"初恋"重逢

那一年，那一天，那一刻，我特意从江北到学府书店买书。徜徉在外国文学和中国古典文学书架上，拿起这本，十分喜欢，又拎起那本，爱不释手。胳膊下夹了五六本，又抽出一本《李清照全集》。

随意打开一页，就是一首一生也品味不尽的好词："风住尘香花已尽，日晚倦梳头。物是人非事事休，欲语泪先流。"我感到有一束火辣辣的目光直视着我。"闻说双溪春尚好，也拟泛轻舟。只恐双溪舴艋舟。"那目光依然不见消逝，使得我不能不寻找它的存在。"载不动、许多愁。"

我反感地抬起头，直视那有失体面的目光，那关注反而热烈了，并且迎着我的眼睛，直看到我内心深处。

"真的是你？！"我手中的书掉在书摊上，胳膊下的书噼里啪啦落了一地，他穿过人群，走到我身边："盯你半天了，一直不敢认你。怎么……天下有这么巧的事吗？"

我结结巴巴地说："我原不相信无巧不成书的事儿……今儿也信了。"来不及表达激动，还没闹清是怎么回事儿。"走！我们找个地方好好聊聊。"

竟然是莫佑军！

莫佑军对哈尔滨似乎比我还熟。他带我穿过街道，到对面的老华西坐下，点了一堆东西，"快吃，趁热吃新鲜。"

有那么一阵的沉默。

我们应该说点什么，必须。我们都想在第一时间了解对方的现状和这六年来的生活。

谁先说呢？从哪儿说起呢？我等他先说，他等我先说，屋外飘着鹅毛大雪，漫天遍野都是六角形的雪花儿，屋内温暖如春，我们之间的炭火烤得正旺，炉壁上放着金针菇、荷兰羊排、薯片和虾饼。

"你在哪儿读大学？"我们同时脱口而出。

"你先说！"我们又齐声说道。

"你好吗？"我们又异口同声。

彼此都笑了，尽管那时也不算大，但比起十五岁时，已经成熟很多。

"我在哈医大成人班。"

我很惊异，"是吗？很棒，你是怎么考上的？中学毕业后你去了哪儿？那么多年为什么不来找我？"

"我从卫校考的，你上高中后，我一直想去找你，听说你有了男朋友……"

"瞎说！没有的事！别人瞎传！再说，那也不影响……我们成为好朋友。"

"是……不过，我很自卑，不好意思见你。"

"真傻……"我等着你呢，在不该来的时候，你来了；在该来的时候你却不来。

物是人非事事休……

"你和心平都考上了重点中学，就我没出息。"

"不是这样。谁说上学的就是有出息的，留级的都是没希望的？兴许几年之后，一切都不一样呢。"

"可是当时……"他轻轻地叹了一声，"你呢？"

"我在师大，江北学院。"

我们聊了很多，莫佑军为我夹了一块荷兰羊排，"趁热吃！待会儿我带你去逛逛医科大学和实验室。"

我们在校园里散步，佑军向我介绍了医大学生们的生活。他说因为过早接触生老病死，了解人体构造的一切隐秘，所以对生命有着与众不同的看法，对人生方式拥有异样的见解。他们会生存得比较豁达、开放，不会因循传统，男生女生混寝，恋人们拉上帘子就恍若无人之境。

莫佑军说他还亲自接生过婴儿，那个过程是那么可怕。

我听得是目瞪口呆。

他带我去了实验室，我一进走廊就闻到一股浓浓的刺鼻的味道，佑军说是福尔马林的味道。走廊两旁放着许多玻璃瓶，里面有一些死婴胚胎，还有葡萄胎的示例。我感到一阵恶心，说什么也不肯往前走了，序曲已经让我胆战心惊，正剧中说不定连完整的尸身都有。

我说要在傍晚之前赶回学校，佑军送我到巴士站。

分别六年，我们并不知：他在江南，我在江北，却意外重逢于江南，然而物是人非。

我们没再说什么，该说的什么也没有说，不该说的倒说了不少。真正关心的问题谁也没有触及，甚至连许心平都没有提起。我没有问他六年前的问题，也没有问他现在是否与心平在一起，或是有了别的女朋友，他也一样，只关心我的健康和学业。

我们没有谈及感情。

就此作别，一别又是十年。

十年，有时候，很短，有时候，很长。

十年，我完成了许多人一生所追寻的东西。

十年后

十年后的一个夏日黄昏，我发现有人在校友录上热烈地寻找我，属名"忆君"，我很迷惑，我并没有叫这个名字的同学。加了他的QQ号，相约晚上相见。

你终于来啦！！！ :）
来了。
功夫不负有心人。
怎么？
我每天都来看你是否有加入我，是否有在同学录上留言给我。
你怎么找到了我的高中同学录了呢？你是我的高中同学么？
为了找到你，天涯海角都不是问题！

你是……

你有视频么?

对不起,没有。我从不和别人视频。

还记得你的前桌么?中学……

莫佑军!!!我感到不可思议!输入了三个惊叹号。

快告诉我你的近况。

嗯,先说你的。

我没时间了,老婆今天生孩子,待会儿我要去医院。

傻瓜!那还等什么!快去呀!

可我好不容易等到你!

你……真是……还是像从前那么……傻。快走吧!我随时在网络这端恭候你,来日方长!

好!明天此时,不见不散。

再见!恭喜你——做了父亲!

多希望是你……我老婆长得像你……

!?

岳母催我了,88!

Bey!

我呆坐在电脑前。

他来时,天气潮热难忍,他走时,却进入了冰雪世界。

我对他来说有那么重要吗?在他的人生如此重要的时刻,却守着与我无足轻重的约定。我什么都没有给予他,他却对我如此看重。

他的妻子与我相像？巧合还是……

无形中，像读了一部感人的小说，不知不觉竟流下了几滴泪珠……

小说。是的，我们之间就像一部小说，比小说还小说。却是我的人生，真切的人生。

我知道，有一天，当我可以写时，一定会写下来。

那时，我们仨总在一起写作业、做游戏，甚至看电影，是的，我们仨一起看电影。她总是坐在我们中间，总是让我很绝望。嗯，应该还有别的，我们仨……

可惜我看不见，那段时光上面堆积了太厚重的记忆，我能记得他，即使再过三十年，阅历又增加一倍，仍能游过记忆的海洋寻找到他，寻找到中学时代给我情谊最厚重、最纯美的男孩儿。

那原本应该是我的初恋。

我擦掉额头上的汗水，将湿透了的头发挽起，站到阳台上。江南的夏夜潮热无比，浑身被汗水浸透，思维也出了许多汗，许多往事已追忆不起……

第二天晚上，我们准时约见：

嗨，来了！

宝宝是……

女儿。

恭喜！母亲还好吧。

很虚弱。

你这个男人，孩子刚出生一天，你就和别的女人聊天。

你怎么是别的女人？

：）宝宝的名字取好了么？

嗯。你猜猜！

啊，又让我猜！你什么时候有这样的习惯了呢？

好了，不难为你了，莫忆君。

好听！你取的？

是。而且，我的网名也是——莫忆君。

噢，你很喜欢这个名字？

是很喜欢它的意义。你明白吗……

……不十分明白。

你结婚了吗？

没。

啊！不会吧，心平已经怀孕了。

不是她么……宝宝的母亲……我以为你和她！

什么？！你可真……她和你们后桌高一时就恋爱了。

噢，原来他们……

你过得好吗？

流浪天涯。你呢？

平平淡淡。

你想和我说什么？

你想说什么？除了怀旧，我们还能说些什么？

也是，年纪轻轻，已经开始回忆了……

是的，因为我们只有回忆，才能找到彼此的存在。

是……我始终有一个疑问：那时，你究竟喜欢谁？

你不知道吗？

当然不知道。或者说，我认为是心平。

小傻瓜，是你呀！

我怎么感觉不到？！

我自始至终喜欢的都是你，从见到你的那一刻起！

为什么不说？！我只对自己的感觉敏感，对外面的世界反应总是很迟钝。

瞧你那火爆脾气！

可，总有温柔的时候啊。（一个害羞的小图标）

对不起，不怕你恼，你那时候与温柔根本不沾边。（一个哭泣的小图标）

不过，那一次，我攒足了勇气，到你家找你，想把你约出来看电影、爬山，然后向你表白。

哪次？

就是那次，你对我那么凶，简直是把我撵出来的！我不过是轻轻地碰了你的衣领。

那是因为……我……不是……不是那样。

我以为你看不上我呢！我伤心透顶。

……

整个高中，我都不敢去找你，屡次在你家门口徘徊……后来听说你有男朋友。

看来错过的还不止一次……谣传的确害人不浅。

也怪我，那时候太自卑，没有深入了解真相。

究竟是迟了……十年前我们在学府书店前巧遇——偌大的世界竟然真的会有不期而遇！可，再相遇时，你也没说什么，没有与我继续联络！

我那时已经有女朋友了，我不想对不起她。

哦，你现在的老婆？

是，我们相恋六年。

噢，感情一定不浅。

她长得和你还有点像呢……

是么？你不是因为这个原因……

一开始是，后来……她救了我一命……

什么？！！

一次医疗事故，使我病倒了。

？？？？

死亡率 3 比 2，你说吓人不！

我不懂……

重症急性黄疸性肝炎。

啊！现在全好了吗？有没有后遗症？

听说过吗？转氨酶是正常人的 100 多倍。

这个名词听说过，但这……意味着什么？

意味着 10 比 2 的生存希望，可怕不！不是死就是活！那感觉恐怖的……等死的感觉你有过吗？

有！我选择过死亡，就像共产主义战士英勇赴义一样——以此想挽救父母的婚姻……我睡得很香……再晚一步，你就永远见不到我了。

我怎么不知道！

十二年了！能发生多少事！

是啊……

人在选择死亡时，想不了许多。

如果……我将多么难过……

虽然，我们活着，依然与死亡一样离别。

那不一样，至少，我们都活着！知道对方在某片天空下存在着，就是幸福的！

嗯！但在我，这些年，似乎死去了一样，现在又活过来了。我与过去的世界隔断太久……我一直在拼命追寻，从未停息……我该停下来，看看从前的岁月，追忆似水流年……

你似乎经历了许多磨难。

也许吧……多少算多呢？也许很多，也许很少……生命有限，苦难无限，只要你足够坚强。

你一直在飘泊……

是。你住了多久的院？

半年。

她一定尽心尽力地照顾你。

是。

怎么发生的呢？

毕业后到一家医院实习。一个老太太做手术，胃溃疡，胃大部分切除，我负责打结。主刀医生一刀割下去，割到了我的手指头。

当时医生就说：完了。我也知道完了。

啊，怎么会有这么粗糙的医生？！

罕见的医疗事故，却落在了我身上。三个月后，我全身发黄、厌食、恶心、无力，她照顾我，为我做饭。下课十分钟也过来看。半年多之后，我竟奇迹般地好了。好了之后，我就一切都听她的，任由她安排我的人生。

佑军，她值得你这样做，值得！好好爱她。祝福你们！

我该走了……我很想问……你……喜欢我吗？那个时候？

喜欢！非常喜欢！

如果我向你求爱，你会接受吗？

会！我一直在等待！我原本想主动问你……但……你到我家的前一天晚上，我本打算去找你，亲自问你。我从养鱼池超近路，却……差点被强暴……

啊？？！！……怎么会这样？你为什么不告诉我？

那个时候，怎么张得开口？怕你轻视我，怕人言污蔑我。我并非因为你揪我衣领的轻率举动而恼怒，而是因为……我脖子上有被那个东西勒过的紫黑色的印痕，很深，很长。

你怎么那么傻？！什么事情都一个人扛！在你根本扛不动的时刻。莫说没有，就是……中学一毕业我立即娶你。

假如有，你一样没机会娶我。以我宁为玉碎、不为瓦全的天性，一定会杀了他，然后再自杀……没有第二个选择。

阿弥陀佛！是……我了解你，佛祖保佑了你！

是保佑了我……陈年旧事，再提无意。不过，你的话让我十分欣慰！你是个好男人！

来生再续缘！

唯有来生，如果有的话……如果有来生，我一定爱你，只爱你一人，你原本应该是我的初恋！而我，本希望今生今世只有一次恋爱。

我哭了……

不要。你是个爷们！你当爹了，别在别人面前哭泣。

嗯！但，现在，我必须全身心地爱我的妻子和孩子。

当然！我也爱她们！感谢你的妻子，让我有机会再次遇见你——尽管是网上。

我想看看你。

总有一天，我会站在你面前，让你真真切切地看到我。

我期待那一天的到来。

那一天，你的女儿一定会奔跑着、叫你"爸爸"了。

即使物是人非，我一样渴望见到你，就像当初渴望爱你一样。

那时，我老了。我该多么老啊！

不，你永远年轻，在我心中！永远是初中时那个倔强的小丫头。

：）也许，你再见我时，看到的是小丫头的祖母。

你苍老的样子也一定十分迷人。你有种傲然于世的气质，那会愈久弥香。

……永远想念你——初中时的样子。

我也是。

永远祝福你！

我也是。

回家吧。去照顾她们，为你开心！

你……

我不想做母亲，尽管我十分爱孩子。所有亲友的孩子都是我的孩子，我爱他们，爱他们的孩子，这就足够了。

你呀……保重。

嗯。你也是！

我……你……我多么希望能够爱你！

不，你一直爱着我，像亲人一般。你惦记了我这么多年，我一直不知道……我们不能够拥有爱情，但是，我们拥有爱！我们爱着，我们的人生是完满的，我们会一直爱！曾经有过爱情的人也未必在分别之后会惦念彼此一生一世，而我们会！我们无法与彼此真正诀别，只要我们活着，就会回忆，只要回忆，就会忆起共同的青春时光！我们活在永恒的青春中！活在永恒的爱中！

你说得太棒了！……今生遇见你是我莫大的荣幸！

我也一样：）回去吧。

再见！

再见！

如果人生可以重新来过，就不存在"遗憾"和"后悔"了。

人世间最完美的爱情也许是似有还无、似无还有、没有开始却希望开始的爱情，它是没有脱离母体的胎儿：只有希望，没有失望；只有未来，没有过去；只有快乐，没有痛苦；只有爱，没有恨。

这是永恒的完美的初恋……

情义无价

我不喜欢承诺，承诺了就一定要做到。我承诺过他，有一天，我要站在他面前，让他真真切切地看到我。

于是我来了，为了承诺。

为了从未发生过的初恋。

六个小时后，我站在他面前。

为了这一刻，我们花了十年时间。

"你还是老样子。"他说。

"你……除了声音之外，已是别的样子了。"

他不好意思地笑笑："少白头，胖了，老了。"

"才三十岁就好意思老。"

这是我们平生最接近的时刻，也只有这个时刻，我们可以天经地义的接近。他的脸距离我只有一公分，他的汗水滴在我的头发上，我全身抽搐，握紧拳头，却不敢喊出来。

我宁可他是别的医生，钻牙洞是我最怕的时刻，那是求生不得、求死不能的感觉，最要命的还不能动。

为了向全世界宣布我来看他的理由无懈可击，莫大夫把我按在治疗椅上，满嘴找牙洞，而我天生就参差不齐的牙齿真没让他失望，不消一刻钟，他竟然找到十个洞！别的牙医给我看牙，我是要拳打脚踢、哭爹喊娘的，唯独在这个牙医面前，我却要温柔似水、紧闭双眼。全世界只此一人，让我练习内家心法。

"好了。想吃什么？"

我双手捧着可怜的嘴巴："莫大夫，在被您钻了十个洞之后，我还有胃口，那得事先饿上三天才可以。"

他嘻嘻笑着："我治了十年的牙，给你治牙是最耗费心神的。"

我委屈地说："你以为我不是？我被治了十年的牙，被你治牙，是最无奈的，叫都不敢叫。"

"两个小时之后才能吃东西。"

两个小时，十年的生活。

我了解了他的事业与婚姻，幸福与圆满；他了解了我的追逐与漂泊，自由与梦想。

小镇的时间表与都市是错位的，吃完晚饭，才八点，他就要回家，他抱歉地看着我。

"回家吧。给我一支笔，几张纸就好。"

"做什么？"

"写。"

"写什么？"

"写你，写我，写人生。"

我用了一个晚上，写了上面的故事。并不成熟，我没当它是故事。人生日记。

"十年不见，再见又得几年？"第二天上午，他送我去车站。

"你这一生的牙我都包了，免费。"

"治疗费省了，都花在路费上，我要先飞到哈尔滨，再坐六个小时火车。"

"嘻嘻，给你做全套烤瓷的。"

"等我六十岁时，来找你。您忙，您没时间，我来。我最不值钱的是时间。"

"我一直在这里。一直关注你。"调侃了一路，临别时才说句正经话。

列车咣当、咣当停在身后。

握手？拥抱？哭泣？

最终只是微笑着上了车。微笑着目送。

人生有许多离别，是充满希冀与温暖的。

我来看你，让你看到我。我看你很好，你看我很好，就好。

"一定要幸福！"

这是我们彼此唯一的誓言。必须用一生践行的誓言！

你的生活有条不紊，上班、看牙、下班、回家；我的生活漂泊

不定，读写、旅行、换城、搬家。唯一不同的是，我们再也不会找
不到彼此，我们都活在彼此的心里。

网络会网住愿意被爱与牵挂网住的人。生活，不是网；网络，
是真的网。

你的人生是没变化的，变化的是孩子越来越大；我的人生就没
有不变过，从外在到内在，一直日新月异、应接不暇。

我一直是那种性格，幸福时，要全世界都知道；不幸时，龟缩
一角，独自等待，整月不看、不发朋友圈。

他极少用微信，太忙，人品好，医术好，预约的病人从年头排
到年尾，许多人宁可多疼几天，也要让他看牙。他极少发朋友圈，
只在罕见的空暇时翻翻我的微信，他总是能看出我的变化。

"怎么在广州了？"

"离深圳近，过来住一年。"

"说实话……"他知道我有变化了。

实话就是快活不下去了，但还得活。

"还活着呢。"

"书什么时候出版？"

"不知道。出版社一直拖。应该快了。"

"你的梦想终于要实现了。"

"嗯。"我已经泪流满面。

"你现在的手机是哪一个？"

"广州的，几乎不用。没信号。我住楼顶。"

"支付宝。"

"就是这个手机号。"我发给他。

他打给我五千块钱。

"你！这！"

"作家，预付你的书钱，我要一百本，行吗？"

"当然！可是，太多了……"我仰卧在露台的躺椅上，抱着手机向天而泣。已经半年的时间了，每月只花八百块菜钱维持活着，却每月要还几万块的高利贷。

"我知道你……你也知道我。不是活不下去，你从不开口。我有我的责任，你的负债，我不能帮忙。但是，你若没饭吃，我养你一辈子。"

我泣不成声："我什么都没给过你……"

"需要给什么？你给过了！你把你十六岁的花季给我了。"

"十六岁的花只开一季啊！一年，你要养我一生？"

"我知道你不挑食。"

我含泪笑出声来："是，吃了半年青菜豆腐了。我很有弹性，一个月八百也能活，八万也能活。"从八万到八百，世间有几人能忍受？而我忍受了一年半！

这笔书款让我吃了半年的饭。

终于尘埃落定，重获自由之后，我回哈探亲，想顺道去满洲里，乘远东国际列车到俄罗斯旅行。却不幸遇到严重车祸，得了世界疑难杂症，肇事者逃逸，整整治疗一年多，独眼龙了半年。

"你又换哈尔滨号了吧？"他用微信问。

"你怎么知道？"我不能打字，用语音回复。

"我还不知道你？我手机里存了你六个号：重庆的、青岛的、深圳的……"

"我是不是挺不靠谱的？"

"除了写作，你就没干过靠谱的事儿。"他用微信转账了两千块钱。

"真了解我……这……"

"治疗花了很多钱吧。"

"嗯，够在哈尔滨首付买房了。"

"还是那句话，没饭吃，找我。吃完了，再跟我说。"

眼泪依然从两只眼睛里流下来，虽然一只眼睛紧闭着，它还可以流泪。为了让它睁开，我愿意倾其所有，让人生进程停滞，守着那个唯一可以让眼睛重见天日的医生。

此生有你，是让身处地狱寒冰中的我感受到真正的爱与温暖，你永远雪中送炭，你永远只给予、不索求，你是我尚未发生、最想发生、却永远不可能再发生的初恋，上天那么早就派给过我这个世界上最好的男人，是我无福消受，所以注定要流浪半生、痛楚半生。

我甚至没有给过他一个真正的吻，都怕这个支点会去撬动情欲的地球，而他又是个罕见的负责任的男人。

春节前，他又打给我两千块饭钱，让我陪父母好好过年。

这个真实的故事，在这个时代，可还有人会信……

它存在着，是我真实的人生。写至此，已泪流满面——幸福、快乐的泪水。

　　我有真爱！我被真爱着！

　　真爱，不一定是真实发生的爱，不一定要携手同游人间。

　　我们几年才见一次面，但我们却日日相见，朝夕相守。

　　他是我此生永恒的朋友，至纯的真爱！

　　与苦难一样，真爱也无可选择。来了，就收着。好好爱。真心爱……

　　凭什么，人的一生，要遭受多次苦难，却只能拥有一份真爱？苦难多的人，真爱也要多，才能有力量、有勇气超越苦难。

　　真爱是苦难的慰藉，灵魂的补偿……

归

来

归　来

　　故乡，是我们少年时想要离开的地方，是我们年老时想回却回不去的地方。当我们不知疲倦，山一程，水一程，渐行渐远之后才发现，故乡是我们根本剪不断脐带的血地，断了筋骨，连着血脉。故乡，是起点，也是终点。

——《朗读者2》

　　我们无法选择故乡，只能选择离开故乡后的人生，用何种方式怀念故乡，以及何时归来。人生大戏始于故乡，必高潮于故乡，甚至终结在故乡。

　　故乡，是人类灵魂深处最柔软、最真挚的爱。

你回与不回，故乡都在那里。在那里等你。

你现在不回，但你总要回，你的心会回。

故乡，是人类共同的爱与情感。

我在中学同学群里写下这些文字，然后，回故乡。

我是一个做到才会写、写了必须做的人。

写完，归来。

二零一八年夏天，带着恍惚的眼睛，在恍惚中，回到阔别十年的故乡。

绿皮火车

绿皮火车是回故乡的最大挑战。

这些年，不是飞机就是高铁。离开北方后，再没坐过绿皮火车。

一看到绿皮火车就头疼。从八车厢走到二车厢，站也不是，坐也不是，躺着也不是，座位硌屁股，卧铺是铁板一块。

三十年前就是这车。

这车竟然还能开，竟然还开着。

小时候，最大的理想是坐一次火车。绿皮火车通往天堂，我的天堂在远方。

小时候，我家旁边的树林里有铁轨，每当那列行走的长龙经过，我就端着碗，一面吃着咸饭，一边遥想它去到的地方，艳羡车上的人，他们也会吃饭吗？在车上吃饭？

"车上有饭吃吗？"我问爸。

爸说："有。车上有餐车，还可以自己带方便面。"

"啥是方便面？啥是餐车？"

车上的人，一瓶啤酒、两包红肠、几袋方便面，吃得特别香。我不仅没有胃口，决定不喝水。车上的厕所，还是无处下脚。

我找个空间站着，想起小时候对绿皮火车的向往，那时是我的梦想，现在却是满眼的嫌弃。

拼命去找优点……

找到了！便宜！票价便宜到无语。十个小时，卧铺才八十块。

可我不要便宜，我要舒适。但是，回家的车只有三列，都是绿皮火车。

便宜的车一样回家。

第一次高考落榜时，望着同学们一个个喜气洋洋地上了绿皮火车，满眼泪花，满心誓言：明年，我一定也在此时此刻，坐上开往哈尔滨的绿皮火车。

好容易上了火车。每个寒暑假，开心地乘绿皮火车回家。

暑假，是开心的；寒假，是凛冽的。

车上无暖气、无空调，零下三十几度，那是白天。深夜，更冷。车窗被冰封了里三层、外三层，没有一丝空隙，看不到窗外的风景。窗外，也没有风景，林海雪原，千里冰封。

车窗内，热气腾腾的泡面、榨菜、红肠，得尽快吃，不然一会儿就冷了，手冻得快拿不住叉子了，也还是往嘴里塞。吃完了，戴上手套、帽子、脖套，两只胳膊交叉着揣进皮衣袖子里，睡觉。

写了三篇文章，用手机，凑合着躺在所谓的卧铺上，好歹能横着，睡觉。一觉到天亮。天亮了，到家了。

就这也能睡着……

爱情与梦想

凌晨醒来，坐在窗边。列车停在鸡东。

望着这个县城，低矮的房屋，破旧的建筑，人们的穿着想要追逐时尚，却因眼界太窄、审美偏差不伦不类，铁轨边一排排破旧的瓦房，都市罕见的货车、卡车、摩托车排在红灯后面。

我想到了他，他要我陪他一起回到这里教书、过日子。这是他的故乡，毕业后，他要回故乡。带着他的小女朋友。

我看着他的眼睛，很美、很有魔力，但不足以诱惑我放弃追逐。透过那双可以游泳的眼睛，我看到了更远和更近的地方。

远的是自由与梦想，近的是天性和野心。

我要看世界！我不能接受世界只是县城里的一所学校，一间房，

　　尽管房子里有爱情，虽然，尚不知爱情亦逝，但我认为不对等——爱情与梦想。

　　为了爱情牺牲梦想，不可以。

　　我不能容忍人生尚未开始就被束缚，生命的大鹏是要展翅翱翔的，而不是围着讲台和锅台转上一辈子。

　　生命是自由的。

　　他，几乎是所有中文系女生的梦中情人、理想爱人：学生会主席，高大、帅气、才华横溢、能力非凡、气质如兰。多少人爱他，想让他爱她，我轻而易举得到了他。

　　是我追求他。他是我平生主动追求的唯一一个男人。他太瞩目，太优秀，我若不出手，他关注不到我，更想不起追求我。那我来！

　　那阵子，上课时，我多了一个任务：叠幸运星，一颗一颗又一颗，一共叠了521颗。

　　《泰坦尼克号》惊艳了世界，也感动了我们，我学会了唱主题曲，并自己翻译成中文，翻译完，给英语老师看，她饶有兴趣地一句一句品味，精改了几句。

　　万事俱备，只欠东风。带着包裹得像花儿一样的幸运星和像诗词一样儿的主题歌，还有我同样迷人的眼睛。我一说爱他，他立即就范，成为我的唯一。真是没有成就感，这层面纱撩得很容易。

　　毕业前夕，他要我选择，在爱情与梦想之间。他若回县城，会去县委做秘书，我到学校做语文老师。从此，与自由和梦想诀别。

　　望着他英俊的脸庞，趁它属于我时再多看一会儿。他有一张明星的脸，一双深沉的眼，我也会陶醉，但不会迷失。

我拥抱他，踮起脚来，吻了吻他性感的唇，转身离开。走向追逐梦想的人生。

人生，只有一次。梦想，只有一个。

只有梦想，可以让人生鲜活、立体、丰盈、自由。

自此，我们再未碰面。

听说他在县委谋得一个很高的职位，这不奇怪，这是必然。人们特别在意一个小圈子的身份，一个角落里的尊严，而我，要看广阔的世界，生活在无垠的海边，追逐生命的尊严。

生命的尊严就是要能够追逐梦想，自由如风。

梦想成真后，再回来，经过他的家，更加钦佩20岁时自己的抉择，是理性而智慧的。

如果女孩们都这样做，天下太平，社会和谐，人间更美。我想象不出仅为了一份工作、一个家庭而放弃自由和梦想的日子怎么过。

我要我活着，带着思想和灵魂活着。

我，相信爱情，精神层面。我要爱情，但绝不会为了爱情，放弃自由与梦想。

爱情最令人费解的是，一个原本陌生的男人因为说爱你，竟然可以接近你，一边爱你一边伤害你！

我一直想问上帝为什么，男人会打着爱的旗号让女人受伤，而那些不说爱你的男人却根本伤害不了你。到底要不要爱情呢？还是不要男人？

无力纠缠于此，我寻找并触摸到了比爱情更美、更高、更强的物质：自由和梦想。跟自由恋爱，与梦想结婚。我恋着自由，就像少女恋着白马王子；我痴迷梦想，就像女人痴迷婚姻和男人。

爱情的季节很短，像江南的冬天，北方的秋天。梦想，带来的自由，是一生一世的。

在梦想面前，一切退位。

回到卧铺上，继续睡觉。

变

　　我站在故乡的土地上，一阵恍惚。

　　这是我的故乡吗？举目四望，昔日不再。

　　仿佛这是别人的故乡。

　　但我分明用同样的方式，走了同样的路线，回到这里——从前，我多次回归的地方。

　　这是曾经的火车站，重新修建了，还有花园广场。

　　竟然有了公交车、红绿灯和路名。是的，十年前，我的故乡，连这些都没有。

　　走到路的尽头，是重新修建的大医院。我深沉地注视着它。

　　我在这里重生。

肉体上的重生。

我死过。勇敢地赴死。死时不知道有办法起死回生。再次生还，就是在这里。

尚未成年，却发现现实世界残酷的一面：我可能随时会成为别人的猎物，在我无力抵抗的时候。我也有可能，随时被人伤害，哪怕是亲生父母。

他们用爱伤害我们。他们并不知道。

剥夺生命是为了拯救生命。我代替想要寻死的母亲去死。

当我重新拥有生命，我只有一个人生任务：绽放生命。

此时此刻，这个正像花一样绽放的生命，曾在这里重新拥有了生命。

小城只有一条正街，并不长，步行十几分钟。所有的门面、牌匾全变了，仿佛走在异乡的街头。

街道尽头是中医院。这里诞生过一个小生命，她刚来到这个世界上，我就第一个来看她。

我那时还在上大学，我的发小已经孕育生命了。她虚弱地躺在病床上，像受了重刑，头发一缕一缕贴在头顶，衣服粘在身上，一看到我就说："为什么要做女人啊……"她太胖，顺产了三天三夜。

她的丈夫却光鲜亮丽地微笑着迎我，抱着怀里的小肉团给我看。我没好意思说：真丑，眼神儿却说了出来，他呵呵一笑："刚出生的婴儿都丑，咱们刚出生时也丑。"我大笑，我岂止刚出生时丑，一直丑到高中。

发小却没有半点力气多说一个字，这是女人天生的必经的苦难。

这个丑婴，此时长成特别清灵美丽的少女，生活在马来西亚。我立即微信发小，说我正看着你女儿诞生的地方，曾经的苦难是值得的。

除了医院、车站，其他的一切都变了。

特意驱车去找曾经的老房子，可是我们都迷路了。

不仅房子变了，连那整片区域都变了，仿佛并不存在，仿佛我第一次来。但我明明，在那里生活了十六年。

十六年后，再次来到生活了十六年的房子，我找不到它了。它也找不到我了。我遗弃了它，它也遗弃了我。它被小城遗弃了。

我成了真正的风，而生活却不是梦。

我如风般自由，生活并不如梦般美妙……

青春不散场

"到了吗?"车尚未停下来,主持人便发来微信。

我下车,走进校园。25 年前,我每日此时走进这里,三年的时光。

她迎着我,我迎着朝阳。我们拥抱。签名。合影。

一群老同学,围在签名板前。举头望旧友,低头忆故人。

一个都没认出来。

立即有几个老同学把我围住,叫着我的名字:"你还认得我吗?"

我摇摇头,尴尬地笑着,全都判若两人,如何认得?

"你怎么二十年没变?"

我恍惚着，"没吧，变了。"

小学同学走过来，"变美了。"

那是因为以前太丑。

他们介绍完自己，我越过黑白相间的头发，发福变形的脸庞，中间划一块租界，依稀可见当年的模样。

拍照，没完没了的拍照。我躲在镜头后面，不习惯留下影像，因为，我会留下文字。二十年的旅行照片，近100G，没空回放，无意删除了，也不心疼。只要文字存在，我就存在。这二十年的人生，也存在。

打量着曾经的校园，崭新的建筑，看到墙体上印着新校训：成人比成绩重要，成长比成功重要。如果这是事实，如果能够贯穿教学始终，真是进步，很大的进步。一个人成长成一个真正的成人，是比成功更大的成功，而且必然会成功。

参观教室，当年我们除了吃饭、睡觉都厮混的地方，就像宝玉和姐妹们厮混在大观园，而男生们何止有金陵十二钗的陪伴。

我找到初一四、初二八、初三一的班级，站在门口，感受着、体验着。当下是空的，没有回忆，我回忆过了，已经在回忆中把它们变成文字。

我回忆这段人生岁月时，是在杭州，才二十几岁。多亏年轻时的回忆，年老时必须忆不起，现在已经追忆不出当年，似水般流逝了……

所有人坐下，老师进来点名。老师是曾经的老师，学生不是曾经的学生了，是学生的父母。但大家依然热情高涨，点谁的名字，谁站起来，响亮地一声："到！"大家便笑一场。

老师点完两个同学的名字："说！你俩什么时候谈恋爱的？孩子多大了？"

笑声震天，女同学忙站起来申辩："我们是上了大学才恋爱的。"

前桌回头说："坐下！都修成正果了，就算幼儿园谈恋爱也没人管，装啥啊！"

哄堂大笑，响彻云霄。

午宴时，发起人和老师讲完话，让我作为学生代表讲话，我哪里会讲话。

"很惊奇，我竟然是除发起人之外，唯一一个回来的外省的同学。我不管你生活在何处，有多少资产，住多大的房子，只在乎你是否还有梦想，是否为梦想付出过，是否梦想成真，在人生这所大学，你是否毕业？我一无所有，四处漂泊，却问心无愧地说：我是一个合格的毕业生。青春不散场，归来仍少年！"

青春不散场，是同学聚会的主题。

我回到座位，老师赞赏地说："下句加得好：青春不散场，归来仍少年。"

我举杯："谢谢！敬您！"

饭后，我们驱车去当壁镇。去看故乡最美的湖。故乡虽无名，但湖是有盛名的，因是中俄界湖。

湖也不是当年的模样，更美了。走在堤上，拍了几张照片，发朋友圈儿，纷纷来信：又去哪儿旅行了？是苏堤，还是瘦西湖？回复：兴凯湖，故乡的湖。

整个下午，我们都在兴凯湖散步、拍照、说笑，傍晚时，些许小雨，我们进入一位同学朋友开的酒店。吃全鱼宴，进行篝火晚会。

全鱼宴中最惊艳我的是兴凯湖白鱼，十几种鱼中，我一眼能看出它与众不同，指着问："这就是兴凯湖白鱼？"

"好眼力。"

好色相，色白如玉，相静如水。别的鱼只品尝了一口，这条鱼大半被葬送于我口，同学们都觥筹交错，又生活在本地，没空，也不新鲜，我负责吃，吃下一条白鱼之后，去湖边散步。

为了安全，便环顾两大桌，找了个不喝酒的男生："想去湖边看看夜景，不认路，可否同行？"

他夸张地放下茶杯，"蹭"地一下子跳起来："求之不得。"

随后冲那帮喝酒的男生抛个媚眼："咋样，开车不喝酒，有意外惊喜吧。"

我笑着摇摇头，散个步，惊什么喜，这地方，导航都不认识。找人护驾，是为了安全。可巧，他还是我小学同学，我家的邻居，据他说。

他一看到我，就惊讶地叫出我的名字，"你怎么没变呀。"

他报出他的名字，我仔细地辨认了又辨认，名字记得！脸上划一个圈，嗯，是他，圈儿里认得，圈儿外……他说他是他，他就是他吧。我能有什么办法……

还真是英明决策，离开酒店，外面漆黑一片，连路灯都没有。

同学刚要开手机电筒，我发现了别有洞天之处，"别动，望星空！"

　　我特别不善于进行这种细致入微的描写，我只能说，当我抬头望星空，二十年后，再望故乡的星空，那种震撼之情只能借古人之口表达："日月之行，若出其中。星汉灿烂，若出其里。幸甚至哉，文以写之。"这样璀璨的星空，这些年，只在青藏高原和喜马拉雅山上才看到过。而我的故乡竟有！

　　难怪，到达拉萨的初夜，看到满天繁星，热泪盈眶，决定留下来开民宿；难怪，无论到哪里旅行，我都会寻找夜空中的星辰；难怪，我在《时光重溯》中，屡次描写星空；难怪，一进入潜意识深处，忆起童年时光，一定会有星群密布的夜空。那不是梦，那是真实，我曾经拥有过梦一样的星空，梦一样的童年。

　　我找银河系，找牛郎、织女星，找北斗七星，找所有我认识的星星。找属于我的那一颗，却找不到。一丝浅笑，对着自己，抚向左胸，星在这里。

　　"你们当作家的，都这么浪漫吗？"

　　我望星空都望出了口水，老友都蒙了，有那么好看吗？这有啥看的。

　　我举头望星空："跟作家没关系，有些作家不浪漫得让你发狂。天性……"

　　我低头看着他："你小时候不看天空吗？"

　　他笑笑："看。现在哪有时间看？"

　　"那你都干什么？"

　　"上班、喝酒、打麻将、K 歌、接送儿子……"说着说着，他也不由自主地抬起头，喃喃地自言自语："好像没有天空好看……"

我大笑着，笑声划破长空："你知道啦……终于知道了？知道我为啥走遍世界去看天空、看夕阳、看星星了吧。"

"那得需要钱，还需要时间。"

"不！只需要一样。"

"什么？"

"心！"

"可是有心没钱……"

我抬手打断他："有心你就会解决这一切。比起富豪，我也没钱，但我可以做到。"

突然一声炮响，另一种灿烂点亮夜空："烟花！篝火晚会！跑！"

跑回酒店，院子里已经燃起一堆篝火，"冲！"我围着篝火，加了两根木头，实在插不进去，就手举一根，围着篝火跳舞，火上加火，热上加热，没事找事儿。唱了首二十年的老歌，跳了支二十年的舞蹈，与二十年未见的故人，在二十年错过的故乡，散尽二十年人生的沧桑，迎接未来半生的辉煌。

想要青春不散场，归来仍少年，就得保持少年的激情，活出青春的状态。用少年的形象去活中年，用青春的状态去迎接老年。

一生皆青春！何时都少年！

阿拉伯之夜

在湖边散步，回来时，篝火熊熊燃烧，我立即跑过去，围着它转圈儿。

我喜欢火。尤其是在冰冷了太久之后。

我就是一团火。一直在燃烧，为了生活。

墨蓝色的天空绽放着五彩的烟花，如火一般。

同学们都燃烧了，纷纷围着篝火跳起舞来。

当年的文艺委员，热烈地领跳骑马舞。

我跑进点歌房，曲目太老了，都是二十年前的。为了配这群二十几年才相见的人。点了首《为了谁》。

竟然发现了《阿拉伯之夜》，与它也多年不见。

大学预科生中有一个瘦弱矮小的男生，用一曲《阿拉伯之夜》征服了所有人。他带来的不是印度肚皮舞版本，而是现代舞，更加眩目、另类，那双腿像是纸折的一般灵动、柔软，简直把《阿拉伯之夜》跳活了。

许多人跟着学，学得最好的是我和云。

我们在中文系迎新晚会上表演，得到全场喝彩。每每在校舞会上播放这支曲子时，只要我俩一跳，众人立即围观叫好。

我们跳了整个大学时代。一支舞蹈让我们成为舞厅的焦点。

《阿拉伯之夜》特别豪迈，对腿的灵活度要求特别高，对体力要求也高。当年，我可以连跳一个小时，跳满全场，此时，不过十分钟，已气喘吁吁。

只有我一个人会跳，而且只会开头。老同学们已经看得非常过瘾。这支曲子特别劲爆，特别有自己的轨道，一般的舞步和不上，它让听过、没听过的，会跳、不会跳的人，都知道有固定的舞步。

初到上海时，与同事们去复兴公园 Park97，我就用《阿拉伯之夜》的风格跳舞，吓得公关经理一把抓住我："Aileen 呀，舞不是这么跳的！"我便停下来，看婀娜、妖娆的上海小姐们，扭得特别妩媚、特别有女人味儿，但跳了整晚，也还是站在原地，似孙悟空用金箍棒为唐僧划了个圈儿，而她们的圈儿只是双脚的位置。舞是这么跳的？反正，整个江南都是这么跳，我就得这么跳。

从此，与《阿拉伯之夜》告别。

却无法告别《阿拉伯之夜》的爱与记忆。

十八年后，竟在故乡重遇。

在经历了《阿拉伯之夜》式的生活后，再跳《阿拉伯之夜》，别有一番风味。"作家，你不只会写作，还能歌善舞。"一个老同学说。我哈哈笑着，后者是天性，前者是意外；后者，与生俱来，前者，苦苦求索。

就像同学聚会，只有一天时间。为了这一天，我们需要等待二十年。为了这一天，需要飞机加火车走上一天。

但我们还是来了。不是为了聚会。是为了故乡，为了童年。为了握手童年时的故乡。

我握住了，拥抱着它舞蹈。我咬着它的耳朵："对不起，还是会离开你，但我属于你。我的童年，永远属于你！我爱你！"

同桌的你

从小学到大学，我们都会有许多同桌。但能够在记忆中留下深刻记忆，非失忆而不会忘记的同桌能有几个呢？

你就是一个。

我高二时只同桌半年的你。

你有一个漂亮的琼瑶味儿的名字：姚若臣。

人如其名，个子很高，虽是单眼皮但眼睛不小，你喜欢笑，笑起来很阳刚，一对深陷的刚柔的酒窝儿，浑身上下有股浓浓的男生味儿。少年时遥想你成年后，一定会变成吴奇隆一样的男人。

你的衣服总是穿得干干净净，白衬衫也总是原色。你大概很爱臭美，我总能闻到你身上一股雪花膏味儿。这股味道让我很难受，又不好说出口。后来我发明了一种抵制的方法，在手背上抹蛤蜊油，以味攻味。

在青春萌动的岁月里，不仅漂亮女生是非多，有魅力的男生传闻也不少，班级里都在盛传你与四大美人之一的范雯丽谈恋爱。

我就坐在你旁边看着你和别人恋爱，在我还不懂恋爱的季节，但我懂一点：你是美的。

突然之间，你就消失了。传说中的恋爱也中断了。

我们失联。整整二十五年。

在我周游世界的岁月中，自然少不了见散居在世界各地的旧友、老同学。当我见到旅居国外的老同学——你曾经的绯闻女友，除了我俩的热切相拥，就是热切地畅谈中学岁月。

不约而同把目标指向了你："你有他的微信吗？"我们同时问，然后同时摇头。然后又几乎同时说："莫佑军可能会有。"于是，我们同时微信他。他哈哈笑着把你的手机号码发给我们。

"打吗？现在？"两双美丽的眼睛互相发问着。

"还是别了吧。从国外打，太隆重了，吓到他，等我回国后再打。"我说。

一回国，我便加了你，声音似乎是从前的声音，增加了许多厚度与沧桑。

我的书籍出版后，你热情地帮我为同学配送。几百本书。你默默地履行着同桌的职责，尽管只同桌半年。

此次回故乡，你，同样是我必见的目标。

我在学校的栏杆外面等你。栏杆里面的校园，我们曾经同桌半年，你的女儿正在里面军训。我拍了照片发给你，让你辨认。

你纯真地说："我认不出来。穿的衣服都一样。"

等你开完会。我等你。在校园外面。

你微信说："桌儿，我的车停在路边。你走过来。"

我望穿整条马路，不见你。满街的惆怅和迷茫？"你在哪？"

"我在你前面。"

"很多人在我前面。"

"我在向你招手。"

"很多人在向我招手。"

一个高大肥硕的中年男人，拎着手机向我走来。直到站在我面前，叫我："同桌。"我盯着他，从头到尾，"你是……"

"我是……"

"你不是。"

"我是。"

"给我一个当年的你！"淘气的天性上来了，气呼呼地命令道。

他哈哈一笑："我的四环素牙没变。"啊！可是，但可是，我没记住这个，记住的都是闪亮了眼睛的优点。

现在，优点全部消失，只剩下一个缺点。

细想想，当年他好像是四环素牙，但在那张英俊而青春的脸上也是美的，至少不丑，甚至是被忽略的。

现在，我在你身上没找出当年的模样，只有这口牙，一如当年，不引人注目。当年，是因为脸太帅，如今，是因为皮肤太黑，牙也黑。

我瞠目结舌："……真的是你！"

"是我。"

你变成了你的父亲。

但我没见过你的父亲，只见过青春时的你。时光荏苒，你把中年的你呈现在依然青春的我面前。

直到我坐上车，都不敢正视你。

直到你说出了初三时的些许回忆，我才确定你是你。

"桌儿……你当年的水洗头呢？"斜着你秃顶上刚刚长出的一层黑毛。

他哈哈大笑，"现在能有头发，不错了。"

我又斜你一眼："你的酒窝呢？"

"胖没了。190斤。"

我深吸一口气。

走在大街上，我认不出你来。

你说很正常，能认出你的人凤毛麟角。

你说你拿出当年的照片给女儿看，女儿看了好久，问："爸，这是你吗？"

我也想问："桌儿，你还是我当年的同桌吗？"

同桌的你，把我的同桌给活没了。

兴凯湖

我的故乡，有一个湖：三分之二，属于俄罗斯；三分之一，属于中国。

我就出生在三分之一的这一边。

地图上叫它兴凯湖，故乡人都叫它大湖。

小学时候，最隆重的春游，就是去大湖。

头一天，父母便准备了丰盛的美食：面包、红肠、打糕、拌菜。第二天一早，背着就去了大湖。那相当于去马尔代夫。虽然不认识马尔代夫。

太久远了，唯一的记忆就是湖像海一样磅礴，其实，我也是没见过海的。传说中，海就是这样，一望无际，无边无际。大湖就是这样。因为故乡太小，心太大，从小就对没有边际的水和世界感兴趣。

故乡能去的风景本就没几处，不出三天，已经去了两回。

老友们太热情，总怕亏待了我这个号称周游世界的家伙，怕我待在小城里憋屈，便往大湖带。

其实，我一日两三场同学应酬，十分疲惫，但架不住他们的真诚与热情，也就去了。

站在湖边，此时再看，依然像海，却已然不同。因为，我见过海了。见过世界。我生活在海边。我也见过人生的海……

天是阴沉沉的，湖水像黄河一样浑浊，但比黄河清浅，不用承载那么厚重的历史。颜色、水域、浪沙，都与海不同，与海相同的，是有些水天相接的感觉，很稳、很轻浅。

兴凯湖的姿色，与九寨沟和西藏的圣湖不可相提并论，但在东三省是数一数二的，况且故乡也在倾心建设，比之我小时候，已经美了太多。修了堤坝、凉亭、葡萄林、荷花池。走在堤上，拍了几张照片，发到朋友圈儿，纷纷来信询问：去哪儿了？像苏堤一样美。自豪地回复：故乡的兴凯湖，当壁镇的湖。有留言：镇上都这么美？哈哈笑着，从哪儿说起呢？只有这条堤，只有当壁镇才美……

兴凯湖在中国历史上，仅见于 1860 年中俄《北京条约》，其后从中国的内湖变成了中俄界湖，大半被俄国用骗签的方式和平掳走。说到底，还是清政府无能。

还好，留下了三分之一，不然，我会说着俄语，用俄文写作。

东三省本就是平原，一望无际的庄稼，无边无际的土地，水是极其金贵的，这条稀罕而厚重的湖，就在我的故乡。

这些庄稼的前身是荒原，是王震将军亲率十万转业大军入驻北大荒，把北大荒建成了北大仓。到今天我才知道，兴凯湖就是北大荒的核心，将军进驻的就是我的故乡密山。

因此，兴凯湖还有一部开荒史。

因着开发北大荒，国家号召中原青年支援，才有了外公那辈人闯关东。才使我这个山东人，出生在东北，生在中俄边界。

大般，每个地方，都有自己的母亲河，兴凯湖就是故乡的母亲河。唐代，它叫湄沱湖；金代，它有一个优雅的名字"北琴海"，因其形如月琴；清代，它有了"兴凯"这个满族名字，意为"水往低处流"。

因为我生在低处，所以，要往高处飞，高到冈仁波齐，高到南极洲边，再流回来，看看人生低处。站在兴凯湖边，勉励自己："水往低处流，人往高处走。人生低到不能再低处，唯有向上！只能向上！必须向上！"

大白鱼

兴凯湖盛产的白鱼竟然与黄河鲤鱼、松花江鲑鱼和松江鲈鱼并列为中国四大名鱼，又与乌苏里江的大马哈鱼、绥芬河的滩头鱼并称"边塞三珍"，是历朝历代的宫廷贡品。小时候倒没听说兴凯湖白鱼如此珍贵，离开故乡时反而领略了它的盛名，但也只剩下尴尬的骄傲："兴凯湖白鱼啊！我家乡的鱼。"再没了下文，没吃过。在故乡的那些年，生活是朴素、单纯、简洁的，不懂得吃精、吃贵、吃奇。

这次回去可不得了，因其名闻天下，我又十年未归，无论谁请，都有白鱼压阵。老同学一找我吃饭："兴凯湖白鱼金贵，好不容易回来一趟，吃白鱼！"再有提兴凯湖白鱼的，我立即反对："吃过了，吃过了。""再吃无妨。"还是会有白鱼。

毕竟是中国四大名鱼之一，无论你吃过多少鱼，当它摆在面前时，吃得越多，你越觉得稀奇。

单就外形来看，其色如玉，形长侧扁，口大上翘，背鳍硬刺，臂鳍延长。后尝其味，不辱其名。

这条鱼大概有四斤左右，虽是全鱼宴，在十二种鱼中，它先声夺人，我也最先关注到它。已经有男同学将肉夹到我的碟儿里，"老同学，咱家最珍贵的鱼，你走南闯北的，尝尝。"

微笑着将白鱼肉放入口中，肉嫩如豆腐，味香如鲜虾，不住地点头："名不虚传！"

另一位同学来敬酒："敬你。"

我婉拒："敬鱼吧。"

他愣了一下，我扬扬眉毛，举起小碟儿，他便把鱼鳍最嫩的一条夹过来。

"谢谢。"

本就嫩如婴儿肌肤，此处更是嫩如白雾，说是雾，又有淡淡的鱼香，"不愧为'边塞三珍'，果然珍美无比。"

与白马王子开车去当壁镇玩，午饭时往兴凯湖边一坐，老板立即像苍蝇一样围上来："正宗的兴凯湖白鱼，坐在兴凯湖边吃兴凯湖白鱼，多给力！"

他说："行。来条大的。"

"哎，"我阻止了他，东北人的风格我还是了解些的，"多少钱一斤？"

"288。"

"一条鱼几斤？"

"四斤来沉。"

"你真敢要啊，你。"

白马王子憨厚地笑笑："一条鱼，没什么大不了。"

我细心地解释："我自然知道你愿意，也舍得请我吃任何大餐。问题是，这是大餐吗？我接受被宰，但要宰得合情合理。"

他又笑笑："在这里，没有合理的，只有胆肥的。"

我让老板带着去看兴凯湖白鱼，一堆死尸陈列在冰柜里："死鱼！"我惊讶地叫道。

老板忙说："上午刚打捞上来的，一打捞白鱼就死，所以才金贵。你朋友在白泡子工作几年，他知道。"

"我不管你多么金贵，你去跟南方人说，一条死鱼，288 块一斤，就是 8 块钱一斤，人家都不稀得要，南方人是要吃鲜儿的！"

在我的阻拦下，究竟没有在兴凯湖边吃所谓的兴凯湖白鱼，但两盘别的鱼、一盘蔬菜，也要好几百。

"那鱼，"吃完了，他才说："我一看，就知道，不是兴凯湖白鱼。"

"那你不吱声？"

"我不是……你……"

"行了，收起你东北人死要面子活受罪这一套，我是谁你还不知道？正经走南闯北，在南方生活十年，你是否重情重义，还在这一条鱼、一顿饭？"

他依旧呵呵笑着。

我望着兴凯湖，"此次初中同学聚会……能见到你，实属意外。吃碗冷面，我都开心。而我最想吃的就是冷面，还有……"

"冷面热做。"他接口道。我望望他，笑笑。他不仅知道我爱吃什么，还知道我的天性：爱憎分明，非黑即白。

晚餐时，新一拨老友聚餐，又要点白鱼，我忙推辞，"不必了，中午刚吃过。谢谢。"

"好容易回来一次，一定要吃咱家的白鱼。你吃遍全国，没什么好招待你的。"

"招待什么呢？不过是回来看看故乡，看看你们，好好说说话。"

"吃，不耽误说。"

吃着乡湖白鱼，聊着故乡往事，感慨青葱岁月，诉说白玉之情，鱼之色，色之心，心之纯。

青春事件主人公成熟后相见

回故乡，自然要见余晖，她自然要叫上这帮相处了二十年的哥们儿，酒过三巡之后，自然不可避免提及当年的糗事。

"你跟人家道歉了吗？"众人假装责问冯云涛。

"没有。"

"你给人家分红了吗？"

"没有。"这个先进的概念穿越时光列车回到当年，得解释个把月大家才能理解、接受。

"说你为什么渣男？"

"当年没这词儿。"

"说你为什么犯浑，敢欺负如风？"

"我当年也不叫这名儿。"

大家乐了一回，喝了一回。

　　他们仍愿意记得此事，并拿它做下酒菜，我无所谓，就像看一场黑白电影，主人公早已不是我。

　　"因为我喜欢你。"他说。

　　我淡淡地："喜欢我的人多了，遍布世界各地。排队。"

　　"我好像应该排第一。"

　　"没你的份儿，我的'初恋'在初三。"

　　"我一直排着队，拿着号码牌。"张猛唱起来。

　　"哎，当年，是冯云涛干的糗事，为什么是张猛追出去的？"

　　"对呀。有戏。"

　　"连环计啊。"

　　"兄弟，你真是兄弟。为了兄弟，你两肋插刀插了这么多年？"

　　"插着刀还胖成这样？"

　　"噢，你胸前原来一直插着需要别人拔出来的刀。《鬼怪》（韩剧）是真的呀。"我想起来了韩剧。

　　"这脏水泼了那么多年，还没泼干净？泼到我身上来了。"

　　"泼水节。"

　　"还好尚未冬天。直接泼成冰雕。"

　　"我也是喜欢你的。"张猛说。

　　"你们这些浑蛋，喜欢怎么不说？你不说我怎么知道你喜欢我？我当时好自卑。需要男生的喜欢来提升自信。"

　　"你还自卑？天下女生还能活吗？"

　　"我花了二十年，才树立起信心，人活着，容易吗？"

　　"是啊，好好的，上个学，早自习，啥都没干，被个坏男生说

'我爱你'。"冯云涛说。

我踹了冯云涛一脚："还有脸说？"

"那咋整？都做了。"

复踹一脚。

"这要搁过去，明朝那会儿，你是死是活，还是被迫跟了这个坏人？"

"哼！只要我是我，无论生在哪朝，我只跟随我心。听别人话的傻女人干的那些傻事儿，不用跟我说。"

"人家的书名叫《特立独行》。"

"我不是故意的。只是随风而行，如风自由活。"

"说的跟歌词似的。唱歌。女神。"

女神K歌房的豪华和气派不亚于北上广深：别处，天上人间；此处，可真是人间天上。

吃饭、唱歌、闲聊、混说。青春事件的主人公成熟后相遇，就是这些。这是生活。若再有别的，就是小说。

"我爱你"挺精彩的，一定要用到小说中，小说中绝对不是这种发展，这样的结尾。

没故事，也得编故事；没交集，也得扯交集。要么，二人再经过几次误会之后，天荒地老地相爱，要么咬牙切齿地生恨，一恨二十年，各有各的爱情和故事，二十年再相遇，仍然相爱，由恨生爱。也只能爱，这点小事儿，不配生仇恨。只有相爱，才有故事，才有交集。

嗯，好吧。一边唱"镌刻好，每道眉间心上。画间透过力量……"一边信誓旦旦：写部小说，给这个人生故事的一个空间。

睡午觉

我没有睡午觉的习惯。朝起夕睡，不过夜生活。我也没有过这样密集的宴会，回故乡二周，每天两场以上的老友会，真是连喝茶、睡觉的空儿都没，从未觉得肉身有这样重的负担，强烈需要午睡。跟谁讲理去，休息是为了支撑赴宴？

我只能像挤海绵里的水一样挤时间睡觉，所以睡得千奇百怪，随遇而安。

牵着白马王子的手，午饭后在湖边散步。我打着哈欠，"我困了，想睡觉。"

他蒙了"……睡哪儿！"

我指指湖边的硬石板："地上。"

"啊？枕啥？"

我瞄了他一眼："你带着枕头呀。"

他无辜地："没有啊。"

"笨。"我指指他的腿，"坐下。"

"是。"他乖乖在坐在湖沿上。

我躺在他腿上，可巧穿了裙子，便拿太阳帽放在膝盖上，把白色蚕丝围巾罩住脑袋。伴着湖水的浪声，安然入睡。

"啊哈！"半个小时之后，我打着哈欠起来了，他快变成一堆雕塑。半晌冒出一句："这，也能睡着？"

我特别认真地点头："嗯。湖边清净，不比海潮。"

"你睡觉的样子……"他喃喃地说。

"啊！"我大惊失色，忘记避嫌："我应该不打呼噜！"

"太美了……无数次想吻你……"

甜甜地看着湖水，湖水也变成甜的了。我拿你当枕头时，可没想过别的。当年，你如果敢吻我，我就是你的……巴尔扎克就是强吻了伯尼夫人，伯尼夫人才爱上他，成为他的情人，支持他写作，成就了巴尔扎克……

许多时候，许多事情是不能被动、等待的。

现在，吻不吻，改变不了结果。不吻也罢……

同桌带我去青年水库那次，没地儿躺，就睡在后车座上。这回是真的枕头，同桌总是开车带领导下乡，领导开会视察时，他便躺在车里睡觉。对此，他轻车熟路，并知道怎么对付我们的大长腿，开一边车门儿，腿伸在外面，头枕着车门。

我又美美地睡了一个午觉。

起来后，继续夜宴、忆旧、畅食、欢歌。

小表妹家的宝贝，天性像我，热情、开朗、话多、自来熟。不到十点，我们带她去淘气宝玩，玩得昏天黑地。我得陪她上滑梯，看她荡秋千，亲上战场，与她一起拿球砸投射在墙上的僵尸，还可以拍，拿泡沫方砖或棒子，一顿砸。我砸着砸着，墙直晃，用手拍拍，假墙，给孩子拍的墙，我这种伪孩子会拍倒，赶紧住手。拿球砸。

宝贝开心极了，浑身的细胞都像开心果，颗颗都裂开了口，而我浑身的细胞都困倦得像狂风中的垂柳。

她还只让我陪玩，妈妈审美疲劳了。

好歹哄着去吃碗朝鲜大冷面，还是没忘，叫嚣着还要玩。

我投降了，"真盯不住了，得睡一觉，才能陪得起。"

妹问："在哪儿睡？"

我瞄了一眼家长等候的半圆形座位，"就这儿。你哄一会儿吧，半个小时。"说完倒头就睡。

不容她发出感叹："这也能睡？"我已经睡着了。

睡醒，又陪宝贝玩了仨小时。

我不攀比别的，这睡觉的功夫应该属于武林上乘秘笈，葵花宝典级别。

如果你是个孩子，吃着就能睡着，是天性；如果你历尽沧桑、百转千回、九死一生，还能想睡就睡，是境界。

在从哈医大回妹家的公交车上睡着了，下车时，一开车门：哎哟，咋整的？满地都是水。看看手机，有妹打来的未接电话。她补发了条微信："姐，你出门关窗户了吗？这么大的雨，别漏到地板上。"原来，下雨了。而且是瓢泼大雨。

别人谦虚，是美德，关于睡觉，我再谦虚就是虚伪，这是一个千真万确、如假包换的睡神。

说起我这倒头就睡的功夫，被小品演员称为没心没肺，在我这里，必变为雅词儿，而且有哲学深义：活在当下。

当下那一刻，肉体累了，需要休整，干吗想那么多：爱别离，求不得，放不下，怨长久，恨失去……都是无谓的。

那是醒时的功课，睡是为了让醒时更清醒。

所以，想睡时，就睡。

我们活着不只是为了侍候别人，首当其冲的是侍候自己。自己都已经累到眼睛快睁不开了，还顾及所谓的形象挺着，谁给你点赞？把自己累出病来，谁给你花钱？谁替你痛苦？

失眠于我来说，是奇怪的，吃饭、睡觉本是人类本能，想睡都睡不着，活着还有什么劲儿？若是夜夜失眠，即使你再成功，也是失败的。

不就睡觉吗？多大点儿事儿！

要说我没心没肺，不深思熟虑，那这一本本书哪来的？我只是跟别人想的不一样，活的不一样。

困了，此时是……管它是哪儿，睡！

我的睡眠是魔术，能把漫漫长夜变短，把白昼变成黑夜。

午安。

贝贝家的一天

因为相隔遥远，因为千山万水，因为十年未归，不仅故乡的变化我是不知道的，亲人的变化也是不知道的。

变化中的变化是孩子们，大人不过添了几缕白发和眼角的皱纹，老人们添了白发也看不出来，除非半白的头发变得全白。

刚到故乡，三姨就给我打电话，问到了没有，然后把贝贝的手机号给了我。

"姐，你打个车，到贵都二期，都知道的，然后给我电话，我下楼接你。"

看得出来，这个小区的环境和位置，在这座小城是金贵的。我努力在头脑中搜索那个有着尖尖的下巴、黝黑的脸蛋、精灵的眼睛的孩子。因为三姨家在交通不便的四队，我们可有十几年不见了。

一个男人向我走过来。下巴还是以前的下巴，尖尖的。

我感慨地笑着："从孩子变成爷们儿了。"

贝贝呵呵笑着："没办法，都是俩孩子的爹了。"

"孩子们都在家吗？"

"在，放暑假。"

电梯门打开，右拐到底，两个孩子蜷缩在沙发上看电视，贝贝一进门就说："叫姑姑。"孩子们叫了。我立即凑过去，和她们闲聊、瞎吃、胡玩。

亲情是有强大的力量的，可以无声无言地传递。因着姥爷、姥娘，我们爱阿姨们；因着阿姨们，我们爱姨夫，后来就爱姨弟妹。现在看到姨弟妹的孩子就像自己的，爱她们就像爱阿姨，顺道爱了姥爷姥娘。

再往上，找不到了，我们也没见过。

也不是旧式大家族，有严密的族谱。更何况，族谱是父系家族的，而我们是母系家族的亲人，永远无谱。但是有爱，更真挚、更深沉、更无私的爱。

我们彼此的爱不留痕迹，不合传统。若依照传统，姨妈是外人，姨姊妹不比叔（姑）姊妹亲，林黛玉要比薛宝钗与贾宝玉更亲。我们各有各的叔叔、姑姑，却最爱姨妈。

我性情像林妹妹，却是永远的宝姐姐。

贝贝家的一天从早晨五点开始，孩子们都醒了，贝贝的任务是做早饭、哄孩子。弟妹玲子的任务是洗漱、收拾自己，七点上班，顺道处理孩子们淘气的复杂后果。妈妈，永远比爸爸更有方法和力量，在平息孩子们的胡闹与情绪时。

"啊！"一场尖叫，自然来自小的，玲子忙问大的："怎么了？"大的委屈极了，"不知道哇。"我昏睡的意识被叫醒，处于迷茫之中。

"爸爸，陪我玩儿。"又听小的说。

"爸爸做饭呢，吃完饭再玩。"

"嗯。爸爸快做饭。爸爸加油！"三岁的芮溪说。

我"扑哧"笑出声来，不得不起来，虽然每日近午夜才睡，要见的同学太多。

芮溪已经抱了一堆玩具在地上，玲子见缝插针地扫地、拖地，子琪拿着遥控器在翻台。

"子琪，去写作业！"玲子喊道，此后的每一天早晨，或早或晚，我总能听到这句喊声。

我几乎没在家里吃过饭，中午、晚上与同学一起，早晨，要么睡过了早饭时间，要么喜欢下楼散步，呼吸新鲜空气，顺道买点早餐。出去聚会前，如果刚好赶上晚饭，总要吃一点。我坐在饭桌旁，芮溪举着筷子："给姑姑。"

我笑着接过来："谢谢芮溪。"

芮溪不爱笑，该笑时也没见她笑，平常就更不笑了，总是湖水一样的小脸儿，仅靠语言表达感情。一会儿"嗷"一声，表示有需求或者反抗，一会儿"啊"一声，表示感慨或者愤怒，其他人很难揣摩她的小心思。

知她喜欢吃巧克力，我便买了巧克力饼干和派，拿给她，她依然面无表情地表达欢喜："谢谢姑姑。"我拿出饼干，要为她打开。她接过去，奶声奶气地说："我自己会。"说着，就用手撕，撕不开，用牙咬，咬着咬着就咬到饼干了，专心致志地吃起来。

她哄人是天性，不是为哄，没人教她，你却很开心于她的哄。贝贝在厨房收拾着，说："这是谁买的姑娘儿呀，都两天了，再不吃就干了。"其实是我买的，我只往回买，但没时间吃，偶尔回家或换洗下衣服，或睡个午觉，或拿把伞，就得赴约。

子琪依然半躺在沙发上看电视，芮溪啪嗒啪嗒踮儿过去，一边踮儿一边说："爸爸，我最喜欢吃姑娘儿了。"

我和贝贝都笑了。十天的时间，我却没见芮溪笑过。

芮溪有自己专属的小马桶，她坐在上面，贝贝在一边看着，"爸爸加油。"

贝贝不解其意，"加什么油？"

"爸爸给我加油。"芮溪认真地说。

我刚要出门，看到她坐在小马桶上抬眼望着山一样的父亲索要加油，笑倒在门上，手扶着门框，如果我练过功夫，这门框能被我拧变形。"芮溪，这也需要加油？！"

子琪便在沙发上凑趣儿："芮溪，加油！芮溪，加油，拉！"

贝贝也笑得不能自已，看着我："没办法……"他已被自己的孩子弄得不再是孩子了，不再是我印象中那个内向、腼腆、尖下巴的孩子。他的孩子，是他的全世界，填满了他所有的时间和乐趣。

芮溪却依然云淡风轻，坐等加油。

下午回来换衣服时，看到贝贝在和面，惊讶极了："这你也会？"

他一边往面里加着水，一边和着，"孩子们想吃饺子，下楼买皮儿，刚好卖完了。自己学着弄呗。"

"厉害，你是个超级合格的'家庭妇男'！"

你道贝贝真是家庭妇男呢，他种地，半年农闲、半年农忙。忙时，带着孩子们回三姨家。种地时，三姨看着孩子，他看着民工和各种机：推土机、拖拉机、收割机、播种机……他这辈农民不再像父母之前的农民，全凭手工和人力，日出而作，日落而息。

干完农活儿，半年农闲时就带孩子。玲子从事的则是当下的"正统"职业：上班族，在这里，是朝八晚四，有时候还值夜班，周末串休。

因而，在贝贝家里，芮溪的口头语是："爸爸，陪我玩；爸爸，我饿了；爸爸，我要去超市……"她很少有什么事儿叫妈妈。贝贝也是个特别温和、全方位的爸爸，孩子们的吃穿住用行都门清儿。

芮溪要玩乌龟，贝贝便把乌龟罐子拿出来，把小乌龟拎出来搁在被子上，看着小东西爬呀爬呀。

三个大人躺在大床上看小乌龟爬。我看着他们。

每天晚上，回来时，便已经听到了贝贝轻微的鼾声。全家人都入睡了。差不多九点以后，就是他们的睡眠时间。

初见即亲人

双说晚上一起聚会，我便推掉了同学聚会。

大圆桌旁，一半的亲人系初见，之于我。这有点小挑战，多年不见，弟妹们的变化本身就够我适应一段时间的，现在，加上他们的伴侣和孩子，我需要用心牢记，才不会乱点鸳鸯谱。

很快，孩子们不用辨认了，有基因作祟，谁的孩子长得一定像谁。双的宝贝像她一样有个圆圆的脸蛋儿，贝贝的两个宝贝都有他同样尖尖的下巴，超的宝贝则长了同他一样的性感嘴唇。

轮到小海，他没带儿子来，只带了老婆。我点点头："你好，初次见面。"氛围有点诡异，但没人说。我很快意识到了，尴尬地捂着额头，什么初见！

"……多年不见。还好吗？"他的妻子是我们小时候的玩伴儿红霞，那真是一地的狼狈，难掩的窘态……没人笑话我，除了我自己。

这能完全怪我吗，谁能一下子记住九个陌生人……更何况，我出过车祸，失忆过，眼睛正花。

但这九个陌生人，都是亲人。

进来一个，我惊呼一下，镇定一会儿。不只是孩子变成大人的问题，这简直……黑土地真是太肥沃了，连人都是茁壮与丰收的，一个比一个沉重。身量最小的反倒是贝贝了，有三姨夫打底，他也胖不到哪儿去。

超一进来，堵住了整道门，刚子压根儿就进不来，低头、侧身。回故乡前我刚刚写完《孩子王》，把他写得最美，可是……

我仰望着他，强行搜索那个记忆中的孩子——"葡萄一般的眼睛，讨巧的鼻子和嘴巴，白玉一般的牙齿……温柔时，如娴花照水；行动处，如弱柳扶风，用形容林妹妹的话来形容刚子的小时候是恰如其分的，若是把他扮成女孩，准和林妹妹一样美丽。"

此时的他不只与林妹妹来自两个星球，贾府上下五百年也找不出相似的一个。江南人若有东北人这般强壮，林妹妹不用嫁人就吓晕了。

近一米九的个头儿，"刚子，你……多重啊？"我落寞地问。

"前天刚上过称，瘦了三十斤。"

我有种转山时翻越最高山巅卓玛拉山口的感觉——不是窒息能够形容的："那原来……"

"232 斤。"

我先吓晕了……

半晌儿，"你怎么对得起我的文章啊！原来的你呢？"大家哄堂大笑，说要看文章。

我打开手机，先给身为外科医生的双看，她一边看一边笑。

终于有能引起刚子好奇的事儿了："我看看。"

"让他读。"我无助地说。他读着读着读不下去了。

"求你们了，为了不让读者失望，你们得回去。"

大家笑着，连干三杯，"姐，回不去了。"

"即使不像小时候那样秀色可餐，也不用这么大跌眼镜吧。"

墨然用小手儿往上推了下我的眼镜，大声叫道："你的眼镜太大了！"

桌子上所有的菜都变成尴尬、落寞："我错了，就不该用这么偏僻的成语……"

所有人笑到肠断。终于明白为何女子无才便是德了，过日子真用不到才华。第一次感觉读书无用……

巨大的圆桌周围，坐着一群陌生人，于我来说；一个陌生人，于弟妹的伴侣和孩子们来说。

但是，初见，我就可以亲吻孩子，带孩子出去玩儿；初见，就把家里钥匙给我，让我深更半夜出入；初见，就欢聚一堂、其乐融融，彼此之间毫无嫌隙；初见，不用培养感情，不用适应彼此，就是亲人。

不折不扣的亲人。

圆　坟

　　我站在姥爷、姥娘合葬的坟墓前。坟还是那座坟，我却已不是原来的我，誓言也不是原来的誓言。我精进了，誓言也要精进。

　　出人头地！意味着要去争、去抢、去夺，要处心积虑，要争名夺利，要左右逢源，要侍奉关系，我都不会。都已不在乎。

　　二老的天性没有教会我这些，二老给我的童年和爱也是平淡、深厚、无欲无私的。总有人说我单纯，超越年龄和阅历的单纯，我一直像一个鲁莽的青年人，带着少年人的心态，却跟矛盾的世界和复杂的人性磨合、相处。

　　我倦了，灵魂都厌倦了。

　　我只想跟自己相处，跟自己的灵魂相处，简单、丰盈度过余生，像孩子一样。尽量远离浮华世事、滚滚红尘，那不属于我，我不属于它。

这个地方真好，真安静，真宽广，再也不会有任何人吵到你们，再也不会有任何苦难痛到你们。

人生，其实很简单，是人把它复杂了。死后，更简单，一抔黑土，一片树林，一块石碑。

"天尽头，何处有香丘？未若锦囊收艳骨，一抔净土掩风流。"

我为坟墓锄草、填土，这是姥爷、姥娘的家，我来为你们打扫房间。到我时，连家也是没有的，盒子我都不需要，我的骨灰一定要撒向大海：来于虚空，归于虚空，来无形，去无踪。

智者乐水，我爱水，定居在水边，也要复归于水。我将用一生去追逐和活现智慧的一生。

你们属于土地，黄土地也好，黑土地也好，都是祖宗的土地，哪里都一样。

如今，你们也四世同堂了，外孙们都有孩子了。不过，宿命，在死后也会延展：都是女儿。你们生了五个女儿，五个女儿们的孙子都是女儿，还有没生的，也一定是女儿。我要生，必然生女儿。

女儿好，我用整个生命向你们，向传统证明女儿好。我是女儿，你们的女儿的女儿，一个能让你们存在的女儿。

我不要碑。如果有，也是无字碑。

一块碑，怎能写尽我的一生？

我会用一生去写一生。用一生去践行一个生命的誓言。

我用双手将土拍打在墓顶：姥爷，还记得吗？咱俩的秘密。我发誓时，只有十八岁。姥爷，发誓容易，践行难。

那个誓言应该早就实现了，当我拎着一个旅行包从密山走向上海，从乡村走向世界，之后的两年我就站在一家大企业的年会上接受总裁亲自颁奖，年薪近二十万。在 2002 年，应该算出人头地了。

但是：姥爷、姥娘，你们一生平淡、平静、平和，怎么生了我这个不平静的东西？自从我离开你们，到今天为止，我从来没平静过，甚至，此次苦难还没有完全结束，眼睛还是迷离、虚幻的。

可是，姥爷、姥娘，我该平静了，灵魂平静了，在平静的生活中去写那不平静的二十年，那漂泊流浪的二十年，那激情燃烧的二十年。

姥爷、姥娘，咱们整个家族的故事都没我一个人多，咱们整个家族的脚步都没我一个人远，咱们整个家族的野心都没我一个人大。这是我的宿命，也是我的使命。

把这些不平静的岁月用平静的文字最深、最远、最智的表述和传达，若能给某个乡村女孩以指引，给某个人生边缘的人以力量，给某个万念俱灰的人以目标，我的人生就是有意义的，咱们的人生就是有意义的。

姥爷、姥娘，你们知道我多喜欢写青年，写童年，写和你们一起生活的日子？那些日子是人间最美的天堂时光，我是最纯净的小天使，尽管死胖死丑、死倔死硬、能吃能睡，但是咱们多幸福，多快乐，多开心！

一只小鸡崽，我就成了亿万富翁；坐在姥爷腿上，我就拥有了全世界；到后园子逛一圈儿，就像去欧洲旅游了；一闭上眼睛，就是天下最美的君王——一无所有，却拥有一切！

我拔去坟头的草：姥爷、姥娘，对不起，我活回旋了，我现在仍是这样：死倔死硬、能吃能睡，幸福，快乐，开心！

睡自己的床，就是亿万富翁；一打开电脑，我就拥有了全世界；到海边逛一圈儿，就像去欧洲旅游了；一闭上眼睛，就是天下最美的君王——一无所有，却拥有一切！

虽然半生未过，此生已足，想要的都得到了，想追逐的也实现了，想体验的也体验了，想看的世界也看了，想做的事情都做了。一切都超乎想象，上天待我不薄，我必以好文回馈上天。

千秋万岁后，谁知荣与辱，但求在世时，自由要丰足。

我将活成古今事，付于他人笑谈中。

"姐，走吧，快中午了。"香叫上我，我叫上三姨，站到四轮子里，三姨夫特意开着它送我们上坟。当年，他就是开着它来迎娶三姨的。这么多年，属于他们最是琴瑟和谐、幸福美满。

"快趴下。"

"啊，咋啦？"香一把拽我蹲下，"你眼神不好。蛛蛛网，还是野蜘蛛，哎呀……"

终于找到眼神不好的好处：我看不见最怕的东西，不用哎呀。但我能看得见三姨和香蹲下，她们一蹲下，我就跟着蹲，不管躲什么，一定是必须要躲的东西。

在田间小路上一路躲闪，一路坎坷到青年。青年已经完全不是从前的青年了。青年没有青年人了，青年人不是进城买楼，就是到大城市上大学、定居了，再就是学习不好又不甘心的，去大城市打工，赚了钱再回密山买楼。

开车回来的路上，想买瓶矿泉水都找不到小卖部，不像从前，一路上，一个连一个，进去一个，都有一堆人嗑着瓜子儿、打着麻将、唠着闲嗑儿，都是年轻人。好歹找到一家，大娘无奈地说："没人，都进城了。"

现在的乡村，早已不是从前的乡村，不是那个给我活色生香、千娇百媚的童年生活的乡村了。

别了，故乡

　　这个乡村，是独特的乡村。不比关里家的乡村，上百年乃至千年历史，无论时代时尚、先进到什么地步，它们都会与它们厚重的根一样深深扎在黄土地中。这个乡村，是青年人创建的，不过半个世纪，既然可以凭空创造，也可以凭空消失。

　　十几年前，我的户口还在村儿里时，回村办护照，找村长盖章，惊动了整个村委会。

　　"啥是护照？"

　　"出国用勒？"

　　"我勒个老天爷，出国干啥？"

　　我尴尬极了，真不习惯用菏泽话解释那么时尚的行为："旅游，看世界。"

"世界在哪吭？"

哎哟，"可远。"

"有多远？"

"看你去哪吭？"

"你想去哪吭？"

午休时间，村长还回家睡个午觉，害得我多说多少闲话，关键都是废话。"能去哪儿就去哪儿，能走多远就走多远。"实在受不了，用普通话说给他听。

终于盖上章，拔腿就走，他对着我的背影说，"不管走多远，记得回来。这是你勒家乡，你生在这吭。"

我微微一笑，原来深奥的哲学根植于质朴的生活之中，郑重承诺："我一定会回来！"

我回来了！故乡！虽然必须走，但你永远是我的故乡。太多事都可以从头再来，故乡，却只有一个，无法选择，无法更换。

我的故乡！未来，你存不存在，在现实中；我都会让你存在，文字世界中，一直存在。

作别了一个故乡，还有一个故乡。

我八岁就搬到密山，这座不起眼儿的小城，却有一部艰苦卓绝的北大荒创业史，有我党创建的第一所航空学校，有一条美丽的中俄界湖。

我在这里生活到高中毕业，之后义无反顾地离开，一如矛盾的世界。我是一个矛盾的人，我会离开我爱的地方，我爱的人，因为爱，因为追寻，因为梦想，因为远方。

临行之前的清晨，在正街上散步，这个已不像故乡的故乡，给了我太多太多的故事和回忆……

在故乡天空那抹神奇的碧蓝中，我坐进商务车，同样义无反顾地离开。耳机中播放着古琴曲，嵇康用《广陵散》诀别世人，我在《广陵散》中作别故乡。

我不会生活在故乡，但心系故乡，用别样的方式爱故乡，故乡永存……

我来了，生活

同学会

同学会的初衷是什么？一定是美好的——致敬逝去的青春，寻找旧时的情分，感慨当年的单纯，重拾少年的记忆。

先前听说过同学会的各种传闻：攀比成风，外遇成堆。回故乡前，还在思索，要不要回来，咨询画家老师，连他也不屑："我的同学会办过好几场了，有在哈尔滨的，有在大庆的，我一次都没参加。"

这可真是让人大跌眼镜。

我向来是：吾爱吾师，吾更爱真理。我敬爱这位老师，但没采纳他的建议。冥冥中，有一种机缘，让我在这里，遇上同学会。而且发起人曾在当年我去大连时，热情地招待过我，刚好还情。

于是，我回去了。才有了这本书。

不回故乡，我想不起来写这本书，还会写流浪、写旅行、写别处；但是，故乡让我开始写人生、写真实、写来处。在我回故乡前一周就开始动笔，回故乡之后的所有文章来自真实发生的故事。

同学会最大的好处，是给了自己一个回归故乡的理由。一个有灵魂的生命在世间漂泊多年后回到故乡，会重新审视故乡之美，找到生命之根。

年少时，心心念念逃离故乡，去看外面的世界，20 岁时的梦想是，30 岁之前周游中国，40 岁之前周游世界，却从未想过在故乡旅行。

见过马尔代夫五彩斑斓的海底世界；也见过毛里求斯自由欢唱的野生海豚；见过地球天堂美若银河的新西兰；也见过辽阔纯净的澳洲世界最美海滨公路；见过高耸入云、圣洁耀心的珠穆朗玛山尖儿；也见过如宇宙化石、天神杰作般的冈仁波齐峰顶；在人间天堂生活八年，在苏堤悠游无数，走在兴凯湖堤坝上时，仍被其美震撼灵魂，比走在白堤上更觉得踏实有力、心生欢喜——西湖是杭州的，兴凯湖是我的。我能够被灵魂选择生在这里，一定是上天的旨意。

夜晚，举头望明月，不再低头思故乡，因为这是故乡的明月。啊，小时候常坐在姥爷怀里看月亮，无数的问题："啥时候我能摸到月亮？""月亮上有啥？""我能上天捉月亮不？""嫦娥为啥能住在月亮里，我却不能……"八岁离开故乡之后，开始人生规定之旅，再无心观故乡之月，可是，天哪！这天空，怎么美得那样勾魂摄魄，让人瞬间出离世间，飞抵月宫。

初见拉萨夜晚的天空，美得让人落泪；徒步喜马拉雅的第四天清晨，抬头望着尼泊尔的天空，撼人心魂；南半球的天空伏帖着地球、澄澈如月；其震撼不及故乡天空的十分之一，这是我初见地球的地方，是我流浪地球之后归来仍觉其绝美的地方，只有故乡的天空，能让人觉得美过极光。

乱七八糟的同学会上稀奇古怪的表象只是空虚寂寞的无心人无事生非而已。能发生故事的，是曾经想发生、或者发生过、当下适合发生故事的人。而我是写故事的人。我是生活的观察者，人性的窥视者。

感恩表达在人生的各种时刻和角落，任何事情的发生，你若感恩，一定会有不一样的结果。我感恩同学会，诞生《归来仍少年》。

我特别爱这本书，在撰写与修改的过程中，我又重新活了一遍。特别爱在青年的时光，特别爱自己是个孩子时的岁月，真幸福，真快乐，真自在，真纯粹。我时常会写得笑出声来，咬咬下唇："这孩子……"有时候会喝口普洱，"这是谁家的孩子，真可爱……"有时候则无可奈何："哎呀，这么难缠的孩子……"更惊奇的是，"那么丑的一个孩子怎么能变成这样……"

我们的同学会是绝对单纯、快乐、有味的。

在红尘流浪了三生三世，故乡让我找到了根。

离开故乡时，我开始长大。

我到处漂泊，满世界流浪。

生活在别处，心安即吾乡。

青春不散场，归来仍少年。

故乡在内心

2020 年，人类被迫蛰伏在家。

这个家是您的故乡吗？还是同我一样，习惯了他乡是故乡。

故乡是我们流浪地球的落脚点，初见世界的望远镜，未来人生的出发地。

故乡，是孕育生命的沃土；故乡，是人生旅途的初始；故乡，是爱的开启；故乡，是灵魂的选择；故乡，是心灵的记忆；故乡，是复归于未来时空的落脚点。

故乡是茨威格《昨日的世界》笔下被"二战"战火燃遍的维也纳，整个欧洲从太平的黄金盛世堕入人间炼狱。

故乡是《富兰克林自传》中新英格兰的波士顿，一个只上过两年学的小学徒，在遥远的十八世纪初就凭借阅读、奋斗、自律，成为美国独立运动的领导人，成为"他生活的时代和国家中最伟大和最出色的人"，谱写了人类意志力量的神圣之歌。

故乡是海伦·凯勒无声无光无语的黑暗世界，《我生活的故事》是"世界文学史上无与伦比的杰作"，她的生命是上帝最残忍的作品，她却用心灵的力量点燃了一盏智慧的明灯，照亮了无数生活在光明世界却找不到光明的人。

故乡是简·奥斯汀笔下的几户英国乡村中产阶级和田园风光。

故乡是勃朗特三姐妹小说中的英国北部约克郡荒原。

故乡是我笔下的青年村，生活过的兴凯湖。

朋友，你在故乡吗？

是生命的故乡，还是灵魂的故乡？

我生命的故乡是一个再小不过的乡村，几十户人家，从东到西十几分钟，村庄之外，巍巍高山，莽莽森林，辽阔的平原，繁茂的庄稼，肥沃的黑土地，高挺的白杨树，简单、简约，安静、安然。

我却是一个简单但不安静的人，从小向往大山外面的世界，森林尽头的城市。

身在故乡，心在他乡。

当故乡给了我们足够的生命能量时，就会推动我们的灵魂选择新的人生征途，去往他乡——到另一个时空寻找灵魂的足迹，以及未来心灵的路途。

故乡，给了我一条路：离开，去远方，寻找自由之路。

于是，我大学一毕业，就直奔南方。工作后，一有机会，便去远方流浪，到世界独行。

我一直生活在别处，漂泊在异乡。不知不觉，他乡变成故乡。

何谓故乡，何谓他乡？

在遥远的他乡，才能真正读懂生时的故乡。从他乡归来，才能真正明白故乡存在的意义——故乡是爱，故乡是光明灯，故乡在生命的根基之处，在生命的金字塔尖儿上。

我们是风筝，故乡就是拉扯我们生命的线，无论飞多高、多远，生命的根在故乡。

生活在他乡，灵魂在故乡。

只有找到灵魂的故乡，生命的故乡才充满意义。

心安之处即吾乡，灵魂解脱之处就是灵魂的归处；生命在何处绽放，何处就是永远的故乡。

真正的故乡，就在当下。

我在世界流浪很多年，才流浪回内在的世界。众里寻他千百度，蓦然回首，故乡却在内心深处。

生活的邀请函

——奥雷阿【加拿大】

我不在乎你如何谋生，
只想知道你有何渴望，
是否敢追逐心中梦想。

我不关心你年方几何，
只想知道面对爱情和梦想，
你是否会无所保留，
像个傻瓜般投入得透彻。

生命的背叛，在你心口上划开缺口，热情逐日消减，恐惧笼罩心田。

我想知道，你是否和伤痛共处，用不着掩饰，或刻意忘却，更别把它封堵。

我想知道，

你是否和快乐共舞，翩翩起舞，无拘无束，

从嘴唇、到指尖、到脚指头都把热情倾注。

这一刻，忘记谨小慎微，现实残酷，忘记生命的束缚。

我想知道，你是否从每天平淡的点滴中发现美丽，能否从生命的迹象中寻找到自己生命的意义。

我想知道，你能否坦然面对失败——你的或者我的，即使失败，也能屹立湖畔，对着一轮银色满月呼喊："我可以！"

我想知道，当悲伤和绝望整夜踯躅，当疲倦袭来，伤口痛彻入骨，你能否再次爬起来，为生活付出。我不关心你认识何人，为什么在此处。

我想知道，生命之火熊熊燃烧时，你是否敢和我一起，站在火焰中央，凛然不怵。

我不关心你在哪里受什么教育，我想知道，当一切都背弃了你，是什么将你支撑着前行。

　　我想知道，你是否经受得住孤独，空虚时，你是否真正的热爱独处。

　　很多时候我们不要太相信自己，如果你真的是懂得了，生活也就不再需要邀请你，而是你自然的主动投入进去，获得真正的愉悦。

　　期待每一个今天，你都能足够勇敢并且坚忍。

我来了，生活

——回奥雷阿

我靠自我奋斗谋生，

我的奋斗与谋生都是为了心中的梦想。

我不关心自己年方几何，

只要一直向着梦想前行。

噢，爱情，我从来没有放弃过你，

只是因为悲伤放弃了带给我爱情的男人。

若是真爱来临，我会像扑进梦想一样，

扑进爱情，但绝不舍弃梦想。

生命的背叛，在我心口划开道道伤痕，鲜血正在汩汩喷涌，但热情从未消减，恐惧不敢笼罩心田。

我知道，伤痛，带着疗愈的力量，

我知道，逆境，一定会重生。

即使，我面对残酷的现实，命运的束缚，

我依然快乐，由心而发的快乐，彻头彻尾、无边无际。

我是上天的一只美丽的小鸟，每天唱着快乐的歌。

尽管这只小鸟的一只眼睛紧紧关闭着。

我能从重复琐碎的日子中发现力量，能从生命的任何迹象中找到生命的意义，并且，活出这个意义。

噢，亲爱的，失败算什么，它不过是成功路上必经的阶梯。

我对着光明的太阳呐喊："我一定会成功！"

当悲伤和绝望整夜踯躅，当疲倦袭来，伤口痛彻入骨，我依然傲然挺立，为了灵魂的自由，战斗！

我被生命的苦难历练修行，

我的生命之火正在熊熊燃烧，我站在火焰中央，风姿绰约，遗世独立。

当现实和他人都背弃了我，是梦想让自己勇敢前行。

我爱孤独，我从不空虚，独处时的我最是完美无缺。

正是因为太相信自己，才引来历次苦难。

现在，我不相信了，不那么相信了：我要理性地判断和选择，

让智慧真我带领红尘之我走过每一个今天，坚强而勇敢。

谢谢你的邀请，

我来了，生活！

图书在版编目（CIP）数据

归来仍少年 / 如风著 . -- 北京 : 中国文史出版社，
2019.12
　ISBN 978-7-5205-1916-8

Ⅰ . ①归… Ⅱ . ①如… Ⅲ . ①散文集—中国—当代

Ⅳ . ① I267

中国版本图书馆 CIP 数据核字（2019）第 301308 号

归来

仍

少年

出版发行：**中国文史出版社**

责任编辑：梁　洁

美术编辑：飞　羊

社　址：北京市海淀区西八里庄路 69 号　邮编：100142

电　话：010-81136606　81136602　81136603（发行部）

传　真：010-81136655

印　装：北京温林源印刷有限公司

经　销：全国新华书店

开　本：880mm×1270mm　1/32

印　张：15　字数：320 千字

版　次：2020 年 10 月北京第 1 版

印　次：2020 年 10 月第 1 次印刷

定　价：45.00 元